FANTASY

Die Originalausgabe erschien unter dem Titel
»DragonLance Saga, The Second Generation«
bei TSR, Inc., Lake Geneva, WI, USA

*Für alle,
die mehr wollten.*

Umwelthinweis:
Alle bedruckten Materialien dieses Taschenbuches
sind chlorfrei und umweltschonend.
Das Papier enthält Recycling-Anteile.

Der Goldmann Verlag
ist ein Unternehmen der Verlagsgruppe Bertelsmann

Published in the Federal Republic of Germany
by Wilhelm Goldmann Verlag, München
Deutschsprachige Rechte beim
Wilhelm Goldmann Verlag, München
Umschlaggestaltung: Design Team München
Umschlagillustration: TSR/Schlück, Garbsen
Satz: deutsch-türkischer fotosatz, Berlin
Druck: Elsnerdruck, Berlin
Verlagsnummer: 24621
Redaktion: Andreas Helweg/SN
Herstellung: Peter Papenbrok
Made in Germany
ISBN 3-442-24621-0

1 3 5 7 9 10 8 6 4 2

Prolog

Stets ist es die Karte des Glaubens,
die weiße Landschaft,
die verwunschenen Höfe.
Stets ist es das Land der Erinnerung,
funkelndes Sonnenlicht
auf altem, unbeweglichem Eis.

Und stets befürchtet das Herz
– einsam und südwärts gewandt –,
in Schneesturm und Eis etwas
Undurchschaubares, Ewiges.

So wird es enden,
warnt dich dein Herz,
es endet mit Mammut und Gletscher,
mit zehntausend Jahren
alles auslöschender Nacht,
und wenn eines Tages die Forscher
die Seen und Berge durchwühlen,
finden sie uns als Beweis,
unsere sterblichen Reste
als Äußeres der Geschichte,
doch deine, ganz eigene Geschichte
endet am zerfallenden Rand deiner Hand.

So raunt das Herz
in seiner ureigensten Zelle,
kartiert mit Spiegeln
das unkartierbare Land
aus Erinnerung, Flüssen und Eis.

Diesmal war's anders:
die Stadt lag ergeben
unter der Kappe aus Schnee,
die Häuser und Kneipen
überflutet von funkelndem Licht,
und der See marmoriert
von brüchigem Eis,
und ich ging durch die Schneewehen,
gedankenverloren und ruhig,
sah gelassen das Schiefergrau des Himmels,
denn der Kalender versprach Frühling.
So wird es enden,
tat der Winter kund,
früher oder später
mit dunklem, unbegehbarem Eis,
und du bist die Nächste,
die diese Geschichte hört,
wenn Winter um Winter
das Herz verschließt.
Und dort in Wisconsin
steckengeblieben im Schnee
und mit schwindender Zuversicht,
erschien es nicht schlimm,
daß der Winter
alles Licht hinwegnahm,
daß die Dunkelheit willkommen schien
und der letzte, alles auslöschende Schnee.
Er stand inmitten

vereister Wagen,
aufgereiht wie Ehrenmäler.
Als Bündel aus Mänteln
und Wollmützen und Schals
durchwühlte er den Leib
nach weiß Gott was.
Und ich kannte seinen Namen,
kannte die beschlagene Brille
und den lächerlich zerbeulten Hut
auf dem Kopf.

Und ob der Mut
der Erinnerung an Frühling
dem Versprechen von Sonnenlicht
oder dem Whiskeydunst entsprang
oder etwas dieser Art
jenseits von Schnee und Suche,
in jenem Moment besaß ich den Mut,
als ich ihn dort ansprach.
Heut' bin ich dankbar.
Das war meine Chance, jener Moment,
da ich sprach zu dem warm eingepackten
Weber des Zufalls,
Zauberer des Alltäglichen,
auf der Suche nach dem unmöglichen Frühling.

Tracy, sagte ich ihm, *Poesie liegt*
zwischen den Zeilen der Geschichte,
in alten Überlieferungen und der Aussicht
auf das, was stets oder nie sein kann
(Und das waren die Worte,
die ich nicht sprach, doch Poesie liegt
in der Aussicht auf das, was hätte sein sollen:
Ihr müßt nur glauben, daß ich diese Worte sprach,

unbestreitbar, vor langer Zeit),
und damals im Winter
begann das erste Lied,
die Monde verschmolzen und winkten einander
an den Grenzen von Krynn,
das verschneite Land
wurde wieder zu Steppe,
strahlender und glaubhafter.
Und das erste Lied ging weiter
durch die Aussicht auf den Sommer,
wenn das Versprechen wiederkehrt
mit der verschwundenen Saat,
wenn der Stab zurückkehrt
aus vergeßlichen Wüsten,
und selbst die nördlichen Lande
begeistert rufen:
Dies ist die Karte
erfüllten Glaubens,
dies ist die Karte des Vertrauens.

Vorwort

Es waren einmal zwei Türknäufe, die hießen Margaret Weis und Tracy Hickman. Eines Tages beschlossen sie, ihre Häuser auf Krynn zu verlassen und auf die Suche nach Abenteuern zu gehen. Ich fürchte, es steckte ein wenig Kenderblut in den beiden. Sie konnten einfach nicht anders als loszuzotteln, um andere, neue und aufregende Welten zu erforschen.

Aber Weis und Hickman sind wie Kender und Falschgeld – sie tauchen immer wieder auf. Und hier sind sie wieder, startbereit, um uns zu erzählen, was für wundersame Dinge auf Krynn passieren.

Ein paar Geschichten kennen wir schon, aber sie haben auch ein paar neue, alle über die Kinder jener kleinen Gruppe von Abenteurern, die jetzt als die Helden der Lanze bekannt sind.

Viele Jahre sind seit dem Krieg vergangen. Die Kinder der Helden werden erwachsen und gehen selbst auf die Suche nach Abenteuern, und dabei geraten sie in eine Welt, die immer noch reichlich Gefahren und Aufgaben bereithält.

Wenn ihr jetzt diese Geschichten lest, werdet ihr merken, daß Weis und Hickman mitunter anderen Geschichten widersprechen, die ihr vielleicht gehört habt. Manch einer wird vielleicht ein wenig verwirrt sein, wenn er diese Erzählungen über das spätere Leben der Helden liest – weil sie sich so von anderen Berichten unterscheiden.

Es gibt eine sehr einfache Erklärung:

Nach dem Krieg der Lanze waren Tanis und Caramon und Raistlin und all die übrigen Gefährten keine gewöhnlichen Leute mehr. Sie wurden zur Legende. Wir hörten so gern von den Abenteuern der Helden, und wir wollten nicht, daß die Geschichten endeten. Wir wollten mehr hören. Um diesen Wunsch zu erfüllen, kamen Barden aus ganz Krynn, um die wundersamen Geschichten zu erzählen.

Manche von ihnen kannten die Helden gut. Andere wiederholten einfach Geschichten, die sie von einem Zwerg gehört hatten, der sie von einem Kender hatte, der sie von einem Ritter geborgt hatte, der eine Tante hatte, die die Helden kannte …

Ihr versteht schon.

Manche dieser Geschichten sind die reine Wahrheit. Andere sind wahrscheinlich fast die reine Wahrheit, aber nicht ganz. Wieder andere sind das, was man höflich ausgedrückt als »Kendergarn« bezeichnet – Geschichten, die nicht wahr sind, aber unbedingt hörenswert!

Und jetzt fragt ihr: Fizban, großer und mächtiger Zauberer, welche Geschichten sind wahr?

Und ich, Fizban, der große und mächtige Zauberer, antworte: Solange euch die Geschichten gefallen, ihr Türknäufe, ist das doch egal!

Fein, fein. Das hätten wir also.

Jetzt packt eure Reisesäcke. Steckt die Taschentücher ein. Schnappt euch den Hupak. Wir haben einiges an Abenteuern vor. Los, kommt! Vergeßt eure Sorgen! Reist mal wieder mit Weis und Hickman durch Krynn, wenn auch nur kurz. Lange bleiben sie nicht, aber sie kommen wieder.

(Vielleicht bringen sie mir nächstes Mal meinen Hut zurück!)

Wie war noch mein Name?

Ach, ja.

Mit besten Grüßen,

Euer Fizban, der Fabelhafte

I

Am Rande der Welt
wandert der Gaukler
ohne Sicht und Weg,
vertraut auf den erprobten
Griff seiner Gauklerhände.
Er wandert am Rande
uralter Geschichten,
jongliert mit den Monden
und zeigt im Vorbeigehen
auf starre, namenlose Sterne.
Etwas wie Instinkt
und etwas wie Achat,
hart und durchsichtig,
in den Tiefen seiner Reflexe
haucht den Dingen in der Luft
Leben ein:
Stilette und Flaschen,
Keulen und Schmuck,
das Sichtbare und das Verborgene –
alles neu zusammengefügt,
verwandelt in Licht und Geschick.

Diese Art Licht ist es, die wir erstreben:
Zusammengesetzt aus Erinnerung
und Reaktionen, entstammend
dem brodelnden Blut,
wo Motiv und Metapher
und der Impuls der Nacht
am Morgen eingebrannt sind
in die Bewegungen
unserer tastenden Finger.

Etwas in jedem von uns
sehnt sich nach diesem Gleichgewicht,
den verschwundenen Reaktionen,
die den Stahl härten.
Das beste Jonglieren
liegt in den Atempausen,
die unser Vorhaben formen
aus Messern und Fädchen
und halbleeren Flaschen,
aus Reaktionen und Spiegeln
und dem vergessenen Erz
der Nacht.

Kitiaras Sohn

Kapitel 1

Ein blauer Drachenhelm und eine erstaunliche Bitte

Es war Herbst in Ansalon und in Solace. Die Blätter der Vallenholzbäume waren so schön wie nie zuvor, fand Caramon – das Rot loderte glühender als Feuer, das Gold blinkte heller als die frisch geprägten Münzen, die aus Palanthas kamen. Tika, Caramons Frau, stimmte ihm zu. Noch nie zuvor hatte man in Solace solche Farben gesehen.

Und als er aus dem Wirtshaus trat, um ein neues Faß Braunbier hereinzuschleppen, schüttelte Tika den Kopf und lachte.

»Caramon sagt jedes Jahr das gleiche. Das Laub ist bunter und schöner als im letzten Jahr. Es bleibt nie aus.«

Die Gäste lachten mit ihr, und ein paar zogen den Hünen auf, als er mit dem schweren Faß Braunbier auf dem Rücken ins Gasthaus zurückkam.

»Das Laub sieht dieses Jahr so bräunlich aus«, erklärte einer trübselig.

»Vertrocknet«, ergänzte ein anderer.

»Stimmt, es fällt zu früh, bevor es noch ganz die Farbe gewechselt hat«, bemerkte ein weiterer.

Caramon wirkte verwundert. Er schwor Stein und Bein, daß dem nicht so war, und zerrte die Ungläubigen sogar auf die Veranda hinaus, wo er ihnen einen Ast voller Blätter vor die Nase hielt, um sie zu überzeugen.

Die Gäste – alte Bewohner von Solace – gaben ihm recht. Das Laub wäre noch nie so schön gewesen. Woraufhin Caramon so zufrieden wirkte, als hätte er es persönlich angemalt, und seine Gäste ins Haus zurückbegleitete, wo er ihnen eine Runde Bier ausgab. Auch das wiederholte sich jedes Jahr.

Im Wirtshaus »Zur Letzten Bleibe« war in diesem Herbst besonders viel los. Caramon hätte den vermehrten Umsatz gern dem bunten Laub zugeschrieben, denn es gab viele, die in den gegenwärtigen, vergleichsweise friedlichen Zeiten nach Solace reisten, um die berühmten Vallenholzbäume zu sehen, die nur hier und nirgendwo anders auf Krynn wuchsen (obwohl es viele gegenteilige Behauptungen von eifersüchtigen Städten gibt, deren Namen hier nicht erwähnt werden sollen).

Aber selbst Caramon sah sich gezwungen, der nüchtern veranlagten Tika zuzustimmen. Die steigende Zahl an Gästen hatte mehr mit der bevorstehenden Versammlung der Zauberer zu tun als mit dem Laub – so schön es auch war.

Eine Versammlung der Zauberer wurde auf Krynn nicht allzuoft abgehalten, nämlich nur wenn die höchsten Magier der drei Orden – Weiß, Rot und Schwarz – es für nötig hielten, daß alle Zauberer aller Stufen, vom kleinsten Lehrling bis zum erfahrensten Zaubermeister, sich versammeln sollten, um geheime Dinge zu besprechen.

Zauberer aus ganz Ansalon reisten zum Turm von Wayreth, um an der Versammlung teilzunehmen. Eingeladen wurden auch einzelne Vertreter der sogenannten Graustein-Rassen, deren Völker keine Magie benutzten, die jedoch verschiedene magische Gegenstände herstellten. Eine Gruppe Gnomen kam mit Unmengen von Plänen, in der Hoffnung, die Zauberer überreden zu können, sie einzulassen. Natürlich kreuzten auch zahllose Kender auf, die jedoch freundlich, aber nachdrücklich abgewiesen wurden.

Das Wirtshaus »Zur Letzten Bleibe« war das letzte gemütliche Gasthaus, bevor die Reisenden den magischen Wald von Wayreth betraten, in dem einer der Türme der Erzmagier stand, eines der alten Zentren der Magie auf dem Kontinent. Viele Zauberer und auch ihre Gäste machten auf dem Weg zum Turm im Wirtshaus halt.

»Sie sind gekommen, um die Farben des Laubs zu bewundern«, erklärte Caramon seiner Frau. »Die meisten dieser Zauberer hätten sich einfach zum Turm zaubern können, ohne überhaupt unterwegs anzuhalten.«

Daraufhin konnte Tika nur lachen, mit den Schultern zucken und ihrem Gatten zustimmen. Ja, es war bestimmt das Laub. Dann war Caramon den Rest des Tages außerordentlich zufrieden mit sich selbst.

Keiner erwähnte den Umstand, daß jeder Zauberer, der im Wirtshaus einkehrte, eine kleine Gabe zum Gedenken an Caramons Zwillingsbruder, Raistlin, mitbrachte. Als mächtiger Zauberer mit noch mächtigerem Ehrgeiz hatte sich Raistlin einst dem Bösen zugewandt und beinahe die Welt zerstört. Doch am Ende hatte er alles wieder gut gemacht, indem er sein eigenes Leben geopfert hatte – vor über zwanzig Jahren. Ein kleines Zimmer des Wirtshauses war zu Raistlins Zimmer erklärt worden und enthielt nun zahlreiche Mitbringsel (darunter auch magische), die an das Leben des Zauberers erinnerten. (Kein Kender wurde auch nur in die Nähe dieses Zimmers gelassen!)

Die Versammlung der Zauberer sollte in drei Tagen beginnen, und heute abend war das Wirtshaus zum ersten Mal seit einer Woche leer. Alle Zauberer waren weitergezogen, denn der Wald von Wayreth war kein gewöhnlicher Ort – du kannst den Wald nicht finden, er findet dich. Alle Zauberer, selbst die größten Meister, wußten, daß sie wahrscheinlich mindestens einen Tag herumwandern mußten, bis der Wald vor ihnen auftauchen würde.

Daher waren die Zauberer fort, und von den Stammgästen war noch keiner zurück. Die Einheimischen aus Solace und den umliegenden Gemeinden, die abends hereinschauten und sich ein Bier oder Tikas Würzkartoffeln oder beides schmecken ließen, hielten sich fern, wenn die Zauberer kamen. Zauberer wurden in Ansalon geduldet (im Gegensatz dazu hatte man sie früher verfolgt), aber man traute ihnen nicht, nicht einmal den Weißen Roben, die sich dem Guten verschrieben hatten.

Als die Versammlung zum ersten Mal stattgefunden hatte – mehrere Jahre nach dem Krieg der Lanze – hatte Caramon die Zauberer in sein Wirtshaus gelassen (viele Häuser lehnen es ab, sie zu bewirten). Das hatte Ärger gegeben. Die Stammgäste hatten sich bitter beklagt, und einer war sogar so betrunken gewesen, daß er versucht hatte, eine junge Rote Robe herumzukommandieren und zu belästigen.

Caramon war schrecklich wütend geworden, eines der wenigen Male, an das man sich in Solace erinnern konnte, und es wurde bis heute davon geredet, wenn auch nicht in Caramons Beisein. Der Trunkenbold wurde mit den Füßen voran aus dem Wirtshaus getragen, nachdem Freunde seinen Kopf aus einer Astgabel im Haus befreit hatten.

Wenn später wieder einmal eine Versammlung anstand, wichen die Stammgäste auf andere Schenken aus, und Caramon bediente die Zauberer. Wenn die Versammlung vorbei war, kamen die Gäste zurück, und alles nahm wieder seinen gewohnten Lauf.

»Aber heute abend«, sagte Caramon, der innehielt, um seine Frau bewundernd anzusehen, »gehen wir früh ins Bett.«

Sie waren schon zweiundzwanzig Jahre verheiratet, aber Caramon war immer noch der festen Überzeugung, daß er die schönste Frau auf Krynn geheiratet hatte. Sie hatten fünf Kinder. Drei Jungen – Tanin, zum Zeitpunkt dieser Geschichte zwanzig Jahre alt, den neunzehnjährigen Sturm und den sechzehn Jahre alten Palin – und zwei Mädchen, Laura und Dezra, im Alter von fünf und vier. Die zwei ältesten wollten Ritter werden und waren immer auf der Suche nach Abenteuern, so auch an diesem Abend. Der jüngere Sohn, Palin, war ein Zauberlehrling. (»Nur eine vorübergehende Laune«, sagte Caramon, »da wächst er bald raus.«) Was die kleinen Mädchen angeht ... nun, das ist eine andere Geschichte.

»Wird schön sein«, wiederholte Caramon, »zur Abwechslung mal früh ins Bett zu gehen.«

Tika, die mit kräftigen Strichen den Boden fegte, biß sich auf die Lippen, um sich das Lachen zu verkneifen, und erwiderte seufzend: »Ja, die Götter seien gepriesen. Ich bin so müde und schlafe bestimmt schon ein, bevor mein Kopf auf dem Kissen liegt.«

Caramon sah besorgt aus. Er legte das Tuch zur Seite, mit dem er die frisch gespülten Bierkrüge abgetrocknet hatte, und kam um den Schanktisch herum. »Bist du wirklich so müde, mein Schatz? Palin ist in der Schule, die beiden Großen sind bei Goldmond und Flußwind zu Besuch, und die Mädchen sind im Bett, das heißt, wir sind nur zu zweit, und ich dachte, wir könnten ... na ja ... etwas Zeit finden und ... ähm ... reden.«

Tika wandte sich ab, damit er ihr Grinsen nicht sehen konnte. »Ja, ja, ich bin müde«, sagte sie mit einem neuerlichen erschöpften Seufzer. »Ich mußte so viele Betten machen und den neuen Koch anlernen und die Rechnungen ausstellen ...«

Caramon ließ die Schultern hängen. »Tja, wenn das so ist«, murmelte er. »Dann geh doch schon mal ins Bett, und ich mach das hier –«

Tika schmiß den Besen hin. Lachend umarmte sie ihren Mann – soweit die Arme reichten. Caramons Umfang hatte über die Jahre beträchtlich zugenommen.

»Du großer Türknauf«, sagte sie liebevoll. »Ich habe doch nur Spaß gemacht. Natürlich gehen wir ins Bett und ›reden‹, aber denk bitte dran, daß dieses ›Reden‹ uns auch die Kinder eingebracht hat! Na, komm.« Sie zupfte spielerisch an seiner

Schürze. »Mach die Lampen aus und verriegele die Tür. Die restliche Arbeit machen wir morgen.«

Caramon schlug grinsend die Tür zu. Er wollte gerade den schweren Holzriegel davorlegen, als er draußen ein leises Klopfen hörte.

»Oh, verflixt!« Tika runzelte die Stirn. »Wer kann das so spät noch sein?« Hastig pustete sie die Kerze in ihrer Hand aus. »Wir tun so, als hätten wir nichts gehört. Vielleicht gehen sie wieder.«

»Ich weiß nicht«, fing der weichherzige Caramon an. »Es wird heute nacht Frost geben –«

»Ach, Caramon!« schimpfte Tika aufgebracht. »Es gibt noch andere Gasthäuser –«

Das Klopfen wiederholte sich, diesmal lauter, und eine Stimme rief: »Wirt? Ich weiß, es ist schon spät, aber ich bin allein und in großer Bedrängnis.«

»Es ist eine Frau«, sagte Caramon, und Tika wußte, daß sie verloren hatte. Sie konnte ihren Mann – vielleicht! – überreden, einen Mann in einer solch kalten Nacht nach einem anderen Gasthaus suchen zu lassen, aber eine Frau und noch dazu eine Alleinreisende – niemals.

Es konnte aber nichts schaden, ein bißchen zu streiten. »Und was hat eine einzelne Frau so spät nachts noch draußen zu suchen? Bestimmt nichts Gutes, möchte ich wetten.«

»Komm schon, Tika«, begann Caramon mit der schmeichelnden Stimme, die sie so gut kannte, »so was kannst du doch nicht sagen. Vielleicht ist sie unterwegs zu kranken Verwandten und wurde auf der Straße von der Dunkelheit überrascht, oder –«

Tika zündete die Kerze wieder an. »Na, los. Mach auf.«

»Ich komme«, brüllte der schwere Mann. Auf dem Weg zur Tür blieb er stehen und sah sich nach seiner Frau um. »Du solltest noch einmal Holz aufs Herdfeuer legen. Vielleicht hat sie Hunger.«

»Dann soll sie kaltes Fleisch und Käse essen«, fauchte Tika und knallte die Kerze auf den Tisch.

Tikas rote Haare waren zwar im Laufe der Jahre grauer und stumpfer geworden, doch ihr Temperament war noch dasselbe wie früher. Caramon erwähnte das warme Essen nicht wieder.

»Bestimmt ist sie sehr müde«, sagte er in der Hoffnung, seine Frau zu besänftigen. »Wahrscheinlich geht sie gleich auf ihr Zimmer.«

»Pah!« Tika schnaubte. »Machst du jetzt die Tür auf, oder läßt du sie draußen erfrieren?« Sie stemmte die Hände in die Seite und funkelte ihren Mann wütend an.

Caramon wurde rot, zog den Kopf ein und lief zur Tür.

Die Frau stand auf der Schwelle. So eine hatten sie jedoch nicht erwartet, weshalb selbst der weichherzige Caramon bei ihrem Anblick offenbar Zweifel hegte, ob er sie einlassen sollte.

Die Frau trug einen dicken Mantel und Stiefel, dazu den Helm und Lederhandschuhe, wie sie Drachenreiter benutzen. Das an sich war nicht ungewöhnlich; in jenen Tagen kamen viele Drachenreiter in Solace durch. Aber Helm, Mantel und Handschuhe waren tiefblau und hatten einen schwarzen Saum. Das Licht fiel auf blaue Schuppen, die an ihren Lederhosen und den schwarzen Stiefeln glänzten.

Sie ritt einen blauen Drachen.

So jemanden hatte man in Solace seit dem Krieg nicht mehr gesehen, und zwar aus guten Gründen. Wäre sie bei Tag entdeckt worden, so hätte man sie gesteinigt. Oder zumindest festgenommen und eingesperrt. Selbst jetzt, fünfundzwanzig Jahre nach Ende des Krieges, erinnerten sich die Menschen aus Solace noch sehr genau an die Drachen, die ihre Stadt verbrannt und dem Erdboden gleichgemacht hatten und viele ihrer Verwandten getötet hatten. Es gab auch Veteranen, die im Krieg der Lanze gekämpft hatten – darunter Caramon und Tika –, die nur mit Haß an die blauen Drachen und ihre Reiter, die Diener der Königin der Finsternis, dachten.

Die Augen im Schatten des blauen Helms gaben Caramons Blick ungerührt zurück. »Hast du ein Zimmer für eine Nacht, Wirt? Ich komme von weit her und bin sehr müde.«

Die Stimme hinter der Maske klang sehnsüchtig, erschöpft – und nervös. Die Frau blieb im Schatten vor der Tür stehen. Während sie auf Caramons Antwort wartete, sah sie zweimal über die Schulter, aber nicht nach unten, sondern zum Himmel.

Caramon drehte sich zu seiner Frau um. Tika hatte eine hervorragende Menschenkenntnis – eine leicht erlernbare Kunst, wenn man gern mit Leuten zu tun hat, was bei Tika der Fall war. Sie nickte kurz.

Caramon wich zurück und winkte die Drachenreiterin herein. Sie warf einen letzten Blick über die Schulter, um dann rasch hineinzuhuschen. Drinnen hielt sie sich weiter vom Licht fern. Caramon sah kurz nach draußen, bevor er die Tür zumachte.

Der Himmel war hell erleuchtet, denn der rote und der silberne Mond standen nah beieinander, wenn auch nicht so nah wie noch vor ein paar Tagen. Auch der schwarze Mond war irgendwo da draußen, der Mond, den nur die sahen, die die Königin der Finsternis anbeteten. Diese Himmelskörper beherrschten die drei Mächte: das Gute, das Böse und das Gleichgewicht dazwischen.

Caramon schlug die Tür zu und legte den schweren Riegel vor. Als der Balken laut an seinen Platz rutschte, zuckte die Frau zusammen. Sie hatte versucht, die Nadel zu öffnen, die ihren Mantel zusammenhielt – eine große Brosche aus Perlmutt, die im dämmrigen Kerzenschein im Gasthaus einen schwachen, unheimlichen Glanz hatte. Weil ihre Hände zitterten, fiel die Brosche herunter. Caramon bückte sich danach, doch die Frau versuchte, ihm zuvorzukommen, und wollte die Brosche verstecken.

Stirnrunzelnd hielt Caramon sie auf. »Komischer

Schmuck«, sagte er, während er die Hand der Frau aufbog, damit Tika die Nadel sehen konnte. Jetzt, wo er sie genauer betrachtete, wollte er sie ganz sicher nicht mehr berühren.

Tika warf einen Blick auf die Brosche. Ihre Lippen wurden schmal. Vielleicht glaubte sie, ihre unfehlbare Menschenkenntnis hätte sie nun doch im Stich gelassen. »Eine schwarze Lilie.«

Die schwarze Lilie ist eine schwarze Blume mit vier spitzen Blütenblättern und blutrotem Kelch, die einer Elfenlegende nach auf den Gräbern derer wächst, die einen gewaltsamen Tod gefunden haben. Angeblich wächst die schwarze Lilie aus dem Herzen des Ermordeten, und wenn man sie pflückt, beginnt der verletzte Stengel zu bluten.

Die Drachenreiterin riß ihre Hand zurück und schob die Brosche wieder in den schwarzen Pelzbesatz ihres Mantels.

»Wo hast du deinen Drachen gelassen?« fragte Caramon grimmig.

»In der Nähe in einem Tal versteckt. Du brauchst dich nicht zu sorgen, Wirt. Er gehorcht mir und ist mir treu ergeben. Er tut keinem etwas zuleide.« Die Frau nahm den blauen Lederhelm ab, der ihr Gesicht beim Fliegen schützte. »Darauf gebe ich dir mein Wort.«

Ohne den Helm stellte die Frau plötzlich nicht mehr den bedrohlichen Drachenreiter dar.

Ihr Alter war schwer zu schätzen, denn ihr Gesicht war von vielen Falten zerfurcht, wenn auch mehr vor Sorge als vom Alter. Ihre Zöpfe waren anscheinend vorzeitig ergraut, und die Augen waren nicht die grausamen, gnadenlosen, harten Augen derer, die Takhisis dienten, sondern sie waren sanft und traurig und ... ängstlich.

»Und wir glauben dir«, sagte Tika mit einem trotzigen Blick zum schweigenden Caramon – einem Blick, den der große Mann eigentlich nicht verdient hatte.

Caramon reagierte stets langsam – nicht weil er dumm war

(wie selbst seine besten Freunde einst gedacht hatten), sondern weil er alles Neue und jeden ungewöhnlichen Vorfall immer erst aus jedem erdenklichen Winkel betrachtete. Diese Nachdenklichkeit ließ ihn langsam erscheinen und brachte die Kurzentschlossenen unter seinen Freunden (einschließlich seiner Frau) oft zur Verzweiflung. Aber Caramon ließ sich nicht hetzen und kam deswegen oft zu erstaunlich klaren Schlußfolgerungen.

»Du zitterst ja«, fügte Tika hinzu, während ihr Mann immer noch dastand und ins Nichts starrte. Tika ließ ihn gewähren. Sie wußte, wie es aussah, wenn ihr Mann nachdachte. Also zog sie die Frau ans Feuer. »Setz dich hierher. Ich schüre das Feuer. Möchtest du etwas Warmes essen? Ich könnte schnell das Küchenfeuer wieder anfachen –«

»Nein, danke. Macht euch keine Mühe mit dem Feuer. Ich zittere nicht vor Kälte«, sagte die Frau schließlich mit leiser Stimme. Sie fiel mehr auf die Bank, als daß sie sich setzte.

Tika ließ den Schürhaken sinken, mit dem sie im Feuer herumstocherte. »Was ist mit dir? Du bist aus einem furchtbaren Gefängnis entkommen, nicht wahr? Und du wirst verfolgt.«

Die Frau hob den Kopf und sah Tika verwundert an. Dann lächelte sie zaghaft. »Du hast es fast getroffen. Kann man mir das so sehr ansehen?« Sie legte bebend die Hand an ihre bleiche, faltige Wange.

»Mann.« Tika stand abrupt auf. »Wo ist dein Schwert?«

»Häh?« Caramon, der aus seinen Gedanken hochfuhr, riß den Kopf hoch. »Was? Schwert?«

»Wir wecken den Sheriff. Rufen die Stadtwache zusammen. Keine Sorge.« Tika band geschäftig ihre Schürze ab. »Sie werden dich nicht zurückbringen.«

»Halt! Nicht!« All diese Maßnahmen ihr zuliebe schienen die Frau mehr zu erschrecken als die den Gastleuten unbekannte Gefahr, die ihr drohte.

»Jetzt mal langsam, Tika«, sagte Caramon, der seiner Frau

die Hand auf die Schulter legte. Und wenn Caramon in diesem Ton sprach, hörte seine dickköpfige Frau immer zu. »Beruhige dich.«

Er wandte sich der Drachenreiterin zu, die erschrocken aufgesprungen war. »Keine Sorge. Wir sagen niemandem, daß du hier bist, wenn du es nicht wünschst.«

Mit einem Seufzer der Erleichterung sank die Frau wieder auf die Bank.

»Aber, Liebling –«, setzte Tika an.

»Sie ist absichtlich hergekommen, Schatz«, unterbrach sie Caramon. »Sie hat nicht nur haltgemacht, weil sie ein Zimmer braucht. Sie ist absichtlich gekommen, weil sie jemanden sucht, der in Solace wohnt. Und ich glaube nicht, daß sie von einem bösen Ort geflohen ist. Ich glaube, sie ist fortgegangen.« Seine Stimme wurde streng. »Und ich glaube, wenn sie uns verläßt, geht sie zurück – aus eigenem Willen.«

Die Frau erschauerte. »Du hast recht. Ich bin gekommen, weil ich in Solace jemanden suche. Als Wirt dürftest du wissen, wo ich diesen Mann finden kann. Ich muß heute nacht mit ihm reden. Ich kann nicht lange bleiben. Die Zeit ...« Ihre Finger in den blauen Handschuhen verkrampften sich. »Die Zeit drängt.«

Caramon griff nach seinem Mantel, der hinter dem Schanktisch an einem Haken hing. »Wer ist es? Sag mir seinen Namen, dann laufe ich los und hole ihn. Ich kenne jeden in Solace.«

»Warte doch.« Die mißtrauische Tika hielt ihn auf. »Was willst du denn von ihm?«

»Ich kann euch seinen Namen sagen, aber ich kann euch nicht verraten, warum ich ihn sprechen will, mehr um seinetwillen als meinetwegen.«

Caramon runzelte die Stirn. »Bringt ihn das ebenso in Gefahr wie dich?«

»Das weiß ich nicht!« Die Frau wich seinem Blick aus. »Vielleicht. Es tut mir leid, aber ...«

Langsam schüttelte Caramon den Kopf. »Ich kann nicht mitten in der Nacht jemanden wecken und ihn vielleicht in sein Verderben führen –«

Die Frau schlug ihre bedrängten Augen auf. »Ich hätte euch anlügen können. Ich hätte euch sagen können, alles würde gut werden, aber das weiß ich nicht. Ich weiß nur, daß ich ein schreckliches Geheimnis habe, und das muß ich mit dem einzigen lebenden Menschen teilen, den es etwas angeht!« Sie ergriff Caramons Hand. »Es steht ein Leben auf dem Spiel. Nein, mehr als ein Leben! Eine Seele!«

»Das können wir nicht beurteilen, Liebling«, sagte Tika. »Wer es auch ist, er muß selbst entscheiden.«

»Na gut. Ich hole ihn.« Caramon warf sich den Mantel um die Schultern. »Wie heißt er?«

»Majere«, sagte die Frau. »Caramon Majere.«

»Caramon!« wiederholte Caramon erstaunt.

Die Frau hielt sein Staunen fälschlich für Zurückhaltung. »Ich weiß, ich bitte um etwas Unmögliches. Caramon Majere – ein Held der Lanze, einer der berühmtesten Krieger auf Ansalon. Was könnte er mit einer wie mir zu tun haben? Aber wenn er nicht kommen will, dann sag ihm …« Sie hielt inne, weil sie überlegte, was sie sagen durfte. »Sag ihm, es geht um seine Schwester.«

»Seine Schwester!« Caramon taumelte rückwärts gegen die Wand. Der Aufprall erschütterte das ganze Haus.

»Paladin, steh uns bei!« Tika faltete fest die Hände. »Doch nicht … Kitiara?«

Kapitel 2

Kitiaras Sohn

Caramon legte den Mantel ab. Er wollte ihn wieder aufhängen, griff jedoch daneben. Der Mantel fiel zu Boden. Er hob ihn nicht auf. Die Frau beobachtete ihn mit wachsendem Argwohn.

»Warum willst du den Mann nicht holen?«

»Weil du ihn schon gefunden hast. Ich bin Caramon Majere.«

Die Frau war überrascht. Dann blickte sie ihn zweifelnd an.

»Du kannst jeden fragen«, sagte Caramon schlicht und winkte mit der Hand durchs Gasthaus. »Warum sollte ich dir eine Lüge erzählen?« Er wurde rot, klopfte auf seinen dicken Bauch und zuckte mit den Schultern. »Ich weiß, ich sehe vielleicht nicht gerade aus wie ein Held ...«

Plötzlich lächelte die Frau, was sie jünger aussehen ließ. »Ich hatte einen großen Lord erwartet. Ich bin froh, wenn dem nicht so ist. Das macht alles ... einfacher.«

Sie musterte ihn eindringlich. »Jetzt, wo ich dich ansehe, hätte ich dich erkennen sollen. Sie hat dich mir beschrieben – ›ein großer Mann, mehr Muskeln als Hirn, der ständig damit beschäftigt ist, wo wohl das nächste Essen herkommt‹. Verzeih mir, das waren Kitiaras Worte, nicht meine.«

Caramons Miene verdunkelte sich. »Ich nehme an, du weißt, daß meine Schwester tot ist. Meine Halbschwester, sollte ich lieber sagen. Und du weißt, daß Kitiara eine Drachenfürstin war, mit der Königin der Finsternis im Bunde. Warum hätte sie dir etwas über mich erzählen sollen? Sie hat mich wohl irgendwann einmal gern gehabt, glaube ich, aber das hat sie längst vergessen.«

»Ich weiß, wer Kitiara war, und zwar besser als die meisten anderen«, sagte die Frau seufzend. »Sie hat nämlich monatelang bei mir gewohnt. Das war vor dem Krieg. Etwa fünf Jahre davor. Soll ich die Geschichte von Anfang an erzählen? Ich bin viele hundert Meilen gereist, um dich zu finden, und bin ein großes Risiko eingegangen.«

»Vielleicht sollten wir bis morgen warten –«

Sie schüttelte den Kopf. »Nein, das wage ich nicht. Es ist sicherer für mich, vor Tagesanbruch wieder zu gehen. Wirst du mich anhören? Wenn du mir nicht glauben willst ...« Sie zuckte mit den Schultern. »Dann lasse ich dich in Ruhe.«

»Ich mache tarbäischen Tee«, sagte Tika. Sie lief in die Küche, nicht ohne ihrem Mann zuvor die Hand auf seine breiten Schultern zu legen, um ihn schweigend zum Zuhören aufzufordern.

Caramon setzte sich schwerfällig hin. »Na schön. Wie heißt du? Wenn du die Frage verzeihst.«

»Sara Dunstan. Ich bin – oder war – aus Solamnia. Und dort, in einem kleinen Dorf nicht allzuweit von Palanthas, beginnt meine Geschichte.

Ich war damals ungefähr zwanzig. Ich lebte allein in einem Häuschen, das meinen Eltern gehört hatte. Sie waren beide ein paar Jahre vorher an der Pest gestorben. Auch ich erkrankte, doch ich gehörte zu den Glücklichen, die überlebten. Meinen Lebensunterhalt verdiente ich mir mit Weben, denn dieses Handwerk hatte ich von meiner Mutter gelernt. Ich war nicht verheiratet. Natürlich hatte ich Angebote, als ich jung war, aber ich schlug alle aus. Zu hohe Ansprüche, sagten die Leute im Dorf, aber in Wirklichkeit habe ich nur nie jemanden getroffen, den ich liebte, und mit weniger gab ich mich nicht zufrieden.

Ich war nicht besonders glücklich. Das waren nur wenige in jenen harten Zeiten vor dem Krieg. Wir wußten nicht, was uns bevorstand, sonst hätten wir gedacht, wir wären gesegnet.«

Sie nahm eine Tasse heißen Tee an. Tika setzte sich neben ihren Mann und reichte ihm einen Teebecher. Er nahm ihn, stellte ihn hin und hatte ihn augenblicklich vergessen. Sein Gesicht war ernst.

»Fahr fort, Herrin.«

»Du solltest mich nicht Herrin nennen. Ich bin keine. Ich bin auch nie eine gewesen. Wie ich schon sagte, ich war Weberin. Eines Tages arbeitete ich zu Hause an meinem Webstuhl, als jemand an der Tür klopfte. Als ich hinausschaute, dachte ich erst, ein Mann stünde auf meiner Schwelle, aber plötzlich wurde mir klar, daß es eine junge Frau in Lederrüstung war. Sie trug ein Schwert, und ihre Haare waren schwarz und wie bei einem Mann kurz geschnitten ...«

Tika schaute Caramon an, um dessen Reaktion zu sehen. Die Beschreibung paßte genau auf Kitiara. Doch Caramons Gesicht war ausdruckslos.

»Sie wollte mich um etwas bitten – Wasser, glaube ich –, aber noch bevor sie etwas sagen konnte, brach sie vor mir zusammen.

Ich trug sie ins Haus. Sie war sehr krank, soviel erkannte ich. Darum rannte ich zu der alten Druidin, der Heilerin des Dorfes. Das war in der Zeit, bevor die Kleriker der Mishakal zu uns zurückkehrten, doch die Druidin war auf ihre Weise erfahren und hat viele Leben gerettet. Vielleicht sind wir deshalb nie auf jene falschen Kleriker und ihre Tricks hereingefallen.

Als die Druidin kam, war die Frau – sie stellte sich als Kitiara vor – wieder zu sich gekommen. Sie versuchte aufzustehen, war aber zu schwach. Die alte Frau untersuchte sie und wies sie dann an, sich wieder hinzulegen und liegenzubleiben.

Kitiara protestierte. ›Ich habe nur Fieber‹, sagte sie. ›Gib mir etwas dagegen, dann ziehe ich weiter.‹

›Es ist kein Fieber, das weißt du genau‹, sagte die Druidin zu ihr. ›Du trägst ein Kind, und wenn du dich nicht hinlegst und dich ausruhst, wirst du das Kind verlieren.‹

Caramons Gesicht wurde weiß, alles Blut war schlagartig daraus gewichen. Tika, die selber blaß wurde, mußte ihren Teebecher hinstellen, damit sie nichts verschüttete. Sie griff nach Caramons Hand. Sein dankbarer Händedruck zerquetschte sie fast.

›Ich will das Balg verlieren!‹ fing Kitiara wild zu fluchen an. Noch nie habe ich eine Frau so reden, so scheußliche Sachen sagen hören.« Sara erschauerte.

»Es war schrecklich mitanzuhören, aber die alte Druidin störte sich nicht daran. ›Ja, du wirst das Kind verlieren, aber zugleich auch dich selbst. Du wirst sterben, wenn du dich nicht schonst.‹

Kitiara murmelte etwas in der Art, sie würde der zahnlosen, alten Schachtel bestimmt nicht glauben, aber ich merkte, wieviel Angst sie hatte – vielleicht weil sie so krank und schwach war. Die Druidin wollte Kitiara in ihr Haus bringen lassen, aber ich sagte, ich würde für sie sorgen. Vielleicht findest du das merkwürdig, aber ich war einsam, und ... etwas an deiner Schwester bewunderte ich.«

Caramon schüttelte finster den Kopf.

Sara lächelte achselzuckend. »Sie war stark und unabhängig. Sie war das, was ich gewesen wäre, wenn ich genug Mut gehabt hätte. Und so blieb sie bei mir. Sie war sehr krank. Sie hatte wirklich Fieber, die Art von Fieber, die man sich in den Sümpfen holt. Und sie regte sich über das Kind auf. Sie wollte es offensichtlich nicht, doch ihr Zorn über ihre Schwangerschaft half ihr auch nicht.

Ich pflegte sie, solange sie fieberte. Mindestens einen Monat war sie krank. Irgendwann ging es ihr besser, und sie hatte das Kind nicht verloren. Aber sie war immer noch sehr schwach – ihr wißt ja, wie das ist. Sie konnte kaum den Kopf heben.« Sara seufzte. »Das erste, worum sie bat, als es ihr besser ging, war, daß die Druidin kommen und ihr ein Mittel geben sollte, um die Schwangerschaft abzubrechen.

Die alte Frau erklärte Kitiara, dafür sei es inzwischen zu spät. Sie wäre dabei gestorben. Kitiara paßte das nicht, aber sie war zu schwach, um sich zu streiten, zu schwach zu allem. Aber von diesem Tag an begann sie, die Tage bis zur Geburt zu zählen. ›Dann bin ich den kleinen Bastard los‹, sagte sie immer, ›und kann weiterziehen.‹ «

Caramon schluckte heftig, hustete und blickte stur geradeaus. Tika drückte seine Hand.

»Der Tag kam«, fuhr Sara fort. »Inzwischen war Kitiara wieder kräftig, und das war gut so, denn es war eine lange, schwierige Geburt. Nach zwei Tagen mit starken Wehen kam das Kind schließlich zur Welt – ein Junge. Er war stark und gesund. Kitiara leider nicht. Die Druidin (die sie nicht mochte) erklärte Kitiara rundheraus, sie würde wahrscheinlich sterben, und sie sollte jemandem sagen, wer der Vater des Kindes sei, damit der kommen und seinen Nachwuchs zu sich nehmen sollte.

In jener Nacht, in der sie fast gestorben wäre, verriet mir Kitiara den Namen des Vaters und die Umstände, die zur Empfängnis des Kindes geführt hatten. Aber aufgrund dieser Umstände und wegen der Person des Vaters zwang sie mich zu dem Schwur, es ihm nicht zu verraten.

Darin war sie eisern. Sie ließ mich einen Eid schwören, einen schrecklichen Eid, beim Namen meiner eigenen Mutter. ›Bring den Jungen zu meinen Brüdern. Sie heißen Caramon und Raistlin Majere. Sie werden meinen Sohn zu einem großen Krieger machen. Besonders Caramon. Er ist ein guter Kämpfer. Ich weiß es, weil ich ihn trainiert habe.‹

Ich habe es versprochen. Ich hätte ihr alles versprochen. Sie tat mir so leid. Sie war so kleinlaut und schwach; ich war ganz sicher, sie würde sterben. ›Kann ich deinen Brüdern irgend etwas mitbringen, was sie davon überzeugt, daß es dein Kind ist?

Sonst glauben sie mir vielleicht nicht‹, sagte ich. ›Vielleicht ein Schmuckstück, das sie erkennen?‹

›Ich habe keinen Schmuck. Ich besitze nur mein Schwert. Bring mein Schwert zu Caramon. Er wird es erkennen. Und sag ihm ... sag ihm ...‹ Kitiara sah sich schwach im Zimmer um. Ihr Blick fiel auf das schreiende Kind in der Wiege am Feuer.

›Mein kleiner Bruder hat immer so geschrien‹, flüsterte sie. ›Er war oft krank, unser Raistlin. Und wenn er weinte, hat Caramon versucht, ihn mit Späßchen abzulenken. Er machte Schattenspiele wie dieses.‹ Sie hielt die Hand hoch – die Ärmste, sie bekam sie gerade so eben hoch –, und machte aus den Fingern einen Hasenkopf. So.

›Und dann sagte Caramon: Guck mal, Raist. Häschen.‹«

Caramon stöhnte laut und legte die Hände vors Gesicht. Tika nahm ihn in den Arm und flüsterte ihm etwas zu.

»Verzeih mir«, sagte Sara betroffen. »Ich habe vergessen, wie furchtbar das für dich sein muß. Ich wollte dich nicht aufregen. Ich wollte doch nur beweisen –«

»Schon gut, Herrin.« Caramon hob den Kopf. Sein Gesicht war abgespannt, doch er war gefaßt. »Erinnerungen sind manchmal schlimm, besonders wenn sie ... auf diese Weise kommen. Aber jetzt glaube ich dir, Sara Dunstan. Verzeih mir, wenn ich es vorher nicht getan habe. Nur Kit oder ... oder Raist ... kannten diese Geschichte.«

»Es gibt nichts zu entschuldigen.« Sara nahm einen Schluck Tee und legte die klammen Hände um die Tasse, damit sie warm würden. »Natürlich starb Kitiara nicht. Die alte Druidin konnte es nicht fassen. Sie sagte, Kitiara müßte einen Pakt mit Takhisis geschlossen haben. Später dachte ich oft daran, als ich hörte, daß Kitiara für so viel Tod und Verderben verantwortlich war. Hatte sie der Königin der Finsternis Seelen im Tausch für ihre eigene versprochen? Hatte Takhisis sie deshalb verschont?«

»Was für eine gräßliche Vorstellung!« Tika zitterte.

»Keine Vorstellung«, sagte Sara gedämpft. »Ich habe solche Dinge erlebt.«

Sie machte eine lange Pause. Caramon und Tika starrten sie entsetzt an. Jetzt sahen sie sie wieder so wie bei ihrem Eintreten – mit dem Helm des Bösen und geschmückt mit der Todeslilie.

»Das Kind lebte, sagtest du«, stellte Caramon unvermittelt stirnrunzelnd fest. »Ich nehme an, Kit hat es zurückgelassen.«

»Ja.« Sara nahm ihre Geschichte wieder auf. »Kitiara war bald stark genug zum Reisen. Aber während ihrer Genesung hatte sie das Kind liebgewonnen. Es war ein schöner Junge, aufmerksam und gut gebaut. ›Ich kann ihn nicht behalten‹, sagte sie zu mir. ›Bedeutende Dinge werden geschehen. Im Norden formieren sich Armeen. Ich will mit dem Schwert mein Glück machen. Such ein gutes Zuhause für ihn. Ich schicke dir Geld für seine Erziehung, und wenn er alt genug ist, mit mir in den Krieg zu ziehen, werde ich ihn holen.‹

›Was ist mit deinen Brüdern?‹ wagte ich vorzuschlagen.

Sie fuhr mich wütend an: ›Vergiß, was ich dir je über meine Verwandten erzählt habe! Und vergiß vor allem, was ich über den Vater gesagt habe!‹

Ich willigte ein. Und dann fragte ich sie, ob ich das Kind behalten dürfte.« Sara starrte ins Feuer. Sie war rot geworden. »Ich war so einsam, wißt ihr. Und ich hatte mir immer ein Kind gewünscht. Mir kam es so vor, als hätten die Götter – wenn es welche gab – meine Gebete erhört.

Kitiara gefiel der Vorschlag. Sie hatte zu mir Vertrauen gefaßt, und ich glaube, sie mochte mich sogar ein wenig – soweit sie überhaupt eine andere Frau gern haben konnte. Sie versprach, mir Geld zu schicken, wenn sie welches hätte. Ich sagte, mir wäre das egal. Ich könnte mich und das Kind ernähren. Und ich versprach, ihr Briefe zu schreiben und von dem Jungen zu berichten. Als sie ging, küßte sie das Kind und legte es in meine Arme.

›Wie soll er heißen?‹ fragte ich.

›Nenn ihn Stahl‹, sagte sie. Und dabei lachte sie – eine Art Scherz, wenn man den Nachnamen des Kindes bedenkt.«

»Der wäre ›Halbelf‹«, flüsterte Caramon Tika zu. »Ich sehe keinen besonderen Witz darin, höchstens auf Kosten des armen Tanis. Die ganzen Jahre.« Betrübt schüttelte er den Kopf. »Er hat es nie gewußt.«

»Still!« zischte Tika. »Das kannst du nicht sicher sagen.«

»Was?« Sara hatte mitgehört. »Was meint ihr?«

»Tut mir leid, aber ich habe den Witz nicht verstanden«, sagte Caramon. »Über den Namen des Kindes. ›Halbelf‹, weißt du.«

»Halbelf?« Sara war erstaunt.

Caramon war höchst verlegen. Er wurde rot, räusperte sich und sagte: »Sieh mal, wir wissen doch alle von Tanis und Kit, also mußt du nichts mehr verschweigen –«

»Ach, du glaubst, der Vater des Kindes wäre Tanis, der Halbelf«, sagte Sara, die plötzlich verstand. »Nein, da liegst du falsch.«

»Bist du sicher?« Caramon war verwirrt. »Natürlich hätte es auch jemand anders sein können –«

»Alles, was Hosen anhat«, murmelte Tika in sich hinein.

»Aber du sagtest, dieses Kind kam vier Jahre vor dem Krieg zur Welt. Kit und Tanis haben sich geliebt. Und es muß kurz nach der Zeit gewesen sein, wo sie Solace zusammen mit –« Caramon blieb das Wort im Halse stecken. Er starrte Sara an. »Das ist nicht möglich!« knurrte er. »Kit hat gelogen. Das glaube ich nicht.«

»Was soll das heißen?« fragte Tika. »Ich verstehe nicht! Von wem redest du?«

»Erinnerst du dich denn nicht an damals?«

»Caramon, ich war ein kleines Mädchen, als du und Raistlin und die anderen Solace verlassen habt. Und keiner von euch hat je über das gesprochen, was in diesen fünf Jahren geschah.«

»Richtig, wir haben nie von diesen Reisen erzählt«, sagte Caramon langsam, während er seine Gedanken ordnete. »Wir gingen auf die Suche nach den wahren Göttern, das war unser Ziel. Aber im nachhinein wird mir jetzt klar, daß wir in Wirklichkeit auf der Suche nach uns selbst waren. Wie kann jemand diese Reise beschreiben? Und deshalb haben wir geschwiegen und die Geschichten für uns behalten und es den Legendenerzählern überlassen, die nur auf ein paar Münzen aus sind, daraus jedes beliebige Ammenmärchen zu machen.«

Er starrte Sara lange finster an. Diese blickte auf ihre Teetasse, die in ihren Händen abgekühlt war.

»Ich gebe zu, ich habe keinen Beweis. Das heißt«, fügte sie hinzu, »ich habe einen Beweis, aber den kann ich jetzt nicht vorzeigen.«

Trotzig hob sie den Kopf. »Bis hierher habt ihr mir geglaubt.«

»Ich weiß nicht mehr, was ich glauben soll«, sagte Caramon schwermütig. Er stand auf und ging zum Feuer.

»Könnte mir vielleicht mal jemand was erklären? Wie hieß denn das Kind nun?« Tika war mit ihrer Geduld am Ende.

»Stahl«, antwortete Sara. »Stahl Feuerklinge.«

Kapitel 3

Weiße Rose, Schwarze Lilie

»Mögen alle Götter uns beistehen!« Tika schnappte nach Luft. »Aber das würde heißen ... Was für eine Abstammung! Gütiger Paladin!« Sie stand auf. Entsetzt starrte sie Caramon an. »Sie hat ihn getötet! Kitiara hat den Vater ihres eigenen Kindes getötet!«

»Das glaube ich nicht«, sagte Caramon mit belegter Stimme. Mit den Händen in den Hosentaschen trat er verstimmt nach einem Holzscheit, das aus dem Kamin rollen wollte, woraufhin ein Funkenschauer den Schornstein hochjagte. »Sturm Feuerklinge war ein Ritter – in seiner Seele, wenn auch nicht nach den Regeln des Ordens. Er hätte nie« – Caramon hielt betreten inne. »Nein, das hätte er nicht.«

»Er war auch ein Mann. Ein junger Mann«, sagte Sara sanft.

»Du hast ihn nicht gekannt!« Caramon ging ärgerlich auf sie los.

»Aber später habe ich ihn kennengelernt. Wollt ihr den Rest meiner Geschichte hören?«

Tika legte ihrem Mann die Hand auf die breiten Schultern. »Wer die Ohren verschließt, verschließt der Wahrheit nicht den Mund«, zitierte sie ein Elfensprichwort.

»Nein, aber er bringt die klatschenden Zungen zum Schweigen«, murmelte Caramon. »Sag mir eins: Ist das Kind noch am Leben?«

»Ja, dein Neffe lebt«, antwortete Sara fest mit traurigem,

bedrängtem Gesicht. »Er ist vierundzwanzig. Um seinetwillen bin ich gekommen.«

Caramon stieß einen Seufzer aus, der tief aus seinem Herzen kam. »Dann fahr fort.«

»Wie du schon sagtest, Kitiara und der junge Ritter verließen Solace auf dem Weg nach Norden. Sie suchten nach ihren Vätern, die beide Ritter von Solamnia gewesen waren, und deshalb erschien es logisch, daß sie gemeinsam reisten. Obwohl sie, so wie ich es verstand, nicht zusammenpaßten.

Alles ging von Anfang an schief. Schon ihre Suche selbst war unterschiedlich. Sturms Suche war geheiligt. Er wollte einen Vater finden, der ein musterhafter Ritter gewesen war. Kits Suche war etwas anderes. Sie wußte – oder ahnte wenigstens –, daß man ihren Vater in Schande aus der Ritterschaft ausgeschlossen hatte. Vielleicht hatte sie sogar Kontakt mit ihm. Auf jeden Fall zog etwas sie zu den Armeen der Königin der Finsternis, die sich heimlich im Norden sammelten.

Kit fand den jungen Feuerklinge mit seiner ernsthaften Hingabe und religiösen Inbrunst zuerst ganz lustig. Aber das dauerte nicht lange. Bald langweilte er sie. Und dann begann er, sie wirklich zu stören. Er lehnte es ab, in Tavernen zu übernachten, weil das Orte der Verruchtheit wären. Jede Nacht sprach er seine heiligen Gebete. Tagsüber hielt er ihr streng ihre Sünden vor. Das hätte sie vielleicht noch erduldet, aber dann machte der junge Ritter einen schrecklichen Fehler. Er versuchte, das Kommando zu übernehmen.

Das konnte Kitiara nicht zulassen. Du kennst sie. Sie mußte jede Situation beherrschen.« Sara lächelte traurig. »In den paar Monaten, die sie in meinem Haus verbrachte, machten wir alles so, wie sie es wollte. Wir aßen, was sie essen wollte. Wir redeten, wenn sie reden wollte.

›Sturm machte mich verrückt‹, erzählte mir Kit, und selbst Monate später blitzten ihre dunklen Augen noch, wenn sie von ihm sprach. ›Ich war die Ältere, die geübtere Kämpferin. Ich hatte bei seiner Ausbildung geholfen! Und er hatte die Stirn, mich herumkommandieren zu wollen!‹

Jeder andere hätte einfach gesagt: ›Schau mal, mein Freund, wir kommen nicht miteinander aus. Das geht nicht gut. Laß uns jeder seinen eigenen Weg gehen.‹ Aber nicht Kitiara. Sie wollte Sturm brechen, ihm eine Lektion erteilen, ihn lehren, wer stärker war. Zuerst, sagte sie, hatte sie überlegt, ihn zu einem Duell zu zwingen, um ihn mit der Waffe zu schlagen. Aber dann beschloß sie, daß das nicht demütigend genug wäre. Sie entwarf einen maßgeschneiderten Racheplan. Sie würde dem jungen Ritter beweisen, daß sein selbstgerechtes Gehabe beim ersten Windstoß in sich zusammenfallen würde. Sie würde ihn verführen.«

Caramon hatte die Zähne aufeinandergebissen, sein Gesicht war starr. Er verlagerte sein Gewicht unsicher von einem Fuß auf den anderen. Sosehr er auch zweifeln wollte, war doch eins offensichtlich – wenn man die beiden so gut kannte wie er: Die Geschichte mußte wahr sein.

»Feuerklinges Verführung war ein Spiel für Kit, denn sie würzte eine mittlerweile triste, ereignislose Reise. Du weißt, wie charmant deine Schwester sein konnte, wenn sie wollte. Sie hörte auf, sich mit Sturm zu streiten. Sie tat so, als würde sie alles ernst nehmen, was er sagte und tat. Sie bewunderte ihn, lobte ihn. Sturm war ehrenhaft und voller Ideale, vielleicht ein bißchen eingebildet – er war schließlich jung –, und er glaubte allmählich, er hätte diese wilde Frau gezähmt und auf den Weg des Guten geführt. Und ganz bestimmt verliebte er sich ein wenig in sie. An diesem Punkt begann sie, ihn zu versuchen.

Der arme, junge Ritter muß lange mit seinen Leidenschaften gerungen haben. Er hatte Keuschheit bis zur Ehe gelobt, aber er war auch nur ein Mensch, ein heißblütiger junger Mann. In diesem Alter scheint der Körper manchmal aus eigenem Willen zu handeln und den widerstrebenden Geist mitzuziehen.

Kitiara war in solchen Dingen erfahren. Der weltfremde junge Ritter nicht. Er wußte wohl kaum, wie ihm geschah, ehe es zu spät war und sein Verlangen unerträglich wurde.«

Sara wurde leiser. »Eines Abends rezitierte er seine Gebete. Diesen Moment hatte Kitiara sich ausgesucht. Ihre Rache würde vollkommen sein, wenn sie ihn von seinem Gott weglocken konnte. Das gelang ihr.«

Sara schwieg. Alle drei schwiegen. Caramon starrte blicklos ins heruntergebrannte Feuer. Tikas Hände knäulten ihre Schürze zusammen.

»Am nächsten Morgen«, fuhr Sara fort, »kam der junge Ritter wieder zu sich. Für ihn war es Sünde, was sie getan hatten. Er wollte alles tun, um es wieder gutzumachen. Er bat sie, ihn zu heiraten. Kitiara lachte. Sie machte ihn lächerlich, seine Gelübde, seinen Glauben. Sie sagte, alles sei nur ein Spiel gewesen. Sie liebe ihn nicht. In Wahrheit verachte sie ihn.

Sie hatte ihr Ziel erreicht. Sie sah ihn hilflos und beschämt, wie sie gehofft hatte. Sie verhöhnte, quälte ihn. Und dann verließ sie ihn.

Sie hat mir erzählt, wie er aussah«, sagte Sara. »›Als wenn ich ihm einen Speer ins Herz gestoßen hätte. Das nächste Mal, wenn er so weiß ist wie damals, begraben sie ihn!‹«

»Verdammte Kit«, fluchte Caramon leise. Er schlug mit der Faust gegen den gemauerten Kamin. »Verdammt soll sie sein.«

»Still, Caramon!« sagte Tika rasch. »Sie ist tot. Wer weiß, wie schrecklich ihre Strafe jetzt ist.«

»Ich frage mich, ob sie genug leidet«, meinte Sara leise. »Ich war selbst jung und voller Ideale. Ich konnte mir nur zu gut vorstellen, wie der arme Kerl sich gefühlt haben muß. Ich versuchte, es Kit zu erklären, aber sie wurde nur wütend. ›Er hatte es verdient‹, behauptete sie. Und schließlich hatte er sich an ihr gerächt. So sah sie ihre Schwangerschaft an – als seine Rache. Und deshalb ließ sie mich versprechen, niemandem zu verraten, daß er der Vater war.«

Caramon sah hoch. »Warum erzählst du es dann mir? Was spielt das jetzt noch für eine Rolle? Wenn es wahr ist, sollte man es am besten vergessen. Sturm Feuerklinge war ein guter Mann. Er lebte und starb für seine Ideale und für die der Ritterschaft. Mein eigener Sohn ist nach ihm benannt. Ich lasse diesen Namen nicht besudeln.« Sein Gesicht verfinsterte sich. »Worauf bist du aus? Geld? Wir haben nicht viel, aber –«

Sara sprang auf. Ihr Gesicht war wutentbrannt; sie sah aus, als hätte er sie geohrfeigt. »Ich will kein Geld von dir! Wenn ich das gewollt hätte, hätte ich schon vor Jahren kommen können! Ich habe deine Hilfe gesucht, weil ich gehört hatte, du wärst ein guter Mann. Ich habe anscheinend etwas Falsches gehört.«

Sie ging auf die Tür zu.

»Caramon, du Hornochse!« Tika rannte hinter Sara her und erwischte sie, als diese gerade ihren Mantel überwarf. »Bitte, vergib ihm, Herrin. Er hat es nicht so gemeint. Er ist verletzt und aufgebracht, mehr nicht. Es ist für uns beide ein Schock. Du ... du hast seit Jahren mit diesem Wissen gelebt, aber uns hat es tief erschüttert. Wie können wir dir helfen?«

»Ihr müßt zuerst den Rest meiner Geschichte hören«, sagte Sara. Aber sie taumelte, als sie sich hinsetzen wollte, und wäre gestürzt, wenn Tika sie nicht festgehalten hätte. »Verzeih mir. Ich bin so müde.«

»Solltest du dich nicht erst ausruhen?« schlug Tika vor. »Bestimmt kannst du auch morgen früh ...«

»Nein!« Sara richtete sich auf. »Die Zeit läuft uns davon. Und diese Müdigkeit ist nicht körperlich, sondern seelisch. – Kitiaras Sohn war sechs Wochen alt, als sie ihn verließ. Weder er noch ich haben sie je wiedergesehen. Ich kann nicht sagen, daß es mir leid tat. Ich liebte das Kind, als wäre es mein eigenes. Vielleicht noch mehr, denn – wie gesagt – er erschien mir wie ein Gottesgeschenk gegen meine Einsamkeit. Kitiara hielt ihr Versprechen. Sie schickte mir Geld und für Stahl Geschenke. Ich bekam mit, wie Kitiara mit den Jahren reicher wurde, denn die Geldsummen wurden größer und die Geschenke kostspieliger. Es waren alles kriegerische Gaben: kleine Schwerter und Schilde, ein kleines Messer, dessen Griff wie ein silberner Drache geformt war. Stahl liebte die Sachen. Wie sie es vorhergesehen hatte, war er der geborene Krieger.

Als er vier war, brach der Krieg aus. Es kam kein Geld mehr und keine Geschenke. Kitiara hatte Wichtigeres im Kopf. Ich hörte Geschichten von der Finsteren Herrin. Ich hörte, in welcher Gunst sie beim Drachenfürsten Ariakas stand, dem General der Armeen des Bösen. Ich erinnere mich, was sie mir gesagt hatte – daß sie den Jungen holen wollte, wenn er alt genug war, um in die Schlacht zu ziehen. Ich sah Stahl an. Er war erst vier, aber er war stärker, größer und klüger als die meisten Kinder in seinem Alter.

Wenn ich ihn einmal suchte, konnte ich ihn auf jeden Fall in der Taverne finden, wo er mit offenem Mund gebannt den Kriegsgeschichten lauschte. Die Soldaten waren Söldner – ein übler Haufen. Sie machten sich über die Ritter von Solamnia lustig, nannten sie Schwächlinge, die sich in ihren Rüstungen versteckten. Es gefiel mir nicht, was Stahl lernte. Unser Dorf war klein und wurde nur von diesem Abschaum beschützt, und ich befürchtete, daß sie mit den Truppen der Königin der Finsternis im Bunde waren. Darum ging ich fort. Mein Sohn«, Sara warf Caramon einen wütenden Blick zu, damit er ihr ja nicht widersprach, »und ich gingen nach Palanthas. Dort glaubte ich uns sicher, und ich wollte, daß der Junge unter den Rittern von Solamnia aufwuchs, um die Wahrheit über die Ehre und über den Eid und den Maßstab zu erfahren. Ich dachte, das könnte … könnte …«

Sara hielt inne und holte zitternd Luft, bevor sie fortfuhr. »Ich hoffte, das könnte die Finsternis besiegen, die ich in ihm sah.«

»In einem Kind?« fragte Tika ungläubig.

»Schon im Kind. Vielleicht denkt ihr, es kam, weil ich die Unvereinbarkeit der zwei Blutströme kannte, die in ihm flossen, aber ich schwöre euch bei den Göttern des Guten, deren Namen ich nicht länger ungestraft sagen kann, ich konnte den Kampf in seiner Seele wirklich mitansehen. Jede gute Seite von ihm hatte auch etwas Böses; jede schlechte Eigenschaft war von Gutem verbrämt. Ich sah es schon damals! Heute sehe ich es um so mehr.«

Sie senkte den Kopf. Zwei Tränen rannen über ihre bleichen Wangen. Tika legte ihr den Arm um die Schulter. Caramon ging vom Feuer weg und stellte sich schützend neben sie, während sie ihre Geschichte fortsetzte.

»Es war in Palanthas, wo ich zum ersten Mal von Sturm Feuerklinge hörte. Ich hörte die anderen Ritter über ihn reden – nicht gerade in den höchsten Tönen. Angeblich zog er mit ausländischem Volk herum – einem Elfenmädchen, einem Kender und einem Zwerg. Und er widersetzte sich Befehlen. Aber die einfachen Menschen in der Stadt liebten und vertrauten Sturm – im Gegensatz zu vielen anderen Rittern. Ich sprach mit Stahl über Sturm, nutzte jede Gelegenheit, ihm den Edelmut und die Ehrenhaftigkeit seines Vaters nahezubringen ...«

»Kannte Sturm die Wahrheit?« unterbrach Caramon.

Sara schüttelte den Kopf. »Wie konnte ich ihm das sagen? Es hätte ihn verwirrt. Komisch, aber er hat mich nie gefragt, wer seine Eltern sind. Ich habe nie ein Geheimnis daraus gemacht, daß ich nicht seine richtige Mutter bin. Zu viele in meinem kleinen Dorf kannten die Wahrheit. Aber ich lebte – und lebe immer noch – in der Angst vor seiner Frage: Wer sind meine richtigen Eltern?«

»Du meinst«, Caramon wirkte erstaunt, »er weiß es nicht? Bis heute?«

»Er weiß, wer seine Mutter ist. Sie legten Wert darauf, ihm das beizubringen. Aber er hat niemals nach dem Namen seines Vaters gefragt. Vielleicht dachte er, ich wüßte ihn nicht.«

»Oder vielleicht wollte er es nicht wissen«, warf Tika ein.

»Ich finde trotzdem, er hätte es wissen sollen«, beharrte Caramon.

»So?« Sara warf ihm einen verbitterten Blick zu. »Überleg doch mal. Denk an die Schlacht um den Turm des Oberklerikers. Wie du weißt, haben die Ritter gesiegt. Die Drachenfürstin Kitiara wurde geschlagen, aber um welch schrecklichen Preis. Wie ihr schon sagtet, sie tötete Sturm Feuerklinge, tötete ihn, als er allein auf den Zinnen stand.

Ich war außer mir, als ich davon hörte. Könnt ihr euch vorstellen, wie es mir ging? Wenn ich Stahl ansah und wußte, daß seine Mutter seinen Vater umgebracht hatte. Wie sollte ich einem Jungen so etwas erklären, wenn ich es selbst nicht begriff?«

Caramon seufzte. »Ich weiß es nicht«, sagte er betrübt. »Ich weiß es nicht.«

Sara fuhr fort. »Wir wohnten in Palanthas, als der Krieg zu Ende ging. Und da bekam ich wirklich Angst, denn ich fürchtete, Kitiara könnte anfangen, nach ihrem Sohn zu suchen. Vielleicht tat sie das auch. Jedenfalls hat sie uns nicht gefunden. Einige Zeit später hörte ich, daß sie sich mit dem Dunkelelfen und Zauberer Dalamar zusammengetan hatte – dem Lehrling ihres Bruders Raistlin, der damals Meister im Turm der Erzmagier von Palanthas war.«

Caramons Gesicht wurde ernst und nachdenklich, wie immer, wenn von Raistlin die Rede war.

»Vergib mir, Caramon«, sagte Sara bittend, »aber als ich die Geschichten über deinen Bruder Raistlin hörte, konnte ich nur denken: »Noch mehr schwarzes Blut in den Adern meines Kindes.« Und mir kam es so vor, als würde Stahl mit jedem Tag tiefer ins Dunkle treiben. Er war nicht wie andere Jungen seines Alters. Alle Jungen spielen Krieg, aber für Stahl war der Krieg kein Spiel. Bald wollten die anderen Kinder nicht mehr mit ihm spielen. Er tat ihnen weh, wißt ihr.«

Tikas Augen wurden groß. »Er tat ihnen weh?«

»Nicht absichtlich«, antwortete Sara schnell. »Hinterher tat es ihm immer leid. Es macht ihm keine Freude, anderen Schmerzen zuzufügen, den Göttern sei Dank. Aber wie ich schon sagte, die Spiele waren für ihn kein Spiel. Er kämpfte wie besessen. Die eingebildeten Feinde waren für ihn sehr echt. Deshalb mieden ihn die anderen Kinder. Er war einsam, ich weiß, aber er war stolz und hätte es nie zugegeben.

Und dann kam der Krieg nach Palanthas, denn Fürst Soth und Kitiara griffen die Stadt an. Viele Menschen verloren ihr Leben. Unser Haus fiel den Bränden zum Opfer, die durch die Stadt rasten, aber ich weinte vor Dankbarkeit, als ich hörte, daß Kitiara tot war. Wenigstens ist Stahl sicher, dachte ich. Ich betete darum, daß das Dunkel von ihm weichen möge, daß er anfangen würde, zum Licht zu wachsen. Aber meine Hoffnungen erfüllten sich nicht.

Eines Nachts, als Stahl schon zwölf war, erwachte ich von einem Klopfen an der Tür. Ich sah aus dem Fenster, wo ich drei Gestalten in schwarzen Mänteln hoch zu Pferde erblickte. Alle meine Ängste wurden augenblicklich wieder wach. Die Männer erschreckten mich so sehr, daß ich Stahl weckte und ihm erklärte, wir müßten durch die Hintertür fliehen. Er weigerte sich. Ich glaube ... ich glaube, eine dunkle Stimme rief nach ihm. Er sagte, ich könnte davonrennen, wenn ich wollte. Er täte es nicht. Er hatte keine Angst.

Die Männer schlugen die Tür ein. Ihr Anführer war ... Habe ich Ariakas schon erwähnt?«

»Den Oberbefehlshaber der Armee der Roten Drachen. Er starb beim letzten Angriff im Tempel. Was hat er damit zu tun?«

»Es heißt, er wäre Kits Liebhaber gewesen«, warf Tika ein.

Sara zuckte mit den Schultern. »Sie wäre nicht die erste gewesen und bestimmt nicht die letzte. Aber soviel ich gehört habe, verliebte sich Zeboim, die Tochter von Takhisis, in Ariakas, wurde seine Geliebte und schenkte ihm einen Sohn mit dem Namen Ariakan. Ariakan diente im Krieg der Lanze als Soldat unter seinem Vater. Er ist ein erfahrener Krieger, der in der Schlacht mutig kämpfte. Als er mehr tot als lebendig von den Rittern von Solamnia gefangengenommen wurde, waren diese von seiner Tapferkeit sehr beeindruckt und behandelten ihn mit großem Respekt, obwohl er ihr Gefangener war.

Sie hielten Ariakan jahrelang gefangen, bis sie ihn endlich freiließen, weil sie fälschlicherweise glaubten, daß er – in diesen Zeiten des Friedens – keinen Schaden anrichten konnte. Während seines Zwangsaufenthalts bei den Rittern hatte Ariakan viel gelernt. Inzwischen bewunderte er sie, obwohl er sie auch wegen ihrer scheinbaren Schwächen verabscheute.

Kurz nach seiner Freilassung bekam Ariakan Besuch von Takhisis in Gestalt der Finsteren Kriegerin. Sie befahl ihm, einen ihr geweihten Ritterorden zu gründen, so wie der der Ritter von Solamnia Paladin geweiht war. ›Die, die jetzt noch Jungen sind, werden in meinem Dienst aufwachsen‹, erklärte sie ihm. ›Du wirst sie dazu erziehen, mich zu verehren. Ich werde sie besitzen, ihren Körper und ihre Seele. Wenn sie Männer sind, werden sie freiwillig ihr Leben für meine Sache geben.‹

Fast auf der Stelle begann Ariakan, Jungen für diese unheilige Armee zu ›rekrutieren‹.«

Saras Stimme wurde leiser. »Der Mann an der Tür war Ariakan.«

»Gütiger Paladin!« murmelte Tika entsetzt.

»Er wußte von Kitiaras Sohn.« Sara schüttelte den Kopf. »Ich bin mir nicht sicher, woher. Ariakan behauptete, Kit hätte seinem Vater von dem Jungen erzählt. Ich glaube das nicht. Ich glaube … ich glaube, es war der Zauberer Dalamar, der böse Meister im Turm der Erzmagier in Palanthas, der Ariakan zu uns führte –«

»Aber Dalamar hätte mir davon erzählt«, wandte Caramon ein. »Er und ich sind … hm –«

Sara starrte ihn mit weit aufgerissenen Augen an.

»Nicht gerade Freunde«, sagte Caramon, als er noch einmal überlegte, »aber wir respektieren einander. Und der Junge ist schließlich mein Neffe. Doch, Dalamar hätte es mir gesagt –«

»Unwahrscheinlich!« Tika zog die Nase hoch. »Schließlich und endlich trägt er die Schwarze Robe. Dalamar dient der Königin der Finsternis und sich selbst, wenn auch nicht unbedingt in dieser Reihenfolge. Wenn er fand, daß Stahl sich als wertvoll erweisen könnte …« Sie zuckte mit den Schultern.

»Vielleicht befolgte Dalamar nur Befehle«, flüsterte Sara, die ängstlich aus dem Fenster starrte. »Takhisis will Stahl. Ich glaube fest daran. Sie hat alles in ihrer Macht Stehende getan, um ihn zu bekommen … und sie steht kurz vor dem Sieg!«

»Was meinst du damit?« wollte Caramon wissen.

»Das ist der Grund für mein Kommen. In jener Nacht hat Ariakan Stahl ein Angebot gemacht. Er wollte aus Stahl einen dunklen Paladin machen.« Sara griff an ihren Umhang und hielt die Brosche mit der schwarzen Lilie in ihrer zitternden Hand. »Einen Ritter der Takhisis.«

Caramon war entsetzt. »Diesen bösen Orden gibt es nicht.«

»Doch«, sagte Sara leise, »auch wenn es nur wenige wissen. Aber es wird bekannt werden. Bestimmt.« Zitternd saß sie da und zog schließlich den Mantel wieder um sich.

»Fahr fort«, sagte Caramon finster. »Ich glaube, ich verstehe, worauf du hinauswillst.«

»Kitiaras Sohn gehörte zu den ersten, die Ariakan aufsuchte. Ich muß zugeben, daß er schlau ist, dieser Ariakan. Er wußte genau, wie er Stahl anpacken mußte. Ariakan redete mit dem Jungen und erzählte ihm, er würde ihn zu einem mächtigen Krieger machen, einem Anführer von Legionen. Er versprach Stahl Ehre, Reichtum und Macht. Stahl war hingerissen. In jener Nacht sagte er zu, mit Ariakan zu ziehen.

Nichts, was ich sagte oder tat, konnte Stahl davon abhalten, auch meine Tränen nicht. Ich erreichte nur ein einziges Zugeständnis – ich durfte mitkommen. Ariakan war damit nur einverstanden, weil er sich dachte, ich könnte ihm nützlich sein. Er brauchte jemanden, der für die Jungen kochte, ihre Kleider flickte, hinter ihnen her fegte. Das ... und seine Schwäche für mich«, endete Sara leise.

»Ja«, fügte sie halb beschämt, halb trotzig hinzu, »ich wurde seine Geliebte. Ich war viele Jahre seine Geliebte, bis ich zu alt wurde und ihm nicht mehr gefiel.«

Caramons Gesicht verdüsterte sich.

»Ich verstehe«, sagte Tika. »Du hast dich für deinen Sohn geopfert. Um in seiner Nähe zu sein.«

»Das war der einzige Grund! Ich schwöre es!« rief Sara inbrünstig. »Ich hasse sie und das, wofür sie einstehen! Ich hasse Ariakan! Ihr wißt nicht, wie ich gelitten habe! Viele Male wollte ich mich umbringen. Aber ich konnte Stahl nicht verlassen. Es ist noch Gutes in ihm, auch wenn sie getan haben, was sie konnten, um diesen Funken zum Erlöschen zu bringen. Insbesondere liebt und respektiert er mich. Ariakan hätte mich schon viel früher fortgejagt, wenn Stahl nicht gewesen wäre. Mein Sohn hat mich beschützt und verteidigt – zu seinem eigenen Nachteil, auch wenn er nie darüber geredet hat. Er hat gesehen, wie andere vor ihm zum Ritter geschlagen wurden. Ariakan hielt Stahl zurück, und zwar meinetwegen. Stahl ist treu. Er ist ehrenhaft wie sein Vater. Beides vielleicht zu sehr, denn so treu er mir ist, so treu ist er auch ihnen. Er hat sein Leben in den Dienst dieser finsteren Ritterschaft gestellt. Und jetzt bekommt er endlich die Gelegenheit, einer von ihnen zu werden. In drei Nächten soll Stahl Feuerklinge den Eid schwören, seine Gelübde ablegen und seine Seele der Königin der Finsternis weihen. Deshalb bin ich zu euch gekommen und habe mein Leben aufs Spiel gesetzt, denn wenn Ariakan herausbekommt, was ich getan habe, wird er mich töten. Nicht einmal mein Sohn wird ihn aufhalten können.«

»Hab Vertrauen, Herrin«, sagte Caramon bestürzt. »Was soll ich tun? Dir Zuflucht gewähren?«

»Nein«, sagte Sara. Zögernd nahm sie Caramons Hand. »Ich möchte, daß du meinen Sohn – deinen Neffen – davon abhältst, das Gelübde abzulegen. Seine Seele ist durch und durch ehrenhaft, wenn auch finster. Du mußt ihn überzeugen, welchen schrecklichen Fehler er begeht.«

Caramon starrte sie erstaunt an. »Wenn du – seine Mutter, eine Frau, die er liebt – ihn in all den Jahren nicht umstimmen konntest, was kann ich dann tun? Ein Onkel, den er nie gekannt hat, ein Fremder. Er wird mir gar nicht zuhören.«

»Nicht dir«, sagte Sara, »aber vielleicht seinem Vater.«

»Sein Vater ist tot, Sara.«

»Ich habe gehört, daß der Leichnam von Sturm Feuerklinge im Turm des Oberklerikers aufgebahrt ist. Der Leichnam soll angeblich heilige Wunderkräfte besitzen. Bestimmt würde der Vater etwas tun, um seinem Sohn zu helfen!«

»Nun … mag sein.« Caramon war voller Zweifel. »Ich habe in meinem Leben so manches erlebt, aber ich verstehe dich immer noch nicht. Was soll ich denn jetzt tun?«

»Ich möchte, daß du Stahl in den Turm des Oberklerikers bringst.«

Caramon blieb der Mund offenstehen. »Einfach so! Und wenn er nicht mitkommen will?«

»Oh, das will er bestimmt nicht«, sagte Sara überzeugt. »Du wirst Gewalt anwenden müssen. Vielleicht mußt du ihn mit dem Schwert dazu zwingen. Und das wird nicht leicht sein. Er ist stark und ein guter Kämpfer, aber du wirst es schon schaffen. Du bist ein Held der Lanze.«

Sprachlos starrte Caramon die Frau an. Das Schweigen wurde lastend.

»Du mußt es tun«, bettelte Sara, die verzweifelt die Hände rang. Die Tränen liefen ihr hemmungslos über die Wangen, als Müdigkeit, Angst und Sorge sie schließlich doch überwältigten. »Sonst ist Sturms Sohn verloren!«

Kapitel 4

Caramon versucht sich zu erinnern, wo seine Rüstung steckt

»Nun«, sagte Tika, die abrupt aufsprang, »wenn ihr zwei vor Tagesanbruch los wollt, solltet ihr euch lieber fertigmachen.«

»Was?« Caramon starrte seine Frau an. »Das meinst du doch nicht ernst.«

»Doch, todernst.«

»Aber –«

»Der Junge ist dein Neffe«, erklärte ihm Tika, die Hände in die Hüften gestemmt.

»Ja, aber –«

»Und Sturm war dein Freund.«

»Ich weiß, aber –«

»Es ist deine Pflicht. Das ist alles«, schloß Tika. »Also, wo haben wir deine Rüstung hingepackt?« Sie faßte ihn kritisch ins Auge. »Der Brustpanzer paßt wohl nicht mehr, aber das Kettenhemd müßte –«

»Du erwartest, daß ich auf einem blauen Drachen in ein ... eine –« Caramon sah Sara an.

»Eine Festung«, erklärte diese ihm. »Auf einer Insel im hohen Norden, im Sirrionmeer.«

»Eine Inselfestung. Eine geheime Burg mit Legionen dunkler Paladine, die sich dem Dienst an der Königin der Finsternis verschrieben haben! Und wenn ich in der Festung bin, soll ich mir einen fertigen Ritter im besten Alter schnappen und ihn in den Turm des Oberklerikers schleppen. Und falls ich dort jemals lebend ankomme, was ich bezweifle, dann sollen die Ritter von Solamnia uns einfach so hineinspazieren lassen? Mich und einen Ritter des Bösen?«

Die letzten Worte mußte Caramon schreien. Tika war in die Küche gegangen.

»Wenn die eine Seite mich nicht umbringt«, polterte er, »dann tut es die andere!«

»Pst, Schatz, du weckst noch die Kinder.« Tika kam mit einem Wasserschlauch und einer Tasche zurück, aus der Bratenduft aufstieg. »Morgen früh wirst du Hunger haben. Ich hole dir nur noch ein frisches Hemd. Kümmere du dich um die Rüstung. Ach, ich weiß – sie ist in der großen Truhe unterm Bett. Und keine Sorge, Schatz«, sagte sie, während sie ihm eilig einen Kuß gab. »Ich bin sicher, Sara hat einen Plan, wie du in die Festung gelangen sollst. Was den Turm des Oberklerikers angeht, da wird sich Tanis etwas ausdenken.«

»Tanis?« Caramon sah sie verständnislos an.

»Ja, natürlich, du mußt doch Tanis noch mitnehmen. Du kannst doch nicht allein losziehen. Du bist nicht gerade in Bestform. Außerdem ...« Sie warf einen Blick auf Sara, die ihren Mantel zugesteckt hatte und ungeduldig an der Tür stand. Tika zog ihren Mann am Ohr zu sich herunter. »Vielleicht hat Kitiara gelogen«, flüsterte sie. »Vielleicht ist doch Tanis der Vater. Er sollte den Jungen sehen. – Und sowieso«, fügte sie laut hinzu, während Caramon sich sein Ohr rieb, »ist Tanis der einzige, der euch in den Turm des Oberklerikers bringen kann. Die Ritter *müssen* ihn einlassen. Sie würden es nicht wagen, ihn oder Laurana zu beleidigen.«

Tika drehte sich erklärend zu Sara um. »Laurana ist Tanis' Frau. Im Krieg der Lanze hat sie die Ritter von Solamnia angeführt. Sie wird sehr von ihnen verehrt. Jetzt sind sie und Tanis Bindeglieder zwischen den Rittern und den Elfennationen. Ihr Bruder Porthios ist die Stimme der Elfennationen. Tanis oder Laurana zu beleidigen, wäre gleichbedeutend damit, die

Elfen zu beleidigen, und das würden die Ritter niemals tun. Oder, Caramon?«

»Wahrscheinlich.« Caramon war schwindelig. Ihm ging alles viel zu schnell.

Tika wußte, wie ihm zumute war, und sie wußte, wie sie mit ihrem Mann umzuspringen hatte. Sie mußte die Dinge in Gang halten. Wenn er erst einmal innehielt und zum Nachdenken kam, würde er sich nicht mehr von der Stelle rühren. Sie konnte schon sehen, wie er zu überlegen begann.

»Vielleicht sollten wir warten, bis die Jungen zurück sind«, schlug er vor.

»Keine Zeit, Liebling«, wehrte Tika ab, die das vorhergesehen hatte. »Du weißt, daß sie immer einen ganzen Monat bei Flußwind und Goldmond bleiben. Sie jagen und lernen, mit Holz umzugehen, und so. Und wenn sie erst einmal ein Auge auf Goldmonds schöne Tochter werfen, haben unsere Jungs es mit der Heimreise noch weniger eilig. Also, auf mit dir.« Sie schubste Caramon, der noch zwinkerte und sich den Kopf kratzte, zur Tür, die in ihre Privaträume führte. »Weißt du noch, wie du zu Tanis' Schloß kommst?«

»Natürlich weiß ich das!« fauchte Caramon prompt.

Zu prompt. Und deshalb wußte Tika, daß er sich nicht erinnerte. Er mußte darüber nachdenken, was gut war, denn solange er versuchte herauszufinden, wie er zu Tanis kommen sollte, konnte er sich die Sache nicht anders überlegen. Und er würde längst auf dem Weg sein, ehe es ihm einfallen konnte, darüber nachzudenken.

Oder sich die Gefahren zu überlegen.

Als er verschwunden war, verpuffte Tikas Geschäftigkeit. Ihre Schultern sackten zusammen.

Sara, die wachsam aus dem Fenster sah, drehte sich angesichts der plötzlichen Stille um. Weil sie Tikas unglücklichen Gesichtsausdruck sah, kam Sara zu ihr herüber.

»Danke für alles. Ich weiß, es kann nicht leicht für dich sein, ihn gehen zu lassen. Ich kann nicht sagen, daß es ungefährlich wäre. Das wäre gelogen. Aber du hast recht. Ich habe mir etwas ausgedacht, um ihn in die Festung zu schmuggeln. Und Tanis, den Halbelfen, mitzunehmen, ist eine glänzende Idee.«

»Ich sollte daran gewöhnt sein«, sagte Tika, die den Sack mit Fleisch umklammerte. »Gestern habe ich meine beiden Jungen verabschiedet. Sie sind jünger als dein Sohn. Sie wollen Ritter werden. Ich lächle, wenn ich ihnen auf Wiedersehen sage. Ich rufe ihnen nach: »Bis nächste Woche oder nächsten Monat oder irgendwann.« Und ich verbiete mir den Gedanken, daß ich sie vielleicht nicht mehr wiedersehe, niemals mehr. Aber in meinem Herzen weiß ich es.«

»Ich verstehe«, sagte Sara, »das habe ich selbst erlebt. Aber wenigstens reiten deine Jungen im Sonnenlicht. Sie sind nicht von Finsternis umgeben ...« Sie legte die Hand an den Mund und unterdrückte ein Schluchzen.

Tika nahm sie in den Arm.

»Wenn ich jetzt zu spät komme?« weinte Sara gedämpft. »Ich hätte früher kommen sollen, aber ... ich habe nie geglaubt, daß er es wirklich tun würde. Ich habe immer gehofft, er würde es aufgeben!«

»Es wird alles gut«, tröstete Tika. »Es wird alles wieder gut.«

Caramon kam aus dem Schlafzimmer. Er hatte sein Kettenhemd an, das an den Schultern gut paßte, seine Mitte aber nicht recht bedeckte. Der schwere Mann sah bekümmert aus.

»Weißt du was, Tika«, sagte er betreten, während er stirnrunzelnd die klirrende Rüstung anstarrte. »Ich wußte gar nicht mehr, daß das Zeug so schwer ist.«

Kapitel 5

Tanis, der Halbelf, erlebt eine unliebsame Überraschung

Schließlich fiel Caramon ein, wie er zu Tanis' Schloß in Solanthus kommen würde, aber er kannte den Weg nur zu Land, nicht von einem Drachenrücken aus. Sara jedoch war mit dem ganzen Kontinent Ansalon vertraut – was Caramon beunruhigte.

»Ariakan hat ausgezeichnete Karten«, sagte sie leicht verwirrt.

Caramon fragte sich, warum die Ritter der Takhisis wohl ausgezeichnete Karten des Kontinents hatten. Leider war der Grund unschwer zu erraten.

Die Reise war im Nu vorüber. Viel zu wenig Zeit für Caramon, der zusammengekauert hinten auf dem Drachensattel saß. Er fror und war hungrig (das Fleisch hatte er längst gegessen), und er war überhaupt nicht mehr müde. Er überlegte, wie er diese komische Geschichte seinem Freund Tanis erklären sollte.

Und wenn Tanis doch der Vater ist? dachte Caramon. Tue ich ihm einen Gefallen, wenn ich ihn zu seinem Sohn schleppe? Was wird Laurana dazu sagen? Sie hatte nie etwas für Kit übrig, soviel ist sicher. Und was ist mit Tanis' Sohn? Wie wird der sich fühlen?

Je mehr er darüber nachdachte, desto mehr bedauerte Caramon seine Entscheidung, mitzukommen. Schließlich wies er Sara an, umzukehren und ihn in sein Wirtshaus zurückzubringen, aber entweder hörte sie ihn nicht – weil der Wind so laut brauste –, oder sie überhörte ihn absichtlich. Er hätte abspringen können, aber in dieser Höhe kam das nicht in Frage.

Caramon fiel ein, daß er bewaffnet war und Sara vielleicht überwältigen konnte. Aber nachdem er ausgiebig darüber nachgedacht hatte, wurde ihm klar, er könnte sie zwar vielleicht besiegen, aber niemals ihren blauen Drachen beherrschen, der ihn sowieso ständig mißtrauisch im Auge behielt. Und als Caramon mit seinen Überlegungen soweit war, landeten sie auch schon auf einer Bergspitze über Tanis' Schloß.

Caramon stieg von dem Drachen. Es dämmerte noch nicht, aber die Sonne würde bald aufgehen. Sara beruhigte ihren Drachen und befahl ihm, sich bereit zu halten – jedenfalls nahm Caramon das an, denn er konnte ihre Worte nicht verstehen –, um dann auf das palastartige Gebäude zuzulaufen. Als sie merkte, daß Caramon ihr nicht folgte, drehte sie sich zu ihm um.

»Was ist denn?« fragte sie drängend.

»Ich weiß nicht so recht«, überlegte Caramon.

Sara wirkte erschrocken, als wenn sie wieder anfangen würde zu weinen.

Caramon seufzte. »Ja«, sagte er bedrückt. »Ich komme.«

»Caramon Majere! Von allen schwachköpfigen – Kannst du uns einen Moment entschuldigen, Herrin?« sagte Tanis höflich zu Sara.

Der Halbelf nahm Caramon am Arm und zerrte ihn ans andere Ende des großen, vom Feuer erhellten Raums.

»Es könnte eine Falle sein«, flüsterte Tanis. »Hast du daran schon gedacht?«

»Ja«, sagte Caramon.

»Und?« wollte Tanis wissen.

»Ich glaube es nicht«, erwiderte Caramon nach kurzem Nachdenken.

Tanis seufzte. »Du hast anscheinend nicht –«

»Ich meine«, fuhr Caramon fort, »warum sollten diese dunklen Paladine mir eine Falle stellen, einem einfachen Wirt? Das ergibt doch keinen Sinn, oder?«

»Nein, aber –« Tanis war es etwas peinlich. »Vielleicht ist die Falle nicht für dich bestimmt …«

»Ich weiß«, nickte Caramon wissend. »Du bist viel wichtiger. Aber schließlich hat Tika vorgeschlagen, ich sollte mit dir reden, nicht Sara. Und«, fügte er hinzu, nachdem er wieder gründlich nachgedacht hatte, »ich glaube nicht, Tika würde dir eine Falle stellen, Tanis.«

»Nein, natürlich nicht«, schimpfte Tanis. »Nur … Na schön, dann ist es eben keine Falle. Vielleicht … Ich will nicht …« Er schüttelte den Kopf und setzte wieder an. »Ich erinnere mich an jenen schrecklichen Tag, als Kitiara starb. Sie hatte versucht, Dalamar zu töten, erinnerst du dich? Er hat sie aufgehalten …«

Tanis hielt inne und schluckte. »Sie starb in meinen Armen. Und dann kam der tote Ritter, um sie zu holen. Ich hörte ihre Stimme, die mich anflehte, sie vor diesem gräßlichen Schicksal zu bewahren. ›Selbst jetzt streckt sie ihre Hand aus dem Jenseits nach dir aus …‹, sagte Dalamar damals zu mir. Sie tut es immer noch, Caramon.«

»Nein, nicht sie, Tanis. Es ist ihr Sohn …«

»Wenn du dieser Sara glaubst.«

Caramon war in Bedrängnis. »Tust du das nicht?«

»Ich weiß nicht, was ich glauben soll. Aber du hast recht. Wir müssen die Wahrheit herausfinden und diesem jungen Mann helfen, egal wessen Sohn er ist. Außerdem habe ich so Gelegenheit zu sehen, was Ariakan vorhat. Wir haben bereits von diesen dunklen Paladinen gehört, aber wir konnten nicht feststellen, ob es der Wahrheit entsprach oder nur Gerüchte waren. Anscheinend«, er warf einen finsteren Blick auf Sara, die mit dem blauen Helm und dem schwarz gesäumten Mantel eine furchterregende Gestalt war, »ist es wahr. – Aber jetzt«, fügte Tanis mit einem schiefen Lächeln und einem Kopfschütteln hinzu, »steht mir die schwierigste Aufgabe bevor. Ich muß die Sache meiner Frau erklären.«

Tanis blieb eine Stunde bei Laurana. Caramon, der in der Eingangshalle auf und ab lief, konnte sich gut vorstellen, wie diese Unterhaltung ablief. Tanis' Elfenfrau, Laurana, wußte alles über die Beziehung zwischen Kitiara und ihrem Gatten. Laurana hatte es verstanden, besonders, da die Affäre schon lange zurücklag. Aber was jetzt – wenn es möglicherweise ein Kind gab? Eine durchaus denkbare Möglichkeit, wie Caramon fand. Er konnte einfach nicht glauben, daß Sturm wirklich der Vater sein sollte.

»Aber warum sollte Kit gelogen haben?« fragte er sich.

Darauf hatte Caramon keine Antwort. Aber schließlich hatte er sich nie auch nur die Hälfte der Taten seiner älteren Halbschwester erklären können.

Tanis kam wieder heraus. Sein Arm lag um seine Frau, und Laurana lächelte; Caramon atmete auf. Sie blieb sogar stehen, um Sara etwas zuzuflüstern, die müde und erschöpft in einer Ecke am Kamin saß. Da fiel Caramon auf, wie jung Laurana im Vergleich zu ihrem Mann aussah – die Tragödie der Verbindungen zwischen Menschen und Elfen. Obwohl Tanis auch Elfenblut in den Adern hatte, wurde sein Menschenblut bereits grau, wie man hierzulande sagte. Als die beiden vor über zwanzig Jahren geheiratet hatten, hatten sie gleich alt gewirkt. Jetzt hätten sie Vater und Tochter sein können.

»Aber das wußten sie schon bei der Hochzeit«, sagte sich Caramon. »Sie machen das Beste aus ihrer gemeinsamen Zeit. Und nur das zählt.«

Tanis war praktisch reisefertig. Als offizieller Botschafter und Bindeglied zwischen den Rittern von Solamnia und den Nationen der Elfen waren er und seine Frau oft unterwegs. Er hatte einen Lederpanzer angelegt – wie ihn die Elfen lieben – und trug einen grünen Mantel darüber. Dieser Anblick erinnerte Caramon schmerzlich an die alten Zeiten als Abenteurer.

Vielleicht dachte Laurana dasselbe, denn sie zauste den Bart, der nur bei einem halbmenschlichen Elfen sprießte, und machte einen neckenden Kommentar auf Elfisch, der Tanis zum Lächeln brachte. Er verabschiedete sich von seiner Frau. Sie küßte ihn sanft, und er umarmte sie liebevoll.

Dann verabschiedete er sich von seinem Sohn – einem schwächlichen, kränklichen Jungen, der ihn besorgt und voller Liebe ansah. Der junge Mann war durch und durch Elf und hatte äußerlich nichts von seinem Vater. Sein Teint war von der krankhaften Blässe derjenigen, die nur selten an die frische Luft kommen.

Tanis und Laurana halten ihn wie einen kleinen Vogel im Käfig, dachte Caramon, was kaum überrascht, wenn man bedenkt, wie oft sie ihn beinahe verloren hätten. Wenn er ein reiner Elf wäre, wäre er damit zufrieden, sich die Zeit mit Lesen zu vertreiben. Aber er hat auch menschliches Blut. Sieh ihm in die Augen, Tanis. Spürst du nicht, wie er dir nachschaut, wenn er dich auf Abenteuer ausreiten sieht, um jene wundersamen Dinge zu erleben, von denen er nur gelesen hat.

»Eines Tages, Tanis«, sagte Caramon leise, »kommst du nach Hause und findest den Käfig leer.«

Sie stiegen den Berg hoch, auf dem der blaue Drache döste. Er hatte die Flügel an den Seiten zusammengefaltet.

»Was murmelst du da vor dich hin?« fragte Tanis Caramon verdrießlich.

Der Halbelf betrachtete den Drachen mit finsterer Miene. Er ließ ihn nicht aus den Augen. Der Drache hatte offenbar etwas gegen den Geruch des Elfen. Er war sofort hellwach, und seine Nüstern bebten. Während er vor Ekel den Kopf hin und her warf, zeigte er seine Fänge und ließ seinen Hals vorschnellen.

Doch Sara Dunstan war eine erfahrene Drachenreiterin. Mit einem scharfen Tadel brachte sie ihr Reittier rasch zur Ruhe, auch wenn es schmollte. Caramon stieg zuerst auf den Rücksitz des Zweipersonendrachensattels, um dann hinunterzugreifen und seinen Freund mit einer leichten Bewegung seines kräftigen Arms heraufzuschwingen.

»Ich habe nur gedacht, dein Junge sieht gut aus«, log Caramon.

Tanis bemühte sich, eine halbwegs bequeme Sitzhaltung einzunehmen, was praktisch unmöglich war. Er würde gezwungen sein, sich an der Lehne von Caramons Sitz festzuhalten – oder sich dem Dicken auf den Schoß zu setzen.

»Danke«, sagte Tanis strahlend, während sein stolzer Blick zu seinem Sohn ging, der auf dem Rasen stand und sie mit großen, mandelförmigen Augen anstarrte. »Wir finden, es geht ihm besser. Wenn wir nur wüßten, was er hatte! ... Nicht einmal die Verehrte Tochter Crysania kann es uns sagen.«

»Vielleicht muß er einfach mal an die frische Luft. Schick ihn doch mal zu uns zu Besuch«, schlug Caramon vor. »Meine Jungs würden ihn zum Reiten und zum Jagen mitnehmen ...«

»Mal sehen«, sagte Tanis höflich (was sich anhörte wie »Nie im Leben«). »Irgendwelche Hinweise auf Verfolger, Herrin?«

Caramon musterte den Himmel. Sie waren kurz vor Sonnenaufgang eingetroffen. Jetzt war schon Vormittag, und die Spätherbstsonne vertrieb die Kühle der Nacht. Er konnte kein Zeichen von anderen Drachen entdecken.

»Mit etwas Glück haben sie mich gar nicht vermißt«, antwortete Sara, wenn auch leicht besorgt. »Ich bin inzwischen Drachentrainerin. Ich bin oft unterwegs, um ihnen Bewegung zu verschaffen. Ich hatte schon gedacht, daß so etwas notwendig wird.«

Sie sagte ein Wort zu dem Drachen. Der Blaue hob ab, wobei er sich mit den kräftigen Hinterbeinen abstieß und mit den starken Flügeln schlug. Einmal umkreisten sie das Schloß, damit der Drache sich zurechtfinden konnte, dann brausten sie nach Norden.

»Wir erreichen die Festung erst nach Einbruch der Dunkelheit«, erklärte ihnen Sara. »Leider haben wir dann einen Tag verloren, aber es ging nicht anders, und die verlorene Zeit holen wir hoffentlich wieder auf. Wird es Schwierigkeiten mit den Rittern von Solamnia geben?«

»Mit den Rittern von Solamnia gibt es immer Schwierigkeiten«, knurrte Tanis. Er hatte schlechte Laune, was Caramon ihm wirklich nicht verdenken konnte. Schließlich war es gut möglich, daß der Halbelf auf der Reise zu einem Sohn war, von dem er nie gewußt hatte. »Aber mit Paladins Hilfe werden wir es schaffen.«

Der blaue Drache sah sich grimmig nach ihnen um. Sara fuhr ihn scharf an, und das Tier drehte mürrisch den Kopf wieder nach vorn.

»Ich würde den Namen dieses Gottes nicht noch mal erwähnen«, riet sie ihnen ruhig.

Danach wußte keiner mehr etwas zu sagen. Sprechen war sowieso schwierig, denn sie waren gezwungen, den Wind zu übertönen, den die mächtigen Schwingen des Drachen verursachten. Also reisten sie schweigend, flogen weit über Ansalon hinaus, weit über alle bekannten, zivilisierten Gegenden, flogen in die Finsternis.

Noch zwei Tage.

Zwei Tage, um eine Seele zu retten.

Kapitel 6

Burg Sturmfeste

»Mein Gott!« sagte Tanis grimmig, wobei er achtgab, nicht den Namen des Gottes zu erwähnen, den er zum Zeugen seines Staunens anrief. »Das ist ja riesig!«

»Wie heißt die Burg?« fragte Caramon Sara.

»Sturmfeste«, antwortete sie. Ihre Worte wurden durch den stürmischen Wind zu ihm nach hinten geblasen, und es kam Caramon so vor, als hätte der Wind gesprochen. »Ariakan hat sie so genannt. Er sagt, wenn sich diese Tore auftun, wird ein Sturm über ganz Ansalon entfesselt, der alles zerstören wird, was sich ihm in den Weg stellt.«

Die Festung lag weit im Norden des Festlands von Ansalon. Sturmfeste thronte gewaltig und drohend auf einer großen, zerklüfteten Felseninsel. Die glitzernden schwarzen Wände der Festung wurden ständig von der Gischt der krachenden Wellen des Sirrion-Meers benetzt. Hinter den Zinnen der hohen Türme brannten Wachfeuer. Das Licht diente den fliegenden Drachen zur Orientierung, und die Flügel der Tiere erschienen als schwarze Silhouetten vor den Sternen, wenn sie durch den Nachthimmel hin und her schossen.

»Was ist das für ein Aufruhr?« fragte Caramon nervös. »Das ist doch nicht etwa deinetwegen?«

Sara beruhigte ihn. »Das sind nur die Soldaten, die nächtliche Angriffe üben. Ariakan sagt, das sei der Fehler der Drachenfürsten während des letzten Kriegs gewesen – bei Tageslicht zu kämpfen. Die Ritter und ihre Drachen werden dafür ausgebildet, im Dunkeln zu kämpfen, um die Finsternis zu ihrem Vorteil zu nutzen.«

»Kein Schiff könnte hierher gelangen«, murmelte Tanis, der die weißen Schaumkronen der Brecher betrachtete, die gegen die steile Felsküste brandeten.

»Dieses Meer ist viel zu rauh zum Segeln. Nicht einmal die Minotauren wagen sich so weit nach Norden – einer der Gründe, weshalb Ariakan diese Insel gewählt hat. Sie ist nur auf dem Rücken eines Drachen oder mit Hilfe von Magie zu erreichen.«

»Wenigstens dürfte uns in dem ganzen Durcheinander keiner bemerken«, sagte Caramon.

»Ja«, pflichtete Sara bei. »Das habe ich mir auch gedacht.«

Tatsächlich bemerkte sie wirklich niemand, oder zumindest wurden sie nicht beachtet. Ein riesiger roter Drache fauchte sie wütend an, als der kleinere Blaue zwischen dem Roten und dem »belagerten« Turm hinwegtauchte. Die zwei Drachen schrien sich in ihrer Sprache Beleidigungen zu; auch der Soldat auf dem Roten beschimpfte sie heftig, worauf Sara entsprechend antwortete. Sie behielt ihren Kurs bei, da ihr Ziel in Sicht war, und ritt mitten durch den Scheinkampf.

Caramon sah sich gleichermaßen entsetzt und beeindruckt um, denn die große Zahl und die kühnen Kampfkünste der schwarzgerüsteten Paladine, die die »Verteidiger« der Türme mit Leichtigkeit in die Flucht schlugen, machten ihn sprachlos. Und die Drachen benutzten noch nicht einmal ihre mächtigste Waffe – denn sie konnten Säure oder Feuer spucken und Blitze schleudern. Tanis' Gesicht war streng und finster, denn er versuchte, sich jede Einzelheit genau einzuprägen.

Sara wies den Drachen an, auf einem freien Platz weitab vom Hauptteil der Burg zu landen. Dieser Teil der Anlage bot im Gegensatz zu dem Aufruhr auf dem Schlachtfeld einen ruhigen Anblick.

»Das sind die Ställe«, sagte sie gedämpft zu Caramon und Tanis, als sie abstiegen. »Seid still und überlaßt mir das Reden.«

Beide Männer nickten und hüllten sich in die schwarzgesäumten blauen Mäntel, die sie über ihrer Rüstung trugen. Sara hatte nur einen mitgebracht, da sie lediglich mit Caramon gerechnet hatte. Tanis trug ihren eigenen Mantel, von dem sie jedoch zuallererst die Brosche mit der schwarzen Lilie entfernte.

»Die darfst du nicht berühren«, warnte sie ihn. »Sie ist von dunklen Klerikern gesegnet. Sie könnte dir Schaden zufügen.«

»Du berührst sie doch auch«, sagte er zu ihr.

»Ich bin daran gewöhnt«, entgegnete sie leise.

Der blaue Drache ließ sich auf dem weiten, offenen Hof nieder, einem riesigen Landeplatz vor den Mauern der Burg. Aus der langen Reihe Ställe dahinter hörte man das enttäuschte, aufgeregte Wiehern der Pferde. Der Kampflärm hatte sie aufgebracht, und sie wollten mit dabeisein.

»Die Ritter lernen auch das Reiten und Kämpfen zu Pferde, genauso wie den Umgang mit Drachen«, erklärte Sara.

»Ariakan denkt wohl an alles. Wo haltet ihr die Drachen?« fragte Tanis. »Doch bestimmt nicht hier?«

»Nein, die Insel ist nicht groß genug. Die Drachen haben ihre eigene Heimat. Keiner weiß genau, wo das ist. Sie kommen, wenn man sie ruft.«

»Psst!« Caramon zupfte Sara am Ärmel. »Gesellschaft.«

Ein Hobgoblin rannte herbei und musterte sie.

»Wer da?« fragte der Goblin argwöhnisch, während er eine Fackel hochhielt, die im Regen flackerte. »Heute keine Blauen oben! Was denn – Ariakans Frau!«

Sara nahm den Helm ab und schüttelte ihre Haare. »Für dich immer noch *Lord* Ariakan, du Wurm. Und ich gehöre niemandem, außer mir selbst. Du erinnerst dich doch wohl an meinen Namen, Glob? Oder ist er deinem Spatzenhirn entfallen?«

Der Goblin grinste höhnisch. »Was machen du denn heute

nacht hier draußen, Sss-ara?« Spöttisch zischte er ihren Namen. »Und wer die beiden da?« Die kleinen Schweinsäuglein hatten Caramon und Tanis entdeckt, obwohl die Männer sich außerhalb des Fackelscheins hielten.

»Wenn ich du wäre, würde ich nicht so viele Fragen stellen, Glob«, gab Sara kühl zurück. »Lord Ariakan mag keine Untergebenen, die sich in seine Angelegenheiten einmischen. Versorge meinen Drachen mit allem, was er braucht. Ihr zwei.« Sie sah sich nicht um, sondern winkte Caramon und Tanis. »Mitkommen.«

Die beiden marschierten an dem Goblin vorbei, den die Erwähnung von Ariakans Angelegenheiten anscheinend eingeschüchtert hatte und der deshalb zurückwich. Aber der Goblin sah genau hin, als die beiden – in ihre Mäntel gehüllt – an ihm vorbeigingen. Und wie es das Pech – oder die Königin der Finsternis – wollte, kam in diesem Moment ein Windstoß durch den Hof und fegte Tanis' langes, leicht ergrautes Haar zurück, wodurch ein spitz zulaufendes Ohr sichtbar wurde.

Der Goblin schnappte deutlich vernehmbar nach Luft. Mit einem Sprung war er bei Tanis, packte seinen Arm und hielt ihm die Fackel dicht vors Gesicht, wobei er ihm fast den Bart in Brand gesetzt hätte.

»Elf!« kreischte der Goblin und schickte einen Fluch hinterher.

Caramon hatte die Hand am Schwert, doch Sara warf sich selbst zwischen den Mann und den Goblin.

»Glob, du Armleuchter! Jetzt hast du's geschafft! Dafür wird Ariakan *dir* die Ohren abschneiden!«

Sara riß dem Goblin die Fackel aus der Hand und schleuderte sie in den Matsch. Die Flamme zischte und erlosch.

»Was du meinen?« zeterte Glob. »Was ich getan? Der da sein verdammter Elf! Spion!«

»Natürlich ist er ein Spion«, fauchte Sara. »Du hast gerade einen der Doppelagenten meines Herrn enttarnt! Dadurch hast du womöglich die ganze Mission aufs Spiel gesetzt! Wenn Ariakan das hört, läßt er dir die Zunge abschneiden!«

»Ich nicht reden«, gab Glob zurück. »Lord das wissen.«

»Du wirst noch schnell genug reden, wenn dich eine Weiße Robe erwischt«, prophezeite Sara finster.

Caramon hatte sein Schwert losgelassen, aber er stand groß und drohend da. Tanis schlug sich den Mantel vors Gesicht und starrte den Goblin verächtlich an.

Das Gesicht des Goblins verzerrte sich grollend. Haßerfüllt sah er Tanis an. »Egal, was du sagen. Ich das melden.«

»Es ist deine Zunge«, sagte Sara achselzuckend. »Denk dran, was Blosch passiert ist. Und wenn du's nicht mehr weißt, dann frag ihn. Aber erwarte keine Antwort.«

Der Goblin zuckte zusammen. Die erwähnte Zunge leckte nervös über seine faulen, gelben Zähne. Nach einem neuerlichen Blick auf Tanis rannte der Goblin davon.

»Hier lang«, sagte Sara.

Caramon und Tanis folgten ihr. Beide warfen verstohlene Blicke auf den Goblin, der sich einem großen Mann in schwarzer Rüstung näherte. Der Goblin redete mit schriller Stimme, wobei er auf sie zeigte. Sie alle konnten ein Wort genau heraushören: Elf.

»Geht weiter«, sagte Sara. »Tut so, als wenn ihr es nicht bemerkt hättet.«

»Ich hätte dem Biest den Hals umdrehen sollen«, murmelte Caramon mit der Hand am Schwert.

»Wir hätten die Leiche nirgends verstecken können«, sagte Sara kalt. »Jemand hätte sie gefunden, und dann wäre die Hölle los gewesen. Hier herrscht strenge Disziplin.«

»Ariakans Hure ...« Die Stimme des Goblins wurde vom Wind herübergetragen.

Sara preßte die Lippen zusammen, doch sie brachte ein Lächeln zustande. »Ich glaube nicht, daß wir uns besondere Sorgen machen müssen. Aha, seht ihr?«

»Sprich respektvoller von der Herrin Sara, du Kröte!«

Der Ritter schlug dem Goblin ins Gesicht, wodurch dieser rücklings in den Mist fiel. Dann schritt der Ritter zu wichtigeren Angelegenheiten davon.

Sara lief weiter.

»Diese Geschichte, daß wir Spione sind. Das war schnell geschaltet«, sagte Tanis, der dicht hinter ihr war. Caramon, der sich wachsam umsah, machte die Nachhut.

»Eigentlich nicht.« Sara zuckte mit den Schultern. »Ich hatte mir schon eine Geschichte zurechtgelegt, falls wir gesehen würden. Ariakan bringt seine Spione öfters her, wahrscheinlich vor allem, um sie zu beeindrucken. Ein Goblin machte den Fehler, herumzuposaunen, er habe einen erkannt. Ariakan ließ ihm die Zunge herausreißen. Dadurch bin ich auf die Idee gekommen.«

»Wird der Drache etwas verraten?«

»Dem Drachen habe ich dieselbe Geschichte erzählt. Flamme ist mir sowieso treu ergeben. So sind die Blauen. Sie sind ganz anders als die Roten.«

»Dieser Ritter schien Respekt vor dir zu haben ...« setzte Tanis an.

»Ungewöhnlich – für eine Hure.« Sara brachte den Satz für ihn zu Ende.

»Das habe ich nicht gesagt.«

»Nein, aber du hast es gedacht.« Sara ging weiter und schwieg verbittert. Sie blinzelte mit den Augen, weil ihr der Regen und die Gischt ins Gesicht schlugen.

»Tut mir leid, Sara«, sagte Tanis, der ihr die Hand auf den Arm legte. »Ehrlich.«

Sie seufzte. »Nein, ich bin es, die sich entschuldigen muß. Du hast nur die Wahrheit ausgesprochen.« Während sie stolz den Kopf hob, drehte sie sich zu ihm um. »Ich bin, was ich bin. Ich schäme mich nicht dafür. Ich würde es wieder tun. Was würdest du für deinen Sohn opfern – deinen Reichtum? Deine Ehre? Dein eigenes Leben?«

Wolken fegten über den Nachthimmel, und für einen kurzen Moment gaben sie plötzlich Solinari frei, den silbernen Mond. Sein helles Licht beleuchtete Sturmfeste, und einen seltsamen Augenblick lang sah Tanis vor sich die Zukunft enthüllt, als hätten Saras Worte die Tür in einen mondhellen Raum eröffnet. Er hatte nur einen kurzen Eindruck von Gefahr und Verderben, die seinen zarten Sohn wie der prasselnde Regen umrauschten, dann zogen die Wolken wieder vor Solinari und verbargen sein silbernes Licht. Die Tür schloß sich, ließ Tanis jedoch beunruhigt zurück.

»Ariakan hat mich nicht mißhandelt«, sagte Sara etwas verteidigend, da sie das erschütterte Schweigen des Halbelfen fälschlicherweise für Mißbilligung hielt. »Er wollte mich zum Vergnügen, das war zwischen uns immer klar, weiter nichts. Er braucht keine Frau, jetzt nicht. Er ist über vierzig und mit dem Krieg verheiratet.

›Alle wahren Ritter sollten nur eine wahre Liebe haben‹, sagt er. ›Und diese wahre Liebe ist die Schlacht.‹ Er sieht sich als Vater der jungen Paladine. Er lehrt sie Disziplin zu halten und Respekt vor den anderen Rittern und vor ihren Feinden zu haben. Er lehrt sie Ehre und Opferbereitschaft. Diese Dinge machen seiner Meinung nach das Geheimnis für den Sieg der Ritter von Solamnia aus.

›Nicht die Ritter haben uns besiegt‹, bringt Ariakan den jungen Männern bei. ›Wir haben uns selbst besiegt, weil wir selbstsüchtig unsere eigenen, armseligen Ziele verfolgt und uns nicht zusammengeschlossen haben, um unserer großen Königin zu dienen.‹«

»Das Böse vernichtet sich selbst«, zitierte Tanis, der den Schrecken verdrängen wollte, den ihm die überraschende Vision von seinem Sohn eingejagt hatte.

»Früher schon«, sagte Sara, »aber jetzt nicht mehr. Diese Ritter sind von Kindheit an miteinander aufgewachsen. Sie sind wie eine Familie. Jeder junge Paladin hier würde bereitwillig sein Leben opfern, um seinen Bruder zu retten ... oder um der Königin der Finsternis zu dienen.«

Tanis schüttelte den Kopf. »Es fällt mir schwer, das zu glauben, Sara. Es liegt in der Natur des Bösen, sich zum Schaden der anderen nur um sich selbst zu kümmern. Wenn es nicht so wäre ...« Er stockte und kam zum Schweigen.

»Ja«, drängte Sara ihn. »Was wäre dann?«

»Wenn böse Menschen aus einem Beweggrund handeln könnten, den sie für edel halten, wenn sie sich bereitwillig für solche Ziele opfern würden ...« Tanis sah ernst aus. »Dann, doch, ich glaube, dann dürfte die Welt wohl in Schwierigkeiten kommen.«

Er zog den Mantel enger um sich. Die kalte, feuchte Luft ließ ihn erschauern. »Aber so läuft es nun einmal nicht, den Göttern sei Dank.«

»Warte mit deinem Urteil und deinem Dank«, sagte Sara mit leiser, zitternder Stimme. »Noch hast du Sturms Sohn nicht kennengelernt.«

Kapitel 7

Warum hast du nie gefragt?

Saras Haus war eines der zweistöckigen Gebäude, die sich hinter den Außenmauern der Burg duckten, als hätte das Haus Angst vor den krachenden Brechern, die auf die Steine schlugen. Tanis konnte das Donnern der Wellen hören, die mit gleichförmiger Regelmäßigkeit heranrollten. Salzige Luft wehte ihnen ins Gesicht und hinterließ Krusten auf den Lippen.

»Schnell«, sagte Sara, die die Tür aufschloß. »Stahl kommt bald vom Dienst.«

Sie schob die beiden hinein. Das Haus war klein, aber gemütlich, und vor allem warm und trocken. Es war spärlich möbliert. In einem großen, gemauerten Kamin hing ein Eisentopf. Am Feuer stand ein Tisch mit zwei Stühlen. Hinter einem Vorhang ging es in einen weiteren Raum mit einem Bett und einer großen Holztruhe.

»Stahl wohnt mit den anderen Rittern in der Kaserne«, sagte Sara, die geschäftig umherlief und eilig Fleisch und Gemüse in den Topf warf, während Caramon das Feuer schürte. »Aber er darf mit mir zusammen essen.«

Tanis, der in trübe Gedanken versunken war, sagte nichts; ihm hing noch immer die Vision von seinem Sohn nach.

Sara goß Wasser in den Topf. Caramon hatte darunter ein wahres Höllenfeuer entfacht.

»Ihr versteckt euch dahinten, hinter dem Vorhang«, wies

Sara sie an, während sie sie zum Schlafzimmer schob. »Ich brauche euch nicht einzuschärfen, daß ihr still sein müßt. Zum Glück machen Wind und Wellen im allgemeinen viel Lärm, und manchmal ist es schon schwierig, sein eigenes Wort zu verstehen.«

»Was hast du für einen Plan?« fragte Tanis.

Als Antwort zog Sara ein kleines Fläschchen aus der Tasche, das sie vor ihm hochhielt. »Schlaftrunk«, flüsterte sie.

Tanis begriff und nickte. Er wollte noch etwas sagen, doch Sara schüttelte warnend den Kopf und zog schwungvoll die Vorhänge zu. Die beiden Männer, die sich jetzt im Halbdunkel befanden, wichen an die Wände zurück, so daß sie einander gegenüberstanden. Falls der junge Mann den Vorhang wegzog, würde er auf den ersten Blick nur ein leeres Zimmer sehen.

Caramon fand einen Riß im Vorhang, durch den er erspähen konnte, was in dem anderen Raum vor sich ging. Tanis suchte sich ebenfalls ein Guckloch. Beide lauschten angespannt und nervös.

Sara stand am Topf. Sie hielt das Fläschchen entkorkt in der Hand.

Aber sie goß es nicht hinein.

Ihr Gesicht war bleich. Sie biß sich auf die Lippen. Ihre Hand zitterte.

Tanis warf Caramon einen alarmierten Blick zu.

»Sie kann es nicht tun!« stand warnend in den Augen des Halbelfen geschrieben.

Caramons Hand schloß sich um den Griff seines Schwerts. Beide machten sich bereit, auch wenn keiner so recht wußte, was sie unternehmen sollten, wenn sie nichts tat.

Plötzlich – mit einem Murmeln, das ein Gebet sein mochte – goß Sara den Inhalt des Fläschchens in den Suppentopf.

Ein donnerndes Klopfen erklang an der Tür. Sie warf das Fläschchen in die Flammen und wischte sich hastig mit der Hand über die Augen.

»Komm rein«, rief sie.

Dann schnappte sie sich einen Besen, um das Wasser und den Dreck wegzuputzen, den sie hineingeschleppt hatten.

Die Tür ging auf. Ein junger Mann trat ein. Caramon fiel fast durch den Vorhang, so bemühte er sich, einen deutlichen Blick zu erhaschen. Tanis winkte dem Dicken und drängte ihn zurück, doch zugleich hing der Halbelf selbst mit dem Auge fest am Loch.

Der junge Mann kehrte ihnen den Rücken zu. Nachdem er seinen nassen Mantel abgenommen hatte, löste er den Waffengürtel mit dem Schwert. Das Schwert in seiner schwarzen Scheide – die mit Axt, Totenkopf und der schwarzen Lilie geschmückt war – lehnte er an die Wand. Dann nahm er seinen Brustpanzer und den Helm ab. Bei der schnellen, ungeduldigen Geste verkrampfte sich Tanis' Herz, denn sie erinnerte ihn schmerzhaft an Kitiara, die ihren Helm stets mit derselben Geste abgezogen hatte.

Nachdem er sich zu Sara vorgebeugt, ihr einen Kuß gegeben und ihr die Hand auf die Schulter gelegt hatte, fragte der junge Mann: »Wie geht es dir, Mutter? Du siehst nicht gut aus. Warst du krank?«

Sara konnte kaum antworten. Sie schüttelte den Kopf. »Nein, nur viel zu tun. Ich erzähl's dir später. Du bist klatschnaß, Stahl. Komm, wärm dich auf. Du holst dir noch den Tod.«

Stahl löste einen Lederriemen und schüttelte seine dunklen Haare. Beide versteckten Zuschauer erkannten diese dunklen Locken. Kitiara hatte ihr Haar kurz getragen, ihr Sohn ließ es lang über die breiten Schultern fließen. Als er ans Feuer trat, um sich die Hände zu wärmen, beleuchteten die Flammen sein Gesicht …

Sein Gesicht …

Caramon seufzte laut und hörbar.

»Was war das für ein Geräusch?« Stahl sah sich wachsam um.

Caramon schlug die Hand vor den Mund und zog sich vom Vorhang zurück. Tanis, der kaum zu atmen wagte, hielt völlig still.

»Das ist der Wind, der an dem kaputten Fenster rüttelt«, erwiderte Sara.

»Das habe ich in Ordnung gebracht, als ich letztes Mal hier war«, sagte Stahl stirnrunzelnd. Er ging einen Schritt auf den Vorhang zu.

»Nun, der Riegel ist wieder locker«, sagte Sara. »Komm her und iß, bevor es kalt wird. Du kannst den Riegel nicht reparieren, solange der Sturm dauert.«

Stahl warf einen letzten Blick auf den Vorhang, dann drehte er sich um und ging zum Kamin zurück. Tanis drehte sich etwas und konnte auch weiter verfolgen, was geschah.

Stahl nahm einen Teller und schöpfte sich Fleischbrühe hinein. Sein Gesicht nahm einen verwirrten Ausdruck an. Er roch an seinem Teller.

Tanis schüttelte den Kopf und zeigte auf den Wohnraum, um Caramon vorzubereiten. Wenn die beiden den jungen Mann überrumpeln konnten, hatten sie vielleicht eine Chance.

Nachdem dieser einen Löffel genommen und probiert hatte, schüttete Stahl die Brühe mit einer Grimasse in den Topf zurück.

Sara starrte ihn entgeistert an. »Was – was ist los?«

»Iß, bevor es kalt wird«, wiederholte Stahl. In liebevollem Spott äffte er ihre Worte nach. »Mutter, ich müßte diese Suppe draußen in den Sturm stellen, falls sie noch kälter werden soll. Sie hat noch gar nicht gekocht!«

»Das … das tut mir leid, mein Schatz.«

Sara sackte vor Erleichterung in sich zusammen, Tanis ebenfalls. Doch der Halbelf machte sich Sorgen wegen der Frau. Sie zitterte, und ihr Gesicht war aschfahl. Stahl konnte das nicht übersehen.

»Was ist denn, Mutter?« fragte er und wurde wieder ernst.

»Was ist los? Ich habe gehört, du warst heute nacht unterwegs. Was hast du gemacht?«

»Ich … ich habe Spione hergeflogen … vom Kontinent –«

»Vom Kontinent!« Stahls dunkle Brauen zogen sich stirnrunzelnd zusammen. »Spione! Das ist gefährlich, Mutter. Du gehst ein zu großes Risiko ein. Ich werde mit Lord Ariakan reden –«

»Schon gut, Stahl«, sagte Sara, die sich wieder zusammenriß. »Er hat es mir nicht befohlen. Ich habe den Auftrag freiwillig übernommen. Sonst hätte jemand anders Flamme reiten müssen, und das konnte ich nicht zulassen. Du weißt, wie temperamentvoll sie sein kann.«

Sara drehte ihm den Rücken zu, nahm den Schürhaken und stocherte im Feuer herum.

Stahl sah ihr nachdenklich und mit finsterer Miene zu. »Ich finde es komisch, daß du Spione holst, Mutter. Ich dachte, du wärst gar nicht so für unsere Sache.«

Sara hielt inne. »Es geht nicht um die Sache, Stahl«, sagte sie leise, während sie in die Flammen starrte. »Das weißt du sehr wohl. Ich mache das für dich.«

Stahl verzog den Mund. Plötzlich war sein Gesicht kalt und hart. Tanis, der zuschaute, kannte diesen Blick. Caramon ebenfalls. Der schwere Mann machte sich sprungbereit.

»Du holst um meinetwillen Spione, Mutter?« Sein Ton war spöttisch, aber auch argwöhnisch.

Sara schmiß den Schürhaken auf die Steine, stand auf und drehte sich zu ihrem Sohn um. »Eines Tages, Stahl, wirst du in den Krieg ziehen. Ob es mir paßt oder nicht, ich werde meinen Teil dazu beitragen, damit du sicher bist.« Sie rang die Hände. »Ach, mein Sohn! Überleg es dir noch mal! Leg dieses Gelübde nicht ab! Gib nicht deine Seele her –«

Der junge Mann ärgerte sich. »Das hatten wir schon oft genug, Mutter –«

Sara kam ihm entgegen und hielt ihn fest. »Das meinst du

doch nicht wirklich, Stahl! Ich weiß, daß es nicht so ist! Du kannst doch deine Seele nicht Ihrer Dunklen Majestät geben ...«

»Ich weiß nicht, was das soll, Mutter«, gab Stahl zurück. Er entwand sich ihrem Griff.

»Oh, doch, das weißt du. Du hast Zweifel.« Ihre Stimme wurde leiser, und sie blickte etwas nervös aus dem Fenster in die regengepeitschte Finsternis. »Ich weiß, daß es so ist. Deshalb hast du so lange gezögert, dein Gelübde abzulegen. Laß dich nicht von Ariakan drängen –«

»Das ist meine Entscheidung, Mutter!« Stahls Stimme war messerscharf. »Der Krieg wird kommen, wie du sagst. Glaubst du etwa, ich will zu Fuß in die Schlacht ziehen und eine Horde Hobgoblins anführen, während Männer, die nur halb so gut sind wie ich, auf Drachen kämpfen und Ehre und Ruhm einheimsen? Ich werde das Gelübde ablegen, und ich werde der Königin der Finsternis nach besten Kräften dienen. Meine Seele gehört schließlich mir. Und so wird es auch bleiben. Sie gehört keinem Menschen und keiner Göttin.«

»Noch«, sagte Sara.

Stahl antwortete nicht. Er schob sie beiseite, ging durch den Raum und starrte in den Suppentopf.

»Kann man das schon essen? Ich bin am Verhungern.«

»Ja«, sagte Sara seufzend. »Es ist heiß. Setz dich.«

Bei ihrem bedrückten Ton sah er sich um und zeigte mürrisch etwas Reue. »Setz du dich lieber, Mutter. Du siehst erschöpft aus.«

Respektvoll und aufmerksam führte er Sara zu einem Stuhl und zog ihn für sie heraus. Sara sank auf den Stuhl und sah ihren Sohn mit sehnsüchtigen Augen an. Der Junge ließ sich anscheinend von ihrem stummen Bitten nicht stören. Er drehte sich einfach zur Seite. Nachdem er zwei Suppenteller gefüllt hatte, stellte er einen vor sie hin.

Sara starrte ihren Teller an.

Stahl begann mit gesundem Appetit zu essen. Tanis atmete erleichtert auf und hörte, daß Caramon das gleiche tat. Wie lange würde es dauern, bis der Trank wirkte?

»Du ißt ja gar nicht«, stellte Stahl fest.

Sara sah ihm zu. Ihre Hände auf ihrem Schoß waren unter dem Tisch zu Fäusten geballt. »Stahl«, sagte sie mit gefaßter Stimme, »warum hast du mich nie nach deinem Vater gefragt?«

Der junge Mann zuckte mit den Schultern. »Vielleicht, weil ich bezweifelt habe, ob du mir eine Antwort geben könntest.«

»Deine Mutter hat mir gesagt, wer er war.«

Stahl grinste – ein schiefes Grinsen, welches in Tanis so lebhafte, schmerzhafte Erinnerungen heraufbeschwor, daß er die Augen schließen mußte.

»Kitiara hat dir erzählt, was du ihrer Meinung nach hören wolltest, Mutter. Ist schon in Ordnung. Ariakan hat mir alles über Kitiara erzählt. Er hat mir auch von meinem Vater erzählt«, fügte Stahl beiläufig hinzu.

»Wirklich?« Sara war erstaunt. Die Hände in ihrem Schoß lagen still.

»Na ja, nicht den Namen.« Stahl aß mehr Suppe. »Aber alles andere über ihn.«

»Verdammt, ist das ein langsam wirkender Trank!« dachte Tanis.

»Ariakan sagt, mein Vater war ein kühner Krieger«, fuhr Stahl fort, »ein edler Mann, der tapfer starb, weil er sein Leben für die Sache gegeben hat, an die er glaubte. Aber Ariakan hat mich gewarnt, ich dürfte nie versuchen, herauszufinden, wer mein Vater war. ›Es liegt ein Fluch darauf, der auf dich fallen wird, wenn du die Wahrheit erfährst.‹ Komisch, nicht wahr, aber du weißt ja, was Ariakan für ein Romantiker ist …«

Der Löffel fiel Stahl aus den tauben Fingern. »Was zum –« Blinzelnd legte er sich die Hand an den Kopf. »Mir ist so seltsam …«

Plötzlich kniff er die Augen zusammen. Er atmete schwer und versuchte aufzustehen, doch er schwankte dabei. »Was ... hast du getan? ... Verräterin! Nein, ich lasse nicht –«

Während er vorwärts taumelte, streckte er seine zitternde Hand aus, um dann quer über den Tisch zu fallen, wobei er die Teller vom Tisch fegte. Er machte einen letzten, vergeblichen Versuch aufzustehen, dann brach er dort bewußtlos zusammen.

»Stahl!« Sara beugte sich über ihn und strich die schwarzen Locken aus dem schönen, strengen Gesicht. »Ach, mein Sohn ...«

Tanis kam eilig hinter dem Vorhang hervor, gefolgt von Caramon.

»Der ist außer Gefecht, und so wie es aussieht, wird das wohl noch eine Weile anhalten. Und, Caramon, was meinst du?« Tanis betrachtete prüfend das Gesicht des jungen Mannes.

»Er ist Kits Sohn, daran besteht kein Zweifel.«

»Ja, da hast du recht«, sagte Tanis ruhig. »Und der Vater?«

»Ich weiß nicht.« Caramon runzelte vor Konzentration die Stirn. »Es könnte Sturm sein. Als ich ihn zum ersten Mal sah, hätte ich ihn fast für Sturm gehalten. Ich ... ich habe mich richtig erschreckt! Aber danach, da sah ich nur noch Kit.« Der dicke Mann schüttelte den Kopf. »Jedenfalls hat er kein Elfenblut, Tanis.«

Das hatte Tanis auch nie ernsthaft befürchtet. Deshalb überraschte es ihn um so mehr, wie erleichtert er war ... und irgendwie auch ein bißchen enttäuscht.

»Nein, er ist nicht mein Sohn, soviel steht fest«, sagte Tanis laut zu Caramon. »Das habe ich sowieso für unwahrscheinlich gehalten. Ariakan hätte den Jungen vielleicht genommen, wenn er Elfenblut hätte – schließlich gibt es auch Dunkelelfen –, aber eigentlich bezweifle ich das. Weiß Ariakan die Wahrheit, was meinst du?« Tanis schaute Sara fragend an.

»Möglich. Das könnte ein Grund sein, warum er Stahl nie

den Namen seines Vaters verraten und ihn davor gewarnt hat, danach zu fragen. Er hat ja sogar diese Altweibergeschichte mit dem Fluch erfunden.«

»Alte Weiber wissen meist, wovon sie reden«, sagte Tanis. »Ein Fluch kann viele Gestalten annehmen. Dem jungen Mann steht zumindest ein ziemlicher Schock bevor.«

»Und er wird wütend sein, wenn er aufwacht«, bedeutete Caramon. »Ich habe meine Zweifel, ob er uns überhaupt zuhören wird, geschweige denn ein Wort von dem glaubt, was wir ihm erzählen. Es ist hoffnungslos, Sara. Dein Plan wird nicht aufgehen.«

»Er kann. Er muß! Ich will ihn nicht verlieren!« Sie funkelte die beiden wütend an. »Ihr habt ihn gesehen! Ihr habt ihn gehört! Er ist nicht von Grund auf böse. Vielleicht ändert er seine Meinung. Bitte, helft mir! Helft ihm! Wenn wir ihn erst einmal hier weg haben, weg aus diesem finsteren Einfluß, wenn er erst den Turm des Oberklerikers sieht und sich erinnert ...«

»Na schön. Wir versuchen es«, sagte Tanis. »Immerhin sind wir schon so weit gekommen. Ich nehme einen Arm –«

»Das ist meine Sache, Tanis.« Caramon schob ihn beiseite.

Da er es gewöhnt war, auf seinem breiten Rücken Bierfässer zu schleppen, hob Caramon Stahl hoch und legte ihn sich ohne jede Anstrengung über die Schulter. Stahls Kopf und die schlaffen Arme baumelten vorne herunter, und seine langen Haare fegten über den Boden. Mit einem Grunzen rückte Caramon den jungen Mann zurecht und nickte.

»Gehen wir.«

Sara warf Stahl einen Mantel über und nahm selbst einen Mantel und ihren Drachenreiterhelm. Nachdem sie die Tür einen Spaltbreit geöffnet hatte, spähte sie hinaus. Der Regen hatte fürs erste aufgehört, und die Sterne waren zu sehen. Das Sternbild der Königin der Finsternis, das sehr nahe stand, leuchtete in unheimlichem Glanz. Am Horizont ballten sich schon wieder Sturmwolken zusammen.

Sara machte ihnen ein Zeichen mit der Hand, woraufhin sie nach draußen hasteten. Niemand bemerkte sie. Erst als sie sich den Ställen näherten, stießen sie um ein Haar mit einem Ritter in schwarzer Rüstung zusammen.

Er warf einen Blick auf Stahl und lächelte kühl. »Noch ein Gefallener? Die jungen Männer sind heute nacht ganz in ihrem Training aufgegangen. Heute verdienen sich die Kleriker wirklich ihr Brot.« Salutierend lief der Ritter weiter, um sich um seine eigenen Angelegenheiten zu kümmern.

Die Festung war still, denn die meisten Männer ruhten nach den Anstrengungen der Nacht oder kurierten ihre Verletzungen aus. Zahlreiche Drachen hielten oben auf den hohen Türmen Wache. Wachsoldaten liefen an den Zinnen entlang, wahrscheinlich mehr um der Disziplin und Ausbildung willen als aus echter Furcht vor einem Überfall. Ariakan hatte nichts zu befürchten. Jetzt nicht. Noch nicht. Kaum jemand wußte, daß er hier war oder was er plante.

Aber jetzt weiß ich es, sagte sich Tanis unbehaglich. Ich kann die Warnung mitnehmen, auch wenn sie vielleicht bereits zu spät kommt. »Verräterin« hat Stahl zu Sara gesagt. Ist sie das? Hat sie der Sache wirklich soviel Schaden zugefügt? Er dachte an das, was sie heute nacht gesagt hatte. Ihr Hauptziel war Stahls Sicherheit. Um das zu erreichen, hatte sie stillschweigend über zehn Jahre dem Bösen gedient. Sie hatte dieses Schweigen zuletzt gebrochen, aber nur aus Verzweiflung, nur um den jungen Mann vor der letzten, unwiderruflichen Verpflichtung zu retten.

Sie erreichten den freien Platz. Sara legte die Hand an die Brosche auf ihrer Brust. Ein blauer Drache tauchte am Himmel auf und brauste auf sie zu.

»Wenn du Drachen rufen kannst«, sagte Tanis, »hättest du diesen Ort längst verlassen können.«

»Das stimmt.« Sara hielt sich bei Stahl, der schlaff in Caramons Armen lag. »Aber ich hätte allein gehen müssen. Er hätte sich geweigert mitzukommen. Ich konnte ihn nicht allein zurücklassen. Mein Einfluß ist alles, was ihn im Licht gehalten hat.«

»Aber du hättest jemanden warnen können. Die Ritter von Solamnia hätten Ariakan vielleicht aufhalten können.« Tanis zeigte auf die mächtige Burg. »Jetzt ist er zu stark.«

»Was hätten die Ritter getan?« fragte Sara. »Wären sie mit ihren Drachen gekommen? Mit ihren Lanzen? Und was hätte das geholfen? Ariakan und die Ritter hätten bis zuletzt gekämpft, bis wir alle tot gewesen wären. Nein, das konnte ich nicht riskieren. Damals hatte ich noch Hoffnung. Eines Tages würde Stahl sehen, wie böse sie sind. Er würde vielleicht freiwillig mit mir ziehen ... Aber jetzt ...« Matt schüttelte sie den Kopf.

Der blaue Drache landete neben ihnen. Flamme war aufgeregt, als sie Stahls scheinbar leblosen Körper sah, doch Sara beruhigte das Drachenweibchen mit ein paar leisen, erklärenden Worten. Flamme schien immer noch ihre Zweifel zu haben, aber sie vertraute Sara offensichtlich und war äußerst besorgt um Stahl. Sie ließ den jungen Mann keinen Augenblick aus den Augen, während Caramon ihn am Sattel festband und sich dann unbequem dahinterquetschte.

Sara näherte sich dem Drachen. Tanis hielt ihre Hand fest.

»Wir tun, worum du bittest, Sara Dunstan, aber die endgültige Entscheidung liegt bei Stahl. Außer wenn du vorhast, ihn in einen Keller zu sperren und den Schlüssel wegzuschmeißen«, fügte er trocken hinzu.

»Es wird gelingen«, beharrte sie.

Tanis hielt weiter ihr Handgelenk fest. »Sara, wenn nicht, dann hast du ihn verloren. Er wird dir nie verzeihen, daß du ihn verraten hast – und die Ritterschaft. Das weißt du, nicht wahr?«

Sie starrte den leblosen Körper ihres Sohnes an. Ihr Gesicht war so kalt und unschön wie die Brosche mit der schwarzen

Lilie. Da sah Tanis die wahre Stärke der Frau, die so viele dunkle Jahre in diesem dunklen Kerker verbracht hatte.

»Ich weiß«, sagte sie und zog sich auf den Drachen.

Kapitel 8

Der Turm des Oberklerikers

»Mutter, was hast du getan?« Der junge Paladin verlangte wütend eine Erklärung.

Als Stahl in den Bergen auf einem windgepeitschten Hügel mit Blick auf den Turm des Oberklerikers erwachte, war er zunächst benommen und orientierungslos. Aber die Erkenntnis und dann der Zorn zerschlugen rasch die Nebel des Trunks.

»Ich will dir ermöglichen, noch einmal zu überlegen, was du tust«, erklärte Sara ihm.

Sie bettelte nicht, sie war keine mitleiderregende Gestalt. Sie war ruhig und würdevoll, und als die beiden einander gegenüberstanden, sah Tanis eine Ähnlichkeit, die nicht das Blut bedingt hatte, sondern die aus langen Jahren beiderseitigen Respekts und Zuneigung erwachsen war.

Welche Rohmasse Vater und Mutter auch in die Welt gesetzt hatten, es war Sara, die sie geformt hatte.

Stahl schluckte seine verbitterten Vorwürfe und die zornigen Worte hinunter. Statt dessen wanderten seine dunklen Augen zu Tanis und Caramon.

»Wer sind diese Männer?«

»Das sind Freunde deines Vaters«, erwiderte Sara.

»Also darum geht's«, sagte Stahl, der sowohl Tanis als auch Caramon kalt und hochmütig musterte.

Der gutaussehende, starke, junge Mann, der seinen Stolz und seine Haltung bewahrte, obwohl ihm noch der Kopf schwirren mußte, erntete die widerwillige Bewunderung der beiden Männer.

Der blaue Drache schnüffelte, schüttelte den Kopf und fauchte. Silberdrachen, die Lieblingsdrachen der Ritter von Solamnia, patrouillierten hier gelegentlich durch den Himmel über dem Turm. So früh war noch keiner am Himmel zu sehen, aber der Blaue witterte offenbar etwas, das ihm nicht gefiel.

Sara beruhigte Flamme und führte sie in eine große Öffnung in den Felsen, wo das Drachenweibchen wenigstens teilweise außer Sicht sein würde – der Hauptgrund, weshalb sie ausgerechnet diesen Landeplatz gewählt hatte. Die drei Männer blieben am Rand der Felsen stehen, sahen sich an und schwiegen verlegen.

Stahl wirkte krank. Er konnte sich kaum auf den Beinen halten, aber augenscheinlich würde er lieber sterben als diese Schwäche eingestehen, deshalb boten ihm weder Tanis noch Caramon Hilfe an.

Caramon stupste Tanis an.

»Erinnerst du dich an den Herbst, als der Krieg losging, genau nachdem wir Solace mit Goldmond und Flußwind verlassen hatten? Wir rannten vor den Drakoniern davon, und Sturm war verwundet. Das Blut lief ihm übers Gesicht. Er konnte kaum stehen, geschweige denn laufen, aber trotzdem hat er sich mit keiner Silbe beschwert und wollte nicht anhalten ...«

»Ja«, meinte Tanis leise, während er den jungen Mann ansah. »Ich erinnere mich.« Die Erinnerung war jetzt sehr deutlich.

Stahl – dem klar war, daß er gemustert wurde und daß wohl von ihm die Rede war – drehte sich stolz zur Seite.

Tanis betrachtete die schwarze Rüstung des dunklen Paladins, die mit gräßlichen Todessymbolen geschmückt war, und fragte sich nachdenklich, wie er und die anderen wohl in den Turm des Oberklerikers gelangen sollten. Und als wäre das nicht schon schwierig genug, tauchte Sara aus der Höhle auf, und Tanis wußte augenblicklich, daß etwas nicht stimmte.

»Was ist denn, Sara? Was ist los?«

Caramon warf nervös einen Blick nach oben. »Keine Patrouille –«

»Flamme behauptet, wir wurden verfolgt«, sagte Sara mit leiser Stimme, ohne Stahl anzusehen. »Dieser Ritter ... er muß Verdacht geschöpft haben.«

»Toll, einfach toll!« murmelte Tanis. »Wie viele?«

Sara schüttelte den Kopf. »Ein Blauer und ein Reiter. Er ist jetzt nicht mehr da. Er ist zur Burg zurückgekehrt ... nachdem er festgestellt hatte, wo wir hinwollten ...«

»Aber die Ritter von Takhisis werden uns holen kommen«, sagte Stahl mit kaltem, triumphierendem Lächeln. Er sah Sara an. »Wir können noch umkehren, Mutter, bevor Schaden angerichtet wird. Überlaß diese zwei alten Kerle ihren verschimmelten Erinnerungen.«

Seufzend berührte er freundlich ihre Wange. »Ich weiß, was du versuchst, Mutter, aber es ist umsonst. Nichts wird mich umstimmen. Laß uns umkehren. Ich sorge dafür, daß Lord Ariakan dir nicht die Schuld gibt. Ich erzähle meinem Herrn, dieser verrückte Plan wäre meine Idee gewesen. Eine Mutprobe – ich hätte betrunken beim Würfeln gelobt, daß ich auf den Turm des Oberklerikers spucken würde –«

Aus Caramons Brust drang ein tiefes Grollen. »Paß auf, was du redest, Junge«, knurrte er. »Diese Steine sind rot vom Blut deines Vaters. Dort drin liegt sein Körper.«

Stahl war offensichtlich schockiert. Rasch riß er sich jedoch wieder zusammen und zuckte mit den Schultern. »Also starb mein Vater bei dem Angriff –«

»Er starb bei der Verteidigung des Turms«, sagte Tanis, der Stahl genau beobachtete, »im Kampf für die Ritterschaft.«

»Er wird in ganz Ansalon verehrt«, fügte Caramon hinzu. »Sein Name wird wie Humas mit Ehrfucht ausgesprochen.«

»Dieser Name ist Sturm. Sturm Feuerklinge«, sagte Sara ruhig. »Und das ist auch dein Name, Stahl.«

Der junge Mann war weiß geworden. Mißtrauisch starrte er sie an. »Ich glaube euch nicht.«

»Um die Wahrheit zu sagen«, sagte Tanis, der Caramon auf den Fuß trat, um ihn zum Schweigen zu bringen, »wir auch nicht. Diese Frau hier«, er zeigte auf Sara, »kam mit einer haarsträubenden Geschichte über ein Verhältnis von deiner Mutter und deinem Vater – der unser Freund war – zu uns, ein Verhältnis, dessen ungewolltes Ergebnis du bist. Wir haben ihr gesagt, wir würden ihr nicht glauben, darum sollte sie dich zum Beweis hierherbringen.«

»Warum?« wollte Stahl höhnisch wissen. »Was beweist das?«

»Gute Frage, Tanis«, sagte Caramon zu sich. »Was beweist das?«

Tanis blickte Sara fragend an.

Bring meinen Sohn in den Turm, flehten ihre Augen ihn an. Zeig ihm die Ritter. Er wird sich erinnern, wie er sie als Kind verehrt hat. Ich weiß es. Meine Geschichten werden ihm einfallen.

»Bei Paladin, ich wünschte, ich hätte dein Vertrauen, Frau«, murmelte Tanis in seinen Bart. Er kratzte sich am Kinn, während er nach einer Ausrede suchte. Dieser ganze Plan wurde immer sinnloser, immer gefährlicher.

Laut sagte er das erste, was ihm durch den Kopf ging: »Um den Hals deines Vaters hängt ein Amulett, mit dem er beigesetzt wurde. Der Sternenjuwel ist magisch. Er wurde ihm von einer Elfenkönigin geschenkt, von Alhana Sternenwind. Dieser Juwel wird …«

»Was wird er?« spottete Stahl. »Sich auflösen, wenn ich die heilige Kammer betrete.«

»Er wird uns die Wahrheit sagen«, brauste Tanis auf, der sich langsam über diesen arroganten Jungritter ärgerte. »Glaub mir, mir gefällt das alles genausowenig wie dir. Was? Was sagst du, Caramon?«

»Der Elfenjuwel ist nur das Geschenk einer Liebenden. Der kann ...«

»Du hast recht, mein Freund«, unterbrach Tanis ihn laut. »Es ist ein wundersamer Juwel. Sehr magisch.«

»Das ist doch ein Trick«, sagte Stahl. Er legte die Hand an den Waffengürtel, offensichtlich hatte er vergessen, daß er sein Schwert abgelegt hatte. Es lag im Haus seiner Mutter. Er wurde rot und ballte die Fäuste. »Ihr wollt mich gefangennehmen. Wenn wir erst am Turm sind, übergebt ihr mich den Rittern. Das ist euer Plan, nicht wahr, Mutter?«

»Nein, Stahl!« rief Sara. »Das habe ich nie gewollt, wirklich nicht. Und auch diese Männer nicht. Wenn alles vorbei ist und du willst immer noch nach Sturmfeste zurückkehren, werden wir dich nicht aufhalten. Die Entscheidung liegt bei dir, Stahl.«

»Ich gelobe bei meiner Ehre und meinem Leben, es ist kein Trick. Ich werde dich beschützen, als wärst du mein eigener Sohn«, sagte Tanis ruhig.

»Ich auch, Neffe.« Caramon nickte. Dann legte er die Hand an das Heft seines Schwertes. »Du bist mein Fleisch und Blut. Du hast mein Wort. Ich schwöre es bei meinen eigenen Kindern – deinen Vettern.«

Stahl lachte. »Ihr kämpft zu meinem Schutz. Danke sehr, aber ich bezweifle doch, daß der Tag kommen wird, an dem ich die Hilfe von zwei verweichlichten, alten –« Er hielt inne, weil ihm plötzlich klar wurde, was er da gehört hatte. »Neffe. Vettern.« Er kniff die dunklen Augen zusammen. »Wer seid ihr?«

»Dein Onkel, Caramon Majere«, erwiderte Caramon würdevoll. »Und das hier ist Tanis, der Halbelf.«

Stahl betrachtete Caramon neugierig mit nachdenklichem Blick. »Der Halbbruder meiner Mutter.« Die dunklen Augen gingen zu Tanis. »Und einer ihrer Liebhaber, wie Lord Ariakan sagt.« Der junge Mann verzog die Lippen.

Tanis' Haut glühte. Es ist aus und vorbei, erinnerte er sich. Kitiara ist schon so lange tot. Ich liebe Laurana. Wirklich, von ganzem Herzen. Ich habe all die Jahre nicht an Kit gedacht, und jetzt dieses Augenblitzen, eine Kopfdrehung, ihr schiefes Grinsen, und alles ist wieder da. Meine Schande, meine Unbedachtheit. Unsere Jugend ... unser Glück ...

»Ihr zwei seid also hier, um mich vor mir selbst zu bewahren«, sagte Stahl mit bitterem Sarkasmus.

»Wir wollen dir bloß die Wahl ermöglichen«, sagte Tanis, der des beißenden Windes wie auch der beißenden Erinnerungen wegen die Schultern zusammenzog. »Wie Sara schon sagte, die endgültige Entscheidung liegt bei dir.«

»Dafür haben wir schließlich im Krieg gekämpft, Neffe«, fügte Caramon hinzu. »Damit man eine Wahl hat.«

»Neffe.« Stahl lächelte, und das Lächeln sollte höhnisch und arrogant wirken. Aber seine Lippen zitterten, bevor er sie zusammenkneifen konnte, und einen Herzschlag lang huschte der Blick eines unglücklichen, einsamen Kindes über sein Gesicht.

Da erst, in diesem Augenblick, kam Tanis zu der Überzeugung, daß dieser junge Mann tatsächlich Sturms Sohn war. In diesem kalten, stolzen, bedrängten Ausdruck erkannte Tanis den jungen Ritter wieder, der in einer Zeit aufgewachsen war, wo die Ritter von Solamnia selbst gehaßt und verachtet worden waren, wo man ihn verabscheut hatte und er sich seiner Herkunft hatte schämen müssen.

Sturm hatte gewußt, was es heißt, anders zu sein. Sein Stolz war sein Schutzschild gegen Haß und Vorurteile gewesen. Dieser Stolz war anfangs eine schwere Bürde gewesen, doch Sturm hatte gelernt, sein Gewicht durch Geduld und Mitgefühl zu mildern. Der dunkle Paladin hier trug das Gewicht dieses Schutzschilds voller Eifer, und das hatte ihn gezeichnet.

Tanis machte den Mund auf und hätte seine Gedanken beinahe ausgesprochen, aber dann überlegte er es sich noch einmal. Seine armseligen Worte konnten diesen Schild, diese grausame, finstere Rüstung, nicht durchdringen. Er ist Sturms Sohn, ja, aber auch Kitiaras Sohn, ein Kind verruchter Finsternis und heiligen Lichts.

»Du wirst dich bei diesen beiden Herren entschuldigen, Stahl«, mahnte Sara den jungen Mann mit strenger Stimme. »Sie haben ihren Mut in der Schlacht schon lange bewiesen, etwas, was du noch vor dir hast. Es steht dir nicht zu, respektlos mit ihnen zu reden.«

Stahls schönes Gesicht lief bei der Schelte seiner Mutter rot an, doch er hatte eine strenge Schule durchlaufen. »Ich entschuldige mich, meine Herren«, sagte er steif. »Ich habe von euren Taten während des Krieges gehört. Es fällt euch vielleicht schwer, das zu glauben«, fügte er mit finsterem Lächeln hinzu, »aber man hat uns, die Diener der Königin Takhisis, gelehrt, euch zu ehren.«

Tatsächlich konnte Tanis das kaum glauben, denn er wollte nicht gern die Folgen bedenken. »Dann hat man dich gelehrt, die Taten deines Vaters zu würdigen –«

»Falls Sturm Feuerklinge mein Vater ist«, gab Stahl zurück. »Jedenfalls hat man mich gelehrt, seinen Heldentod zu bewundern – denn Sturm war einer, der sich vielen Feinden stellte. Und man hat mich auch gelehrt, das Andenken meiner Mutter Kitiara zu ehren, der Drachenfürstin, die ihn getötet hat.«

Diese Bemerkung brachte alle zum Schweigen. Caramon scharrte mit seinen großen Füßen auf dem Boden, hustete und senkte den Blick. Tanis gab einen Stoßseufzer von sich und fuhr sich mit der Hand durchs Haar. Ein Fluch, wenn Stahl herausfand, wer sein Vater war – so hatte Ariakan es dem jungen Paladin erklärt. Tanis glaubte allmählich daran. Er konnte beim besten Willen nicht sehen, wie aus dieser unseligen Situation irgend etwas Gutes erwachsen sollte.

Stahl kehrte ihnen allen den Rücken zu. Nachdem er zum Rand der Klippe gelaufen war, starrte er interessiert auf den Turm des Oberklerikers.

»Tut mir leid, Sara«, sagte Tanis gedämpft. »Ich sage es zum letzten Mal. Dein Plan geht nicht auf. Nichts, was wir sagen oder tun, wird für ihn etwas verändern. Stahl hat recht. Ihr beide solltet jetzt aufbrechen. Geht zurück nach Hause.«

Die Frau ließ die Schultern hängen. Sie schloß die Augen und legte die zitternde Hand vor den Mund. Tränen liefen ihr über die abgehärmten Wangen. Sie konnte nichts sagen, nur nicken.

»Komm schon, Caramon«, sagte Tanis. »Wir müssen vor Einbruch der Dunkelheit von diesem Berg runter.«

»Wartet mal«, sagte Stahl unvermittelt. Er drehte sich um und stellte sich vor Sara, der er die Hand unters Kinn legte, um ihr Gesicht ins Sonnenlicht zu drehen. »Du weinst ja«, sagte er leise, und in seiner Stimme lag Verwunderung. »Die ganzen Jahre über habe ich dich nie weinen sehen.«

Gegen ein Heer von Kriegern hätte er sich zur Wehr setzen können, aber die Tränen seiner Mutter entwaffneten ihn einfach.

»Willst du wirklich, daß ich diesen ... Unfug mitmache?« fragte er verlegen, hilflos und durcheinander.

Saras Gesicht hellte sich auf. Freudig umarmte sie ihn. »Oh, ja, Stahl. Bitte! Tu's für mich.«

Tanis und Caramon warteten schweigend.

Stahl sah sie an. Sein Gesicht verriet deutlich, wie sehr er im Inneren mit sich kämpfte. Dann sagte er kalt und mit einem langen, finsteren Seitenblick auf die beiden älteren Männer: »Ich werde euch begleiten – um ihretwillen.«

Und er machte auf dem Absatz kehrt, ging zum Rand des Felsens, sprang auf einen tieferen Vorsprung und begann, den Hang hinunterzuklettern. Seinen Weg durch die überall verstreuten Steine suchte er sich mit der Geschicklichkeit und der Kraft der Jugend.

Diese unerwartete Wendung überraschte Tanis vollkommen; er wollte ihm hinterherlaufen, doch mit seinen eleganten, teuren Stiefeln – die zum Spazierengehen in seinem Park, nicht aber zum Klettern gedacht waren – rutschte er auf einem Steinhaufen aus. Er verlor das Gleichgewicht und wäre fast den Hang hinuntergepurzelt, wenn ihn nicht eine starke Hand am Kragen gepackt und festgehalten hätte.

»Immer mit der Ruhe, mein Freund«, sagte Caramon. »Wir haben einen langen Weg vor uns, und der wird weder unseren Stiefeln noch unseren alten Knochen leichtfallen.« Er deutete mit dem Kopf nach unten auf Stahl, dessen dunkle Locken zwischen den Felsbrocken kaum zu sehen waren. »Überlaß unseren jungen Freund ein Weilchen sich selbst. Er braucht Zeit zum Nachdenken. In seinem Kopf dürfte es aussehen wie in diesem Bach hier.«

Schäumend weiß und blubbernd suchte sich Wasser einen Weg durch die Steine. Hin und wieder staute es sich still in dunklen Tümpeln, doch dann befreite es sich wieder und stürzte weiter Hals über Kopf auf sein eigentliches Ziel zu – die ewige See.

»Bis er unten ist, hat er sich abgekühlt«, endete Caramon.

»Wir nicht«, murrte Tanis. Die Sonne brannte heiß auf sie herab. Schon jetzt schwitzte er unter seiner Lederrüstung. Nachdem er Caramon die Hand auf den Arm gelegt hatte, lächelte er den großen Krieger an. »Du bist ein weiser Mann, mein Freund.«

Caramon zuckte verlegen mit den Schultern. »Weiß nich'. Ich hab' bloß selbst drei Jungs.«

»Gehen wir«, sagte Tanis übergangslos. Er sah sich zu Sara um.

»Ich warte hier auf euch«, sagte diese, die vor der Höhle stand. »Flamme ist aufgeregt. Ich kann sie auf keinen Fall allein lassen. Sie würde Stahl vielleicht folgen.«

Tanis nickte und wandte sich wieder dem Hang zu, wobei er sich diesmal jedoch langsamer und vorsichtiger bewegte.

»Mögen die Götter euch dafür segnen«, rief Sara inbrünstig.

»Tja, hm, irgendein Gott wird uns bestimmt segnen«, murmelte Tanis.

Er wollte lieber nicht darüber nachdenken, welcher das sein mochte.

Kapitel 9

Schwarze Lilie, Weiße Rose

»Die Festung, die als Turm des Oberklerikers bekannt ist, wurde im Zeitalter der Macht von Vinas Solamnus erbaut, dem Begründer des Ritterordens von Solamnia. Die Festung bewacht den Westtorpaß, der zu einer der Hauptstädte von Ansalon führt, der Stadt Palanthas.

Nach der Umwälzung, für die viele Leute fälschlicherweise den Rittern von Solamnia die Schuld zuwiesen, wurde der Turm des Oberklerikers verlassen, da die Ritter es vorzogen, im Verborgenen zu überleben. Während des Kriegs der Lanze wurde der Turm wieder besetzt und hat bei der Verteidigung von Palanthas und dem umliegenden Land eine entscheidende Rolle gespielt. Astinus hat die Heldentaten jener aufgeschrieben, die den Turm gehalten haben. Der Bericht steht in der Großen Bibliothek von Palanthas und trägt den Titel *Drachenzauber*.

In diesem Buch erfahrt ihr von Sturm Feuerklinge, der starb, nachdem er sich allein dem Schrecken der Drachen gestellt hatte. Die Geschichte ist folgende:

Sturm blickte nach Osten. Halbgeblendet von der Sonne, sah Sturm den Drachen nur als einen schwarzen Fleck. Die Kreatur flog tiefer, bis sie auf gleicher Höhe mit der Mauer war. Da wurde ihm klar, daß der Drache von unten nach oben fliegen und seinem Reiter Platz zum Angriff geben würde.

Einen Moment lang war der sonnendurchflutete Himmel

leer, dann schoß der Drache über den Mauerrand, sein entsetzlicher Schrei zerriß Sturms Trommelfell. Der Atem aus dem klaffenden Drachenmaul schnürte ihm die Kehle zusammen. Er taumelte benommen, aber schaffte es, auf den Füßen zu bleiben, als er mit seinem Schwert ausholte. Die uralte Klinge schlug in die linke Nüster des Drachen. Schwarzes Blut spritzte in die Luft. Der Drache brüllte auf.

Aber der Hieb war teuer erkauft. Sturm blieb keine Zeit, sich zu erholen.

Die Drachenfürstin hob ihren Speer, die Spitze leuchtete in der Sonne. Sie beugte sich vor und stieß den Speer tief durch die Rüstung, durch das Fleisch und die Knochen.«

Stahl warf den beiden Männern in seiner Begleitung einen selbstgefälligen Blick zu. Er beobachtete, wie die beiden auf sein Zitat reagierten.

»Gütiger Himmel.« Seinem Onkel blieb der Mund offenstehen, und das runde, irgendwie blöde (wie Stahl verächtlich dachte) Gesicht des Dicken war wie vom Donner gerührt. Der Halbelf sah den dunklen Paladin grimmig an.

»Du hast ein gutes Gedächtnis«, bemerkte Tanis.

»Für einen Krieger gehört es zum Handwerkszeug, seinen Feind zu kennen, lehrt uns Ariakan«, gab Stahl zurück. Er erwähnte nicht, daß es seine Mutter, Sara, war, die ihm diese Geschichte vor langer Zeit als erste erzählt hatte, als er noch ein Kind war.

Tanis' Augen schweiften zu einer der hohen Mauern am Mittelturm. »Auf diesen Zinnen starb dein Vater. Wenn du hinaufgehst, kannst du sein Blut noch auf den Steinen sehen.«

Stahl blickte hinauf, hauptsächlich aus Neugier. Heutzutage war die Mauer nicht leer. Ritter liefen darauf auf und ab und hielten ohne Unterbrechung Wache, denn obwohl der Krieg der Lanze vorüber war, herrschte in Solamnia kein Frieden. Doch als Stahl hinaufsah, verschwanden die Ritter mit einem Mal, und nur ein anderer stand da, ganz allein. Er wußte, er war zum Tode verurteilt, doch er nahm seinen Tod ergeben hin, denn er glaubte an die Notwendigkeit, hoffte, diese geschlagenen, demoralisierten Ritter damit zum Weiterkämpfen anspornen zu können.

Stahl sah Flammen und die helle Sonne, sah schwarzes und rotes Blut über eine silberne Rüstung fließen. Sein Herz schlug schneller vor heimlichem Stolz. Schon immer hatte er diese Geschichte geliebt, was auch ein Grund war, weshalb er sie so genau wiedergeben konnte. Enthielt sie für ihn vielleicht doch eine tiefere Bedeutung, die nur seine Seele erkannte?

Plötzlich wurde sich Stahl der beiden Männer bewußt, die still an seiner Seite standen.

Natürlich nicht. Sei kein Idiot, wies sich Stahl zurecht. Du spielst ihnen in die Hände. Es ist eine Geschichte, weiter nichts.

Er zuckte mit den Schultern. »Ich sehe eine Mauer. Gehen wir weiter.«

Sie waren auf der Westseite des Turms des Oberklerikers aus den Bergen gekommen. Nicht weit von dem Platz entfernt, wo sie versteckt im Unterholz hockten, führte ein breiter Wall zum Haupteingang des Turms. Unter diesem Eingang lag die Kammer des Paladin, wo man Sturm Feuerklinge und die anderen Ritter, die bei der Verteidigung des Turms gefallen waren, bestattet hatte.

Alle Ritter und zukünftigen Ritter der Takhisis hatten viele Stunden damit verbracht, sich den Grundriß des Turms des Oberklerikers einzuprägen, einen Grundriß, den ihnen Ariakan verschafft hatte, der hier gefangen gesessen hatte.

Aber es ist eines, eine Zeichnung anzusehen, und etwas anderes, das Bauwerk selbst zu erblicken. Stahl war beeindruckt. Er hatte sich die Festung nicht so groß, nicht so imposant vorgestellt. Doch dieses Gefühl von Ehrfurcht unterdrückte er und begann, die Männer zu zählen, die auf den Zinnen liefen und am Haupttor Wache hielten. Solches Wissen würde seinem Herrn nützlich sein.

Auf der Straße, die zum Tor führte, war immer etwas los, und dieser Morgen unterschied sich nicht von anderen. Ein Ritter mit seiner vornehmen Frau und mehreren hübschen Töchtern ritt langsam an ihnen vorbei. Zahlreiche Händler steuerten Wagen, die mit Nahrungsmitteln, Bier und Wein beladen waren. Ein Regiment Ritter trabte in Begleitung ihrer Knappen und Pagen aus dem Tor, um plündernde Banden von Hobgoblins oder Drakoniern zu bekämpfen oder vielleicht auch nur ihre eindrucksvolle Macht in den Straßen von Palanthas zu präsentieren. Stahl prägte sich ein, was für Waffen sie trugen und wie groß der Troß war.

Einfache Leute kamen und gingen, manche wegen Geschäften, manche in der Hoffnung auf Almosen, andere, um sich über Drachen zu beklagen, die ihre Dörfer heimsuchten.

Eine Gruppe grinsender Kender wurde – an Händen und Füßen zusammengekettet – von finster drein blickenden Rittern aus dem Turm geführt, die die ungehaltenen »Entleiher« noch all ihrer Besitztümer entledigten, bevor sie sie außerhalb der Turmmauern freiließen.

»Du siehst nicht zufällig Tolpan, hm?« Caramon spähte angestrengt zu den Kendern, als diese kichernd an ihm vorbeirannten.

»Paladin behüte!« sagte Tanis flehend. »Wir haben schon genug Ärger.«

»Wie sollen wir eigentlich da reinkommen?« fragte Stahl kühl. Genau wie die beiden Männer hatte er die Ritter gesehen, die den Haupteingang bewachten und jeden anriefen, der hineinwollte.

»Sie haben die Kender hineingelassen«, erinnerte Caramon.

»Haben sie nicht«, gab Tanis zurück. »Du kennst das alte Sprichwort: »Wo eine Ratte reinkommt, kommt auch ein Kender rein.« Du würdest sowieso nicht durch ein Kenderloch passen, Caramon.«

»Stimmt«, sagte der dicke Mann, ohne beleidigt zu sein.

»Ich habe eine Idee«, sagte Tanis. Er hielt Stahl den blauen Mantel hin. »Leg dir das über die Rüstung. Halte dich hinter Caramon. Ich verwickle die Ritter am Tor in ein Gespräch, und ihr schlüpft hinter mir durch …«

»Nein«, sagte Stahl.

»Was soll das heißen, ›nein‹?« erregte sich Tanis.

»Ich verstecke weder mich selbst noch meine Zugehörigkeit. Ich krieche doch nicht da rein wie … wie ein Kender.« Stahls Stimme war voller Verachtung. »Die Ritter werden mich so hineinlassen, in dem Wissen, wer ich bin und was ich bin, oder überhaupt nicht.«

Tanis' Gesicht verhärtete sich. Er wollte widersprechen, doch Caramon unterbrach ihn, indem er in Gelächter ausbrach.

»Ich finde das nicht gerade komisch«, fauchte Tanis.

Caramon hustete. Dann räusperte er sich. »Tut mir leid, Tanis, aber – bei den Göttern – Stahl klang so nach Sturm, da konnte ich nicht anders. Erinnerst du dich an damals im Gasthaus, als wir den Stab mit dem blauen Kristall gefunden hatten und die ganzen Goblins und die Wachen der Sucher die Treppe hochkamen, die uns am liebsten auf den Scheiterhaufen gezerrt und verbrannt hätten? Und wir alle rannten um unser Leben, um vielleicht durch die Küche zu entkommen – außer Sturm.

Der saß einfach am Tisch und hat in aller Ruhe sein Bier getrunken. ›Was?‹ hat er gesagt, als du ihm geraten hast, davonzurennen. ›Weglaufen? Vor diesem Pöbel?‹ Das Gesicht meines Neffen, als er das sagte, wie die Ritter ihn einlassen müßten, hat mich an Sturm damals erinnert.«

»Das Gesicht deines Neffen erinnert mich an einiges«, sagte Tanis verärgert, »zum Beispiel wie Sturm uns mit seiner Sturheit und seiner Ehre mehr als einmal beinahe umgebracht hätte.«

»Deswegen haben wir ihn geliebt«, sagte Caramon leise.

»Ja.« Tanis seufzte. »Ja, das habe ich, auch wenn es Zeiten

gab – wie jetzt –, wo ich am liebsten seinen ritterlichen Hals gewürgt hätte.«

»Sieh es mal so, Halbelf«, sagte Stahl spöttisch, »du könntest es als Zeichen deines Gottes nehmen, des großen Paladin. Wenn Paladin will, daß ich hineinkomme, dann wird er dafür sorgen, daß es gelingt.«

»Na schön, junger Mann, diese Herausforderung nehme ich an. Ich vertraue auf Paladin. Vielleicht wird es, wie du sagst, ein Zeichen sein. Aber«, Tanis hielt warnend einen Finger hoch, »kein Wort, egal was ich sage. Und du machst keinen Ärger.«

»Sicher nicht«, sagte Stahl mit eisiger Würde und Verachtung. »Schließlich ist meine Mutter da oben in den Bergen mit einem blauen Drachen. Wenn mir irgend etwas geschieht, läßt Lord Ariakan seine Wut an ihr aus.«

Tanis musterte den jungen Mann eindringlich. »Ja, deswegen haben wir ihn geliebt«, sagte er zu sich selbst.

Stahl gab vor, es nicht gehört zu haben. Er drehte sich zum Turm des Oberklerikers um, kletterte aus dem Unterholz und trat auf die Straße. Er ging davon aus, daß sein Onkel und der Halbelf ihm folgen würden.

Tanis und Caramon nahmen den dunklen Paladin in die Mitte, als sie die breite Straße zum Haupttor des Turms hinunterkamen. Caramon hatte seine Hand am Schwert und schaute finster und drohend drein. Tanis achtete genau auf alle, die an ihnen vorbeikamen, denn er wartete angespannt auf den haßerfüllten, schockierten Ausdruck des Entsetzens – und den Aufschrei, der eine Schwadron Ritter herbeirufen würde.

Stahl ging aufrecht und stolz. Sein kaltes, ebenmäßiges Gesicht war ohne Regung. Falls er nervös war, verbarg er das geschickt.

Doch nur die wenigsten hatten überhaupt einen Blick für sie übrig. Die meisten, die auf dieser Straße reisten, waren mit ihren eigenen Sorgen und Nöten beschäftigt. Und wem sollten in dieser Bastion von Bewaffneten drei Bewaffnete auffallen? Die einzigen, die sie zur Kenntnis nahmen, waren die hübschen, jungen Mädchen, die ihren Vater, den Ritter, zum Turm begleiteten. Sie lächelten dem gutaussehenden, jungen Mann bewundernd zu und wären fast aus ihrer Kutsche gefallen, weil sie seine Aufmerksamkeit auf sich lenken wollten.

Tanis war äußerst verwirrt. Lösten denn die Schreckens- und Todeszeichen, die der dunkle Paladin offen am Körper trug, bei den Leuten keine Wirkung mehr aus? Hatten die Solamnier die furchtbare Macht der Königin der Finsternis vergessen? Oder waren sie einfach gedankenlos und voll dumpfer Zufriedenheit?

Tanis sah, wie Stahl verächtlich die Lippen verzog. Er fand die Sache amüsant.

Da ging der Halbelf einen Schritt schneller. Sie hatten immer noch das Haupttor vor sich.

Tanis hatte sich eine ganze Reihe von Gründen ausgedacht und wieder verworfen, warum ein Ritter der Takhisis die Festung Paladins betreten sollte. Schließlich hatte er sich eingestehen müssen, daß es keinen logischen Grund gab. Er würde auf seinen Ruf als verdienter Held und angesehener Regierungsbeamter verweisen müssen, um ihnen Zutritt zu verschaffen.

Während er sich wünschte, er wäre mit vollem zeremoniellen Prunk eingetroffen anstatt in seinen abgetragenen, wenn auch bequemen Reisekleidern, setzte Tanis seine Tut-was-ich-sage-und-seid-einverstanden-Miene auf und ging auf die Ritter zu, die das Haupttor bewachten.

Caramon und Stahl blieben einen Schritt hinter ihm stehen. Stahls Gesicht war hart, seine dunklen Augen undurchdringlich, den Kopf hatte er trotzig zurückgeworfen.

Einer der wachhabenden Ritter trat vor, um sie anzurufen. Mit freundlicher Neugier betrachtete er sie.

»Eure Namen, edle Herren«, sagte der Ritter höflich. »Und sagt uns bitte Euer Begehr.«

»Ich bin Tanis, der Halbelf.« Tanis war so angespannt, daß er diese Worte bellend, praktisch schreiend, ausstieß. Nachdem er sich mühsam bezähmt hatte, fügte er etwas ruhiger hinzu: »Und das ist Caramon Majere ...«

»Tanis, der Halbelf, und der berühmte Caramon Majere!« Der junge Ritter war beeindruckt. »Es ist mir eine Ehre, meine Herren.« Gedämpft sagte er zu einem Begleiter: »Es ist Tanis, der Halbelf. Lauf und hol Sir Wilhelm.«

Wahrscheinlich der Ritterfürst, der die Verantwortung für das Tor trug.

»Oh, bitte, nur keine Aufregung«, drängte Tanis eilig und hoffte, daß seine Worte wie angemessene Bescheidenheit klangen. »Meine Freunde und ich sind auf einer Pilgerfahrt zur Kammer des Paladin. Wir wollen einfach das Grab besuchen, weiter nichts.«

Der junge Ritter setzte augenblicklich eine ernste, mitfühlende Miene auf. »Ja, natürlich, Herr.« Sein Blick ging von Caramon – der so finster dreinschaute, als wollte er den Turm mit einem Handstreich einnehmen – zu Stahl.

Tanis erstarrte. Er konnte es sich schon ausmalen. Wie das Erstaunen des jungen Wachmanns zu Zorn werden, wie die Trompete schmettern, Alarm geschlagen und das Fallgitter heruntergelassen würde. Gleich würden sie von Schwertkämpfern umstellt sein ...

»Ich sehe, Ihr seid ein Ritter der Krone, mein Herr, wie ich«, sagte der junge Ritter ... und er sagte es zu Stahl! Der Ritter von Solamnia berührte seinen Brustharnisch, auf dem das Symbol der niedrigstrangigen Ritter von Solamnia prangte. Er grüßte Stahl wie einen Ritter seines Ordens, indem er die Hand im Handschuh an den Helm führte. »Ich bin Sir Reginald. Ich glaube, ich kenne Euch nicht, Herr. Wo habt Ihr Eure Ausbildung gemacht?«

Tanis zwinkerte und sah genauer hin. Ließ man neuerdings Kurzsichtige zur Ritterschaft zu? Er schaute Stahl an, dessen schwarze Rüstung mit den Emblemen der Königin der Finsternis geschmückt war: Lilie, Axt und Totenkopf. Doch der Ritter von Solamnia lächelte und behandelte Stahl, als kämen sie aus derselben Kaserne.

Hatte Stahl einen Zauber über den Ritter geworfen? War das möglich? Tanis sah ihn scharf an, um sich dann zu entspannen. Nein, Stahl war offensichtlich ebenso verwirrt wie Tanis. Aller Trotz war dahingeschmolzen. Stahl wirkte benommen und etwas dämlich.

Caramons großer Mund stand weit offen. Es hätte ein Sperling hineinfliegen und ein Nest bauen können, ohne daß er es gemerkt hätte.

»Wo habt Ihr Eure Ausbildung gemacht, Sir?« fragte der Ritter abermals höflich.

»K-Kenderheim«, sagte Tanis – das erste, was ihm in den Sinn gekommen war.

Der junge Ritter zeigte sofort Mitleid. »Oh, ein harter Dienst, wie ich hörte. Ich würde lieber in Treibgut Wache schieben. Ist das Euer erster Besuch im Turm? Ich habe eine Idee.« Der Ritter drehte sich zu Tanis um. »Wenn Ihr die Kammer des Paladin besucht habt, dann übergebt mir doch hinterher Euren Freund. In einer halben Stunde ist mein Dienst zu Ende. Ich führe ihn im Turm herum, zeige ihm unsere Verteidigungsanlagen und Befestigungen –«

»Ich halte das für keine gute Idee!« brachte Tanis heraus. Er schwitzte unter seiner Lederrüstung. »Wir ... wir werden in Palanthas erwartet. Von unseren Frauen, nicht wahr, Caramon?«

Caramon begriff. Sein Mund ging zu. Er brachte es fertig, etwas Unzusammenhängendes von Tika zu murmeln.

»Vielleicht ein andermal«, fügte Tanis bedauernd hinzu. Er warf einen verstohlenen Blick auf Stahl, weil er vermutete, daß dem jungen Mann das Ganze lächerlich vorkommen mußte.

Stahl war erschüttert und blaß und hatte die Augen aufgerissen. Er schien kaum atmen zu können.

So, dachte Tanis, so geht es einem eben, wenn man sich mit einem Gott anlegt.

Sir Wilhelm traf ein und übernahm sofort das Kommando. Wie Tanis zu seinem Leidwesen feststellte, war er ein Ritter vom alten Schlag, ein aufgeblasener Wichtigtuer, einer von denen, die ihr Denken dem Eid und dem Maßstab überließen. Er gehörte zu dem Schlag Ritter, die Sturm Feuerklinge immer gehaßt hatte. Zum Glück gab es heutzutage viel weniger von seiner Sorte als früher. Wie schade, daß ein Gott – oder eine Göttin – sie ausgerechnet ihm begegnen ließ.

Natürlich bestand Sir Wilhelm darauf, sie höchstpersönlich in die Gruft zu begleiten.

»Danke, Sir Wilhelm.« Tanis versuchte, den Mann loszuwerden. »Aber wie Ihr Euch vorstellen könnt, ist das ein sehr bitterer Moment für uns. Wir wären lieber allein ...«

Unmöglich! (Schluck) Das konnte Sir Wilhelm nicht zulassen. (Schluck) Der berühmte Tanis, der Halbelf, und der berühmte Caramon Majere und ihr junger Freund, ein Ritter der Krone, der zum ersten Mal in die Kammer des Paladin kam. Nein, nein (schluck, schluck), hier war eine Eskorte angebracht!

Sir Wilhelm rief seine Leute zusammen, sechs Ritter, alle bewaffnet. Nachdem sie sich aufgereiht hatten, führte er sie persönlich in die Kammer des Paladin, wobei er einen langsamen, feierlichen Schritt anschlug, als würde er eine Beerdigungsprozession anführen.

»Vielleicht tut er das sogar«, murmelte Tanis in seinen Bart. »Nämlich unsere.«

Er warf Caramon einen Blick zu. Der dicke Mann zuckte unglücklich mit den Schultern. Ihnen blieb keine andere Wahl, als gemessen hinterherzugehen.

Die Ritter hielten auf zwei geschlossene Eisentüren zu, die

mit dem Symbol des Paladin gekennzeichnet waren. Hinter diesen Türen führte eine enge Treppe in die Gruft hinunter.

Stahl schob sich neben Tanis. »Was hast du da hinten gemacht?« erkundigte er sich mit gedämpfter Stimme, während sein mißtrauischer Blick teils dem Halbelfen und teils den Rittern vor ihm galt.

»Ich? Nichts«, gab Tanis zurück.

Stahl glaubte ihm nicht. »Du bist doch kein Zauberer oder so was?«

»Nein, bin ich nicht«, antwortete Tanis gereizt. Sie hatten es noch nicht durchgestanden, noch lange nicht. »Ich weiß nicht, was passiert ist, aber ich schätze mal, du hast dein Zeichen bekommen!«

Stahl wurde blaß. Die Ehrfurcht – und die Angst – standen ihm deutlich ins Gesicht geschrieben. Tanis wurde etwas nachsichtiger mit dem jungen Mann. Komischerweise stellte er fest, daß er ihn mochte.

»Ich kann mir vorstellen, wie es dir geht«, sagte Tanis leise. Die Ritter waren an den Eisentüren angelangt und gaben Fackeln aus, die die dunkle Treppe erhellen sollten. »Einst stand ich Ihrer Dunklen Majestät gegenüber. Weißt du, was ich tun wollte? Ich wollte auf die Knie fallen und ihr huldigen.«

Tanis erschauerte bei der Erinnerung, obwohl es Jahre her war. »Verstehst du, was ich meine? Königin Takhisis ist nicht meine Göttin, aber sie ist eine Göttin. Ich bin nur ein armer, unbedeutender Sterblicher. Wie könnte ich sie nicht ehren?«

Stahl antwortete nicht. Er war nachdenklich und ernst und hatte sich in sich zurückgezogen. Der junge Ritter hatte spöttisch ein Zeichen gefordert, und Paladin hatte es tatsächlich gegeben. Was hatte das für eine Bedeutung für ihn – wenn es eine hatte?

Die Eisentüren gingen auf. In feierlichem Schritt marschierten die ersten Ritter die Stufen hinunter.

Kapitel 10

»Die Ehre ist mein Leben«

Die Erklärung des Halbelfen erschien Stahl sinnvoll. Paladin war ein Gott – ein schwacher, jämmerlicher Gott im Vergleich zu seiner Gegenspielerin, der Königin der Finsternis, aber dennoch ein Gott. Es war vollkommen angemessen, daß Stahl in Paladins Gegenwart Ehrfurcht verspürte – wenn es das war, was am Tor geschehen war.

Stahl versuchte sogar, über den Vorfall zu lachen. Es war einfach zu lustig, wie diese eingebildeten Ritter ihren schlimmsten Feind eigenhändig herumführten.

Das Lachen verging ihm rasch.

Sie standen oben an der Treppe, die in die Gruft hinabführte – einem heiligen Ort von gewaltiger Majestät. Hier lagen die Körper vieler tapferer Männer, unter ihnen Sturm Feuerklinge.

Est Sularis oth Mithas. Die Ehre ist mein Leben.

Stahl hörte, wie eine tiefe, hallende Stimme diese Worte wiederholte. Er sah sich schnell um, weil er wissen wollte, wer gesprochen hatte.

Niemand. Alle gingen schweigend die Treppe hinunter, denn sie waren vor Respekt und Ehrerbietung verstummt.

Stahl wußte, wer gesprochen hatte. Er wußte, er stand vor dem Gott, und diese Tatsache schüchterte den jungen Mann durchaus ein.

Als Stahl Tanis herausgefordert hatte, war das aus reiner Tollkühnheit geschehen, um das plötzliche, schmerzhafte Verlangen zu ersticken, das Stahls Seele versengte, das Verlangen nach Selbsterkenntnis. Ein Teil von Stahl wollte unbedingt glauben, daß Sturm Feuerklinge – der edle, heldenhafte, tragische Ritter – wirklich sein Vater war. Ein anderer Teil war davon abgestoßen.

Ein Fluch, wenn du es erfährst, hatte Ariakan gewarnt.

Ja, das wäre es, aber … die Wahrheit zu wissen!

Und deshalb hatte Stahl den Gott herausgefordert und Paladin angerufen, es ihm zu verraten.

Anscheinend hatte der Gott die Herausforderung angenommen.

Überwältigt verbeugte sich Stahls Seele ehrfürchtig vor ihm.

Die Kammer des Paladin war ein großer, rechtwinkliger Raum mit steinernen Sarkophagen, in denen die Helden der Vergangenheit und die Toten aus dem Krieg der Lanze ruhten.

Im Anschluß an die Grablegung der Körper von Sturm Feuerklinge und den anderen Rittern, die bei der Verteidigung des Turms gefallen waren, hatte man die Türen zur Kammer verschlossen und versiegelt. Falls der Turm in Feindeshand fallen würde, sollten die Körper der Toten nicht entweiht werden.

Ein Jahr nach Kriegsende brachen die Ritter die Siegel auf, öffneten die Kammer und machten daraus eine Pilgerstätte, wie sie es mit Humas Grabmal getan hatten. Die Kammer des Paladin war wieder zugänglich geworden; Sturm Feuerklinge wurde zum Helden der Nation. Tanis war an jenem Tag ebenso dabeigewesen wie seine Frau Laurana, Caramon und Tika, Porthios und Alhana – die Herrscher der Elfennationen Silvanesti und Qualinesti, außerdem noch der Kender Tolpan Barfuß. Raistlin Majere, der Meister im Turm der Erzmagier zu Palanthas, der sich bereits der Finsternis zugewandt hatte, war nicht erschienen, hatte aber eine Botschaft des Respekts vor seinem alten Kameraden und Freund geschickt.

Die Körper der Toten waren in den dunklen Kriegszeiten

einfach auf den Boden gelegt worden. Bei dieser Zeremonie waren sie angemessen bestattet worden. Für Sturms Körper hatte man einen besonderen, offenen Sarg gebaut, der aus Marmor bestand und mit eingemeißelten Darstellungen der Heldentaten des Ritters geschmückt war. Dieser Sarg stand genau in der Mitte der Kammer. Sturms Körper lag unbegraben darin.

Aufgrund von unbekannter Zauberei war der Körper in den vergangenen zwanzig Jahren von der Verwesung verschont geblieben. Niemand wußte den Grund, doch die meisten glaubten, daß diese Magie von dem Elfenjuwel ausging, den Alhana Sternenwind ihm aus Liebe geschenkt hatte. Der Juwel war ein Geschenk unter Liebenden; er hätte eigentlich keine so mächtigen, geheimnisvollen Kräfte besitzen dürfen. Aber die Liebe hat schließlich eigene Zauberkräfte.

Seit damals war Tanis nicht mehr in der Kammer gewesen. Jener feierliche Anlaß war viel zu schmerzlich und zu heilig für ihn gewesen, als daß er ihn wiederholen wollte. Jetzt war er zurückgekehrt, doch er fühlte weder Feierlichkeit noch Heiligkeit. Als er sich in dem Raum mit den alten, verstaubten Sarkophagen und dem Grabmal in der Mitte umsah, fühlte Tanis sich wie in der Falle. Wenn irgend etwas schiefging, waren sie weit von der Treppe, den Eisentüren und der Flucht entfernt.

»Nichts wird schiefgehen«, sagte Tanis zu sich. »Stahl sieht den Körper seines Vaters und ist davon entweder berührt oder nicht. Ich persönlich glaube, es wird keine Wirkung auf ihn haben. Soweit ich das beurteilen kann, ist der junge Mann auf dem Weg in den Abgrund. Aber was weiß ich schon? Ich hätte nie gedacht, daß wir so weit kommen.«

Sir Wilhelm, der so betrübt aussah, als würde er einen Verwandten begraben, ging ihnen zum Sarg voraus. Die sechs Ritter stellten sich darum auf – auf jeder Seite drei. Sir Wilhelm stand am Kopfende der Bahre stramm.

Tanis näherte sich dem Sarg. Er blickte seinem Freund ins Gesicht – dieses Gesicht, das mit dem behauenen Marmor zu verschmelzen schien, aber dennoch an Leben erinnerte, etwas, was kalter Stein niemals vollbringen konnte. Tanis vergaß Stahl; er merkte, wie Frieden in seiner Seele einkehrte. Jetzt trauerte er nicht mehr um seinen Freund. Sturm war gestorben, wie er gelebt hatte – mutig und ehrenhaft.

Es tat Tanis gut, den Ritter in seinem ungestörten Schlaf zu sehen. Tanis' übermäßige Sorge um seinen eigenen Sohn, die hektischen, politischen Ereignisse, die bedrückende Drohung des Krieges – alles verschwand. Das Leben war gut und süß, doch danach wartete etwas Besseres.

Sturm Feuerklinge lag auf seiner Marmorbahre und hatte die Hände um das Heft seines uralten Schwerts gefaltet – das Schwert seines Vaters. Er trug auch die Rüstung seines Vaters. Der Sternenjuwel, der im Licht der Liebe erstrahlte, leuchtete auf seiner Brust. An seiner Seite lag eine Drachenlanze, daneben eine Rose aus Holz, die ein trauernder, alter Zwerg geschnitzt hatte, der jetzt seinen eigenen, ruhigen Schlaf schlief. Neben der Rose lag eine in einen Kristall eingeschlossene, weiße Feder, das liebevolle Abschiedsgeschenk eines Kenders.

Tanis ließ sich neben der Leiche auf ein Knie herunter. Auf Kopfhöhe mit dem Kopf des Ritters sprach Tanis leise auf Elfisch zu seinem Freund: »Sturm, du ehrenvolles, weiches, edles Herz. Ich weiß, du hast Kitiara vergeben, was sie dir angetan hat, ihren Verrat, ihre Täuschung – die für dich schmerzlicher waren als der Speer, mit dem sie dich schließlich getötet hat. Dieser junge Mann ist ihr Sohn, viel zu sehr ihr Sohn, wie ich fürchte.

Aber etwas in ihm stammt, wie ich meine, auch von dir, mein Freund. Jetzt, wo ich hier stehe, glaube ich, daß du wirklich sein Vater bist. Ich sehe die Ähnlichkeit eurer Züge, aber stärker als den äußerlichen Beweis sehe ich dich im Mut dieses jungen Mannes, seiner Unerschrockenheit, seinem edlen Charakter, dem Mitleid für andere, das er als Makel empfindet.

Dein Sohn ist in Gefahr, Sturm. Die Königin der Finsternis

zieht ihn zu sich, flüstert ihm verführerische Worte zu, verspricht ihm Ehre, die todsicher mit seinem Untergang endet. Er braucht deine Hilfe, mein Freund, wenn du solche Hilfe gewähren kannst. Ich bedaure, dich in deinem friedlichen Schlaf stören zu müssen, aber ich bitte dich, Sturm, tue alles, was dir möglich ist, um deinen Sohn von dem dunklen Pfad zu locken, auf dem er wandert.«

Tanis erhob sich. Nachdem er sich mit der Hand über die Augen gewischt hatte, sah er zu Caramon.

Der Dicke kniete auf der anderen Seite des Sargs. »Für meine Kinder würde ich mein Leben geben«, sagte er mit leiser Stimme, »wenn ich glauben würde, ich könnte sie damit vor Gefahren retten. Ich weiß, du ... Ach, du machst, was richtig ist, Sturm. Das hast du immer getan.«

Nach dieser etwas rätselhaften Bitte stand Caramon auf. Er drehte ihnen den Rücken zu, schniefte laut und wischte sich dann Augen und Nase am Ärmel ab.

Tanis blickte zu Stahl. Der junge Mann hatte sich zurückgehalten. Er stand allein, abseits von den Rittern, abseits vom Sarg, obwohl er den Körper aus dunklen, glühenden Augen anstarrte. Lange stand er regungslos da. Sein blasses, kaltes, hartes Gesicht war die genaue Kopie von dem Gesicht des schlummernden Ritters. Sowohl das eine als auch das andere hätte aus Marmor sein können.

»Soviel dazu«, sagte sich Tanis. »Arme Sara. Aber immerhin hat sie's versucht.«

Seufzend ging er einen Schritt vor. Es war Zeit zu gehen.

Plötzlich sprang Stahl auf den Marmorsarg zu.

»Vater!« schrie er mit brechender Stimme, und es sprach nicht die Stimme des Mannes, sondern die des verlorenen, einsamen Kindes.

Stahls Hände schlossen sich um die kalten Hände des Leichnams.

Ein weißer Lichtblitz, reines, strahlendes Licht, hüllte kalt und schrecklich alle Anwesenden ein, die gelähmt und halbblind zurückblieben.

Tanis rieb sich die Augen, denn er mußte das flirrende Nachleuchten vertreiben. Verzweifelt versuchte er, durch den Regen feurigroter und grellgelber Punkte zu schauen. Elfen haben scharfe Augen, und Elfenaugen passen sich besser an Dunkelheit und Licht an als Menschenaugen. Oder vielleicht waren es in diesem Fall die Augen des Herzens, die klarer sahen als die des Kopfes.

Sturm Feuerklinge stand in der Kammer.

Die Vision war so echt – falls es eine war –, daß Tanis um ein Haar seinen Freund beim Namen gerufen und den Arm ausgestreckt hätte, um dem Freund noch einmal die Hand zu reichen. Etwas ließ den Halbelfen zögern. Sturms Blick hing an seinem Sohn, und in seinen Augen standen Sorge, Verständnis und Liebe.

Sturm sagte kein Wort. Er griff sich an die Brust und schloß die Hand um den Sternenjuwel. Das blendendweiße Licht wurde kurz schwächer. Sturm streckte die Hand nach seinem Sohn aus.

Stahl starrte seinen Vater an. Der junge Mann war bleicher als der Leichnam.

Sturms Hand berührte Stahl an der Brust. Das Licht des Juwels flackerte.

Stahl legte rasch die Hand an die Brust, fummelte dort an etwas herum und schloß seine Hand darum. Weißes Licht pulsierte kurz in Stahls Hand, quoll durch seine Finger und wurde dann zu Finsternis. Was auch immer Stahl in der Hand gehalten hatte, er schob es schnell in seine Rüstung.

»Sakrileg!« Sir Wilhelm stieß einen rauhen Wutschrei aus und zog dann sein Schwert.

Schließlich verschwand der feurige Heiligenschein. Tanis konnte wieder klar sehen, und was er sah, verwirrte ihn völlig.

Sturm Feuerklinge war verschwunden. Der Leichnam war

fort. Alles, was geblieben war, waren der Helm, die glänzende, alte Rüstung und das uralte Schwert.

»Man hat uns getäuscht!« brüllte Sir Wilhelm. »Dieser Mann ist keiner von uns! Er ist kein Ritter von Solamnia. Er dient der Königin der Finsternis! Ein Sendbote des Bösen! Ergreift ihn! Tötet ihn!«

»Der magische Juwel!« rief ein anderer Ritter. »Er ist fort! Er hat ihn gestohlen! Er muß den Juwel bei sich haben!«

»Nehmt ihn fest! Durchsucht ihn!« heulte Sir Wilhelm. Mit gezücktem Schwert sprang er auf Stahl zu.

Da dieser ohne Waffe war, griff er instinktiv zur nächstbesten Klinge. Er riß das Schwert – seines Vaters Schwert – von der Bahre. Indem er die Klinge hochzog, fing er gleichzeitig Sir Wilhelms wilden Hieb ab. Der junge Mann warf den älteren Ritter zurück, der mit scheppernder Rüstung zwischen den alten, staubbedeckten Särgen landete.

Die anderen Ritter kamen näher. Obwohl er stark und erfahren war, konnte Stahl es keinesfalls mit sieben zugleich aufnehmen.

Tanis zog sein Schwert. Nach einem Satz über das Grabmal landete er neben Stahl.

»Caramon! Du hältst ihm den Rücken frei!« schrie Tanis.

Caramon stand mit offenem Mund da. »Tanis! Mir war, als hätte ich –«

»Ich weiß! Ich weiß!« fluchte Tanis. »Ich habe es auch gesehen!« Er mußte den Dicken irgendwie aus seiner verwunderten Benommenheit reißen. »Caramon, du hast es geschworen! Du hast geschworen, du würdest Stahl wie deinen eigenen Sohn beschützen.«

»Das habe ich«, sagte Caramon mit schwerfälliger Würde. Er hob den nächstbesten Ritter hoch, der ihm zufällig den Weg versperrte, und warf den Mann in die Ecke. Dann zog Caramon sein Schwert und stellte sich Rücken an Rücken mit Stahl.

»Ihr müßt das nicht für mich tun«, keuchte Stahl durch die

blutleeren Lippen. »Ich habe es nicht nötig, daß ihr meinen Kampf übernehmt.«

»Ich mach' das nicht für dich«, gab Tanis zurück. »Ich mache es für deinen Vater.«

Stahl starrte ihn ungläubig und mißtrauisch an.

»Ich habe gesehen, was passiert ist«, sagte Tanis schlicht. »Ich kenne die Wahrheit.«

Er zeigte auf den Brustharnisch des dunklen Paladins, dessen Rüstung mit den verruchten Zeichen der Königin der Finsternis verziert war. Darunter leuchtete ein weißer Lichtschimmer.

Erleichterung stand Stahl ins Gesicht geschrieben – der junge Mann mußte sich gefragt haben, ob wirklich geschehen war, was er erlebt hatte, oder ob er langsam verrückt wurde. Sofort sammelte er sich. Sein Gesicht wurde hart. Stahl war wieder einer von Takhisis' Rittern. Grimmig wandte er sich seinen Gegnern zu.

Die Ritter von Solamnia standen mit gezückten Schwertern da, griffen jedoch noch nicht an. Tanis, der Halbelf, war ein einflußreicher Mann im Land und Caramon ein angesehener, bekannter Held. Die Ritter blickten unsicher ihren Anführer an.

Sir Wilhelm kam mit Mühe wieder auf die Beine. Für ihn lag die Antwort auf der Hand. »Die anderen beiden sind vom Bösen zersetzt! Sie alle dienen der Königin der Finsternis. Ergreift die drei!«

Die Ritter setzten zum Angriff an. Stahl kämpfte gut, denn er war jung, vorbereitet und hatte auf einen solchen Kampf sein Leben lang gewartet. Seine Augen leuchteten, als sein Schwert im Fackellicht blitzte. Doch die jungen Ritter von Solamnia standen ihm nicht nach. Jetzt, wo sie das Böse in ihrer Mitte sehen konnten, strahlte aus ihren Augen ein heiliges Licht. Sie verteidigten ihre Ehre und rächten das Sakrileg. Vier von ihnen umringten Stahl mit dem Ziel, ihn lebend zu fangen. Sie wollten ihn verwunden, nicht töten.

Klingen klirrten. Körper drangen aufeinander ein. Bald blutete Stahl aus einer Wunde an der Stirn. Auch zwei der Ritter waren verwundet, doch sie kämpften mit um so größerem Einsatz. Sie trieben Stahl rückwärts auf den offenen Sarg zu.

Tanis half, so gut er konnte, doch er hatte jahrelang nicht mehr ernsthaft ein Schwert geführt. Caramon keuchte und schnaufte, während ihm die Schweißperlen übers Gesicht liefen. Er schaffte nur einen Schlag auf sechs Schläge seiner Gegner, aber bei seiner Größe und Stärke war dieser Schlag stets folgenschwer. Sein Schwert klang wie ein Hammer, der auf den Amboß fällt.

Die drei versuchten, sich den Weg zur Treppe freizukämpfen, doch die Ritter waren darauf aus, ihnen diesen Fluchtweg abzuschneiden. Zum Glück hatte Sir Wilhelm nicht daran gedacht, Verstärkung holen zu lassen. Vielleicht hoffte er auf den Ruhm, einen Paladin der Königin der Finsternis eigenhändig gefangen zu haben. Oder aber er wagte es nicht, seine kleine Truppe zu dezimieren.

»Wenn wir es die Treppe hoch schaffen«, sagte Tanis zu Caramon, als die beiden Seite an Seite kämpften, »können wir das Haupttor überrennen. Da waren nur zwei Wachen. Und danach ...«

»Laß uns erst mal ... so weit kommen!« Caramon lehnte an der Seite des offenen Sargs und kämpfte immer noch mutig, obwohl er nach Luft schnappte. »Verdammte, schwere ... Kettenrüstung!«

Tanis konnte Stahl nicht mehr sehen, denn er war von silbernen Rüstungen eingeschlossen. Aber er konnte den Klang seines Schwertes hören, und aus den zahlreichen, frischen Wunden der Ritter von Solamnia konnte er schließen, daß Stahl noch focht. Er würde weiterkämpfen, bis sie ihn niederstreckten. Doch er würde sich niemals lebendig fangen lassen.

Er würde das Andenken seines Vaters nicht entehren.

Tanis schmerzte jeder Muskel im Körper. Zum Glück hatte

sein Gegner, ein junger Ritter, so viel Respekt vor dem großen Helden, daß er nur halbherzig kämpfte. Sir Wilhelm verlor schon die Geduld. Dieser Kampf hätte eigentlich längst beendet sein müssen. Er blickte zur Treppe. Jetzt würde er Alarm schlagen und Verstärkung rufen.

Wenn es dazu kam, waren sie verloren.

»Sturm Feuerklinge«, flüsterte Tanis, »du hast uns das eingebrockt. Jetzt könntest du uns wenigstens helfen, hier wieder rauszukommen!«

Die Eisentüren oben an der Treppe, die mit Paladins Zeichen geschmückt waren, standen offen. Vielleicht war es eine verrückte Laune der Natur – oder der Atem Gottes. Auf einmal wehte ein kräftiger Windstoß durch die Tür, der die Fackeln wie Kerzen ausblies und die Gruft in Dunkelheit tauchte. Er wirbelte den Staub von Jahrhunderten auf und fegte ihn den Rittern von Solamnia ins Gesicht.

Sir Wilhelm, der gerade tief Luft holte, um nach Hilfe zu rufen, atmete Staub ein. Er mußte husten und würgen. Die Ritter tasteten sich blind herum, denn ihre Augen waren voll Dreck und ihre Münder verklebt.

Merkwürdigerweise war Tanis von dem Staub nicht betroffen. Anhand des schwachen, weißen Lichts, das unter seinem Brustharnisch hervorschien, konnte er Stahl finden. Er hielt den jungen Paladin fest, der gerade sein Schwert über seinen plötzlich benachteiligten Gegner erhob. Tanis schrie dem jungen Mann ins Ohr: »Raus hier!«

Einen Moment lang befürchtete er, es würde Widerspruch geben – Sturm hätte sich nicht gefügt –, doch dann grinste Stahl Tanis breit an. Kitiaras verschmitztes Grinsen. Mit dem Schwert in der Hand rannte er auf die Treppe zu. Tanis fand Caramon, indem er dessen lautem Keuchen folgte.

Nachdem er dem schweren Mann die Hand auf die Schulter gelegt hatte, sagte Tanis: »Die Treppe ist die einzige Chance. Schaffst du's?«

Caramon nickte – zu erschöpft zum Sprechen – und wankte hinter Stahl her. Als sie an Sturms Sarkophag vorbeikamen, legte Tanis kurz und leicht die Hand auf die uralte Rüstung.

»Danke, mein Freund«, flüsterte Tanis.

Sie polterten die Treppe hoch. Nachdem sie durch die Eisentüren gerannt waren, hielt Stahl aufs Haupttor zu. In seinen dunklen Augen stand das Feuer der Schlacht. Tanis hielt ihn fest und hätte den eifrigen jungen Mann fast umgerissen. Wütend funkelte Stahl ihn an und versuchte, sich zu befreien.

Caramon nahm die Eisentüren, knallte sie zu und sah sich dann eilig nach etwas um, womit er sie versperren konnte. Mehrere schwere Marmorblöcke, die zu Ausbesserungen benutzt wurden, standen in der Nähe. Ächzend und stöhnend schob Caramon einen der Blöcke vor die Türen, gerade als man Schritte die Treppe hochkommen hörte. Jemand schlug gegen die Eisentüren, doch sie gaben nicht nach.

Aus der Kammer des Paladin drangen Klopfgeräusche und gedämpfte Rufe. Es konnte sich nur um Augenblicke handeln, bis das jemand hörte.

»Verschwinden wir«, sagte Tanis zu dem jungen Mann. »Versuch, so auszusehen, als wäre nichts pass... Ach, vergiß es.«

Caramon war rot im Gesicht und schnaufte wie ein wildgewordener Stier. Tanis' Hemdsärmel hing in Streifen von seinem linken Arm, er blutete aus einer Wunde, von der er noch gar nichts gemerkt hatte. Stahls Kopf war blutig, seine Rüstung zerbeult und zerkratzt.

Und, überlegte Tanis, ich habe so ein Gefühl, als ob niemand je wieder einen Ritter der Takhisis mit einem Ritter von Solamnia verwechseln wird.

Er hatte recht. Kaum waren die drei am Haupttor, als sie auch schon einen Trompetenstoß hinter sich hörten. Es war der Alarm, der Ruf zu den Waffen. Die Ritter am Tor ergriffen sofort Verteidigungsmaßnahmen.

Gleich würde das Tor sicher verschlossen sein.

»Rennt drauf zu!« befahl Tanis. »Und bleibt nicht stehen«, wies er Stahl an.

In verzweifelter Eile stürmten sie auf die sich schließenden Tore zu. Die wachhabenden Ritter warfen nur einen Blick auf Stahl und liefen dann mit ihren Schwertern auf ihn zu, um ihn aufzuhalten.

Ein Atem voller Blitze knisterte vor dem Tor. Man konnte sehen, wie die Spitze eines riesigen blauen Flügels vorbeifegte. Die draußen ausgeschlossenen Zivilisten schrien etwas von Drachen. In heller Panik rannten die entsetzten Menschen durch den Eingang, wodurch sie die Ritter sowohl am Angriff als auch am Verschließen der Tore hinderten.

Tanis und Caramon warfen sich in das Durcheinander. Sie mußten sich gemeinsam anstrengen, Stahl weiterzuzerren, der gegen den einen Ritter antreten wollte.

Vor dem Turm flog der blaue Drache, Flamme, dicht über den Köpfen der erschreckten Menge. Einzelne Menschen rollten sich in die Gräben. Hin und wieder erhöhte der Drache die Panik, indem er mit seinem Blitzstrahl Löcher in den Boden und in die Festungsmauern brannte.

»Sara!« brüllte Tanis und winkte.

Sara lenkte den Drachen nach unten. Sie streckte die Hand aus und zog Tanis in den Sattel. Der wiederum erwischte den immer noch kämpfenden Stahl und schaffte es, ihn – mit Caramons Hilfe von unten – auf den Rücken des Drachen zu hieven. Caramon sprang als letzter auf. Sara rief ein Kommando, woraufhin Flamme durch die Luft davonbrauste.

Die Ritter rannten schreiend aus dem Turm und verfluchten – in Paladins Namen – jene, die so abscheulich die heilige Gruft entweiht hatten. Die Bogenschützen auf den Mauern schossen nach ihnen. Tanis hatte allerdings mehr Angst vor den Silberdrachen, die die Festung bewachten und gestartet waren, als die Trompete ertönte.

Aber entweder hatten die Silberdrachen keine Lust, mit einem Blauen zu kämpfen und den wackligen Waffenstillstand zwischen den Drachen zu brechen, oder auch die Silbernen wurden von einer unsterblichen Hand zurückgehalten. Haßerfüllt sahen sie Flamme nach, ließen das Drachenweibchen jedoch entkommen.

Auf dem Rücken eines blauen Drachens hockend, blickte Tanis auf die Pfeile hinab, die harmlos unter ihnen herumsausten.

»Und wie«, fragte er sich trübsinnig, »soll ich das jemals irgendwem erklären?«

Kapitel 11

Das Schwert seines Vaters

Auf Tanis' Vorschlag hin flog Flamme zu den Ausläufern des Khalkist, die immer noch Niemandsland waren, wo sie sich also in Sicherheit ausruhen und überlegen konnten, was sie als nächstes tun sollten.

Unterwegs sagte niemand etwas. Sara warf immer wieder besorgte Blicke auf Stahl. Tanis hatte erzählt, was in der Kammer geschehen war – aber nicht alles. Es war Stahls Sache, ihr vollständig zu berichten, was mit ihm passiert war.

Sara fragte Stahl mehrmals danach, doch der junge Mann antwortete nicht. Er schien sie nicht einmal zu hören. Er saß da und starrte abgelenkt, mit dunklen, blicklosen Augen und undurchschaubaren Gedanken in den tiefblauen Himmel.

Schließlich gab Sara es auf und konzentrierte sich aufs Fliegen. Sie wählte einen passenden Landeplatz, eine weite Lichtung inmitten eines dichten Pinienwalds.

»Hier lagern wir heute nacht«, sagte Tanis. »Wir können alle Schlaf gebrauchen. Morgen früh können wir dann entscheiden, was wir machen und wo wir hingehen.«

Sara war einverstanden.

Stahl sagte nichts. Seit sie den Turm des Oberklerikers verlassen hatten, hatte er kein Wort mehr gesprochen. Gleich nach der Landung sprang er leichtfüßig vom Rücken des Drachen und lief in den Wald. Sara wollte ihm nach, doch Caramon hielt sie auf.

»Laß ihn laufen«, sagte er freundlich. »Er braucht Zeit zum Nachdenken. Der Junge hat viel erlebt. Der, der in diese Kammer ging, war nicht derselbe, der herauskam.«

»Ja, ich nehme an, du hast recht«, meinte Sara seufzend. Sie stand da und starrte mit nervös gefalteten Händen in den Wald. »Ob er ... Hat das seine Meinung geändert, was meint ihr?«

»Das weiß nur er«, sagte Tanis.

Sara seufzte wieder. Dann sah sie ihn ängstlich an. »Habt ihr irgendwelche Zweifel daran, daß er der Sohn von Sturm Feuerklinge ist?«

»Ganz und gar nicht«, erklärte Tanis mit fester Stimme.

Sara lächelte. Sie hatte wieder Hoffnung geschöpft und ging los, um den Drachen für die Nacht zu versorgen.

»Was ist denn eigentlich in der Kammer passiert, Tanis?« fragte Caramon flüsternd, als sie gemeinsam ein kleines Feuer zum Kochen vorbereiteten. »Habe ich wirklich gesehen, was ich zu sehen glaubte?«

Tanis überlegte. »Ich weiß es nicht genau, Caramon. Ich bin mir selbst nicht sicher. Es gab ein gleißendes Licht, und meine Augen waren geblendet, aber ich könnte schwören, ich habe Sturm dort stehen sehen. Er streckte die Haud aus, und als nächstes hing der Elfenjuwel an Stahls Hals.«

»Ja, das habe ich auch gesehen«, überlegte Caramon. »Trotzdem, vielleicht war es ein Trick. Vielleicht hat er ihn doch geraubt –«

»Das glaube ich nicht. Ich habe sein Gesicht gesehen. Von allen Leuten in der Kammer war Stahl am meisten überrascht. Er hat den Juwel erstaunt angestarrt, dann hat er ihn genommen und unter seine Rüstung geschoben. Vertrau deinem Herzen, Caramon. Sturm hat Stahl den Juwel und sein Schwert gegeben. Er hat beides seinem Sohn geschenkt.«

»Was wird der damit machen – eine elfische Liebesgabe und das Schwert eines Ritters von Solamnia? Er geht doch jetzt bestimmt nicht mehr an diesen gräßlichen Ort zurück?«

»Das liegt ganz bei ihm«, meinte Tanis leise.

»Und wenn er jetzt bleiben will, was machen wir dann mit ihm? Und mit seiner Mutter?« fragte Caramon. »Ich kann sie doch schlecht mit nach Hause nehmen. Ich bin schon froh, wenn der Sheriff und seine Männer nicht vor meinem Gasthaus auf mich warten, wenn ich nach Hause komme. Ganz abgesehen davon, daß Ariakan seinen abtrünnigen Paladin suchen wird. Vielleicht kannst du –«

»Ich werde mir selbst einiges einfallen lassen müssen, um nicht verhaftet zu werden«, sagte Tanis und lächelte sarkastisch. Er kratzte sich am Bart und dachte gründlich nach. »Wir könnten Stahl und Sara nach Qualinesti bringen«, beschloß er endlich. »Da wären sie beide sicher. Nicht einmal Lord Ariakan würde es wagen, ihnen in das Elfenreich zu folgen. Alhana wird Stahl einlassen, wenn sie den Juwel sieht und seine Geschichte hört.«

Caramon schüttelte den Kopf. »Kein gutes Leben für diesen jungen Mann, oder? Unter den Elfen zu leben. Ohne dich beleidigen zu wollen, Tanis, aber wir beide wissen, wie sie ihn behandeln werden. Und die Ritter von Solamnia werden ihn kaum bei sich aufnehmen, hm?«

»Sehr unwahrscheinlich«, meinte Tanis trocken.

»Was soll er also tun? Als Söldner sein Schwert dem Meistbietenden zur Verfügung stellen? Ziellos dahintreiben ...«

»Wer waren wir denn, mein Freund?« fragte Tanis.

»Wir waren Wanderer«, sagte Caramon nach kurzem, gründlichem Nachdenken. »Aber Sturm Feuerklinge nicht.«

Stahl blieb den ganzen Nachmittag fort. Tanis schlief. Caramon – der immer an die nächste Mahlzeit dachte – ging angeln. In einem nahen Fluß fing er Forellen. Mit Pinienkernen und wilden Zwiebeln aus dem Wald wickelte er die Forelle in feuchte Blätter und kochte den Fisch auf Steinen, die er im Feuer erhitzt hatte.

Bei Sonnenuntergang machte Sara sich immer mehr Sorgen. Sie wollte Flamme schon losschicken, um den Jungen zu suchen, als dieser aus dem Schatten zwischen den Bäumen trat. Ohne ein Wort hockte sich Stahl ans Feuer. Er legte das Schwert in der alten Scheide neben sich ins Gras. Dann nahm er sich etwas von dem Fisch.

Tanis erwartete, daß Sara ihrem Sohn die Frage stellte, die sie ihm schon seit seiner Flucht aus dem Turm stellen wollte. Aber entweder hatte sie Angst vor der Antwort, oder sie wollte warten, bis er das Thema selbst anschnitt. Sie ließ ihn jedoch nicht aus den Augen.

Stahl konzentrierte sich aufs Essen, wobei er offenbar dem Blick seiner Mutter auswich. Tanis hatte das Gefühl, der junge Mann hatte seine Entscheidung getroffen. Stahl fragte sich vielleicht, wie er es ihr sagen sollte.

Sie aßen schweigend weiter, bis Caramon nach einem Blick zum Himmel Tanis am Arm berührte.

»Gesellschaft«, sagte Caramon.

Tanis stand rasch auf. Weiter westlich, in Richtung Palanthas, kreisten vier Drachen vor den orangeroten Strahlen der untergehenden Sonne.

»Verdammt! Und wir sitzen hier gemütlich am Feuer! Man möchte meinen, wir wären auf einem Picknick! Ich bin zu lange aus dem Geschäft raus, mein Freund«, gestand Tanis.

»Mach das aus«, befahl Caramon.

Stahl war bereits dabei, denn er warf Erde aufs Feuer, damit es nicht qualmte.

»Was sind es für Drachen? Kannst du es erkennen?« Caramon blinzelte. Er versuchte, hoffnungsvoll zu klingen. »Vielleicht Ritter von Solamnia auf Patrouille.«

»Ritter schon, aber nicht von Solamnia«, sagte Tanis verbissen.

»Das sind blaue Drachen«, fügte Sara mit Bestimmtheit hinzu.

Ihr eigener blauer Drache wurde unruhig, stampfte mit den Füßen und peitschte mit dem Schwanz. Da er gut abgerichtet war, hielt das Tier still und rief nicht nach seinen Artgenossen, was es ansonsten gern getan hätte. Denn der Drache hatte die anderen offensichtlich als Kameraden erkannt und begriff nicht, warum er sich ihnen nicht anschließen durfte.

Stahl blickte zu den Drachen. »Halbelf, du kennst diese Gegend. Gibt es hier in der Nähe eine Stadt, die man zu Fuß erreichen kann?«

Sara knetete mit freudestrahlenden Augen ihre Hände.

Tanis überlegte. »Am Fuß des Berges gibt es ein Dorf von Hügelzwergen. Schätzungsweise eine Tagesreise von hier. Die Zwerge handeln mit Palanthas. Da kommen und gehen ständig Karawanen.«

»Ausgezeichnet«, sagte Stahl, der immer noch die fernen blauen Drachen anstarrte. »Ich wollte euch nicht in der Wildnis aussetzen. Ich nehme Flamme mit.«

Aus Saras Augen verschwand die Freude. Ihr Gesicht war aschfahl.

»Sie suchen natürlich nach mir«, fuhr der junge Mann kühl fort. »Ich fliege zu ihnen hin. Ihr seid hier sicher. Meine Rückkehr dürfte Lord Ariakan zufriedenstellen. Dann kann er die Verfolgung abblasen.«

Sara stieß einen leisen, bedrängten Schrei aus.

Stahl sah sie an und wurde blaß, doch die Entschlossenheit auf seinem Gesicht wich nicht. Er sah wieder die beiden Männer an.

»Ich habe beschlossen, das Schwert zu behalten«, sagte Stahl trotzig, als ob er Widerspruch erwartete. »Zugegeben, es ist altmodisch, aber ich habe noch nie ein so gutes Schwert gesehen.«

Tanis nickte und lächelte leicht. »Das Schwert gehört rechtmäßig dir. Gib gut darauf acht, Stahl Feuerklinge. Die Klinge ist es gewöhnt, respektvoll behandelt zu werden. Sie hat eine lange, stolze Geschichte.«

»Deinem Vater zufolge«, sagte Caramon, »wird dieses Schwert erst brechen, wenn derjenige, der es führt, zuerst zerbrochen ist.«

»Die Klinge brach nie, solange Sturm sie trug«, fügte Tanis hinzu, »nicht einmal am Ende.«

Stahl war offensichtlich überwältigt. In seinen dunklen Augen schimmerten Tränen. Mit sanften Händen umklammerte er ehrfürchtig den Griff, der mit Rose und Krone verziert war. »Es ist eine schöne Waffe«, sagte er mit leiser, rauher Stimme. »Ich werde sie so sorgsam behandeln, wie sie es verdient, da könnt ihr sicher sein.«

Er behält das Schwert, dachte Tanis, aber was ist mit dem Juwel um seinen Hals? Hat er ihn noch? Oder hat er ihn im Wald gelassen? Was sagt er dazu?

Anscheinend nichts.

Stahl fuhr fort: »Ich möchte euch danken, Tanis Halbelf und Caramon Majere, weil ihr an meiner Seite gekämpft habt. Ich weiß, ihr habt euch um meinetwillen in ernsthafte Schwierigkeiten, vielleicht sogar in Gefahr, gestürzt. Das vergesse ich euch nicht.« Er zog das Schwert und hielt es vor ihnen in die Höhe. »Mit dem Schwert meines Vaters gebe ich euch den Ehrengruß.«

Er salutierte vor den beiden. Dann, nachdem er das Schwert sorgfältig wieder in die abgetragene Scheide geschoben hatte, wandte er sich endlich Sara zu.

Verzweifelt streckte sie die Arme nach ihm aus. »Stahl –«

Er nahm sie in die Arme und drückte sie an sich.

»Du hast mir versprochen, ich könnte meine Entscheidung selbst treffen, Mutter.«

»Stahl, nein! Wie kannst du nur? Nach allem, was du gesehen hast, was passiert ist!« Sara begann zu weinen.

Freundlich, aber entschlossen, löste sich Stahl aus ihrer liebenden Umarmung. »Du kümmerst dich um sie, ja, Onkel?« flüsterte er Caramon zu. »Damit es ihr gut geht.«

»Das tue ich, Neffe.« Caramon nahm Sara und zog sie zur Seite.

Nachdem er auf dem Absatz kehrtgemacht hatte, rannte der junge Mann zu dem blauen Drachen. Flamme wartete tatendurstig. Stahl sprang auf den Drachenrücken. Das Tier breitete die Flügel aus.

Sara riß sich von Caramon los und rannte zu ihrem Sohn.

»Das tust du um meinetwillen! Nicht, bitte nicht!«

Sein schönes Gesicht war kalt und hart, streng und unerbittlich. Er schaute von ihr weg in die untergehende Sonne.

»Ein Fluch, sagte Lord Ariakan. Ein Fluch, wenn ich die Wahrheit wüßte.« Er seufzte. Dann sagte er kühl nach unten: »Bleib stehen, Mutter. Ich will nicht, daß dir etwas passiert.«

Caramon erwischte die schluchzende Sara und zog sie von den großen Flügeln des Drachen fort.

Stahl sagte etwas. Flamme brauste los. Der Drache kreiste einmal über ihnen. Sie konnten das Gesicht des jungen Mannes sehen – es erschien weiß vor den blauen Flügeln.

Und vielleicht bildete Tanis es sich ein, oder es war eine Täuschung der untergehenden Sonne, aber er glaubte, er hätte einen silbernen Blitz von einem Elfenjuwel in der Hand des jungen Mannes gesehen.

Der blaue Drache verschwand am dunklen Himmel in Richtung Norden.

Kapitel 12

Das Blut seiner Mutter

Die Winde um Sturmfeste bliesen kräftig. Wellen klatschten gegen die Felsen und brachen in Schaum- und Gischtfontänen darüber zusammen. Blitze zuckten durch die dunklen Wolken, Donnergrollen erschütterte die Fundamente der Festung. Es war Mitternacht.

Die klaren Töne einer Trompete durchbrachen die Finsternis. Von einem Kreis Ritter umringt, stand Lord Ariakan in der Mitte des Burghofs von Sturmfeste. Die schwarze Lilie des gewaltsamen Todes schmückte jeden der schwarzen Brustpanzer, wobei der Stengel der Blume sich um eine blutige Axt wand. Schwarze Mäntel mit blauem, rotem oder weißem Saum – ja nach Ritterorden – peitschten um die Männer in ihren Rüstungen, schützten jedoch kaum vor dem heftigen Regen.

Die Ritter der Takhisis genossen den Regen, genossen den Sturm. Er war ein Zeichen der Gunst ihrer Göttin. Bald würde der junge Mann, der in die Ritterschaft aufgenommen werden sollte – falls die Hohepriesterin ihn für würdig hielt –, aus dem Tempel treten, wo er den Tag über gewacht und gebetet hatte.

In tiefen Tönen begannen die Ritter einstimmig, die Lobeshymnen auf Ihre Dunkle Majestät zu singen.

In der Totenstille des Tempels lag Stahl Feuerklinge demütig in voller Rüstung vor dem dunklen Altar auf dem Boden. Den ganzen Tag hatte er auf dem kühlen, feuchten Stein gelegen, um sich vor der Göttin zu erniedrigen. Bis auf ihn war der Tempel leer; niemand durfte die Wache des Ritters stören.

Beim Schall der Trompete tauchte aus den dicken, schwarzen Vorhängen hinter dem Obsidianaltar eine Frau auf. Sie war alt und krumm. Ihr langes, offenes Haar war grau und hing über die gebeugten Schultern. Mit langsamen Schritten schlurfte sie über den Steinboden. Die rotgeränderten Augen verrieten einen wachen Verstand. Sie trug die schwarzen Roben und die Drachenkette einer Hohepriesterin der Takhisis.

Als Liebling der Königin der Finsternis verfügte die Priesterin über enorme Kräfte. Hinter vorgehaltener Hand erzählte man, sie habe vor Jahren an den schaurigen Zeremonien teilgenommen, bei denen aus den gestohlenen Eiern der guten Drachen Drakonier geschaffen wurden. Es gab keinen Ritter auf Sturmfeste, einschließlich Lord Ariakan, der beim Blick oder bei der Berührung der alten Frau nicht erzitterte.

Sie blieb vor dem jungen Ritter stehen, der sein Gesicht auf die Steine drückte. Auf dem Altar erwartete sein Helm den Segen der Königin der Finsternis. Er sah aus wie ein gräßlicher, grinsender Totenschädel. Daneben lag sein Brustharnisch mit Lilie und Axt. Nur nicht das Schwert, wie es sonst eigentlich Brauch war.

»Erhebe dich«, sagte die Priesterin.

Vom Fasten und vom Liegen in Kettenrüstung auf dem kalten Boden geschwächt, kam Stahl steif und ungelenk auf die Knie. Den Kopf hielt er weiterhin gesenkt. Ohne den Mut, die heilige Priesterin anzusehen, faltete er vor sich die Hände.

Sie hingegen betrachtete ihn genau. Dann streckte sie ihre klauenartige Hand aus und legte ihm die Finger unters Kinn. Die Nägel gruben sich in sein Fleisch. Bei ihrer Berührung, die kälter war als Stein, zuckte er zusammen. Sie hob sein Gesicht ins Licht und betrachtete es eingehend.

»Du kennst jetzt den Namen deines Vaters?«

»Ja, Heiligkeit«, sagte Stahl standhaft. »Das tue ich.«

»Sag ihn. Sprich ihn aus, hier vor dem Altar der Königin.«

Stahl schluckte, denn seine Kehle war plötzlich trocken. Er hatte nicht gedacht, daß es so schwer sein würde.

»Feuerklinge«, flüsterte er.

»Noch einmal.«

»Feuerklinge.« Seine Stimme ertönte in trotzigem Stolz.

Die Priesterin war anscheinend nicht unangenehm berührt.

»Der Name deiner Mutter.«

»Kitiara Uth Matar.« Wieder, diesmal entschieden, mit Stolz.

Die Priesterin nickte.

»Eine ansehnliche Herkunft. Stahl Uth Matar Feuerklinge, weihst du hiermit Körper, Herz und Seele Ihrer Dunklen Majestät, Takhisis, Königin der Finsternis, Finstere Kriegerin, Drachenkönigin, Ihr mit den Vielen Gesichtern?«

»Das tue ich«, antwortete Stahl ruhig.

Die Priesterin lächelte unergründlich.

»Körper und Herz und Seele, Stahl Uth Matar Feuerklinge?« wiederholte sie.

»Ja, natürlich«, erwiderte er verstört. Das gehörte nicht zu dem Ritual, wie man es ihn gelehrt hatte. »Warum solltet Ihr an mir zweifeln?«

Als Antwort ergriff die Priesterin eine dünne Stahlkette, die um den Hals des jungen Mannes hing. Sie zog an der Kette und holte das Schmuckstück heraus.

Ein sternförmiger Elfenjuwel hing blaß und leuchtend an der Stahlkette.

»Was ist das?« zischte die Priesterin.

Stahl zuckte mit den Schultern. Er versuchte zu lachen. »Ich habe es vom Leichnam meines Vaters geraubt, zusammen mit seinem Schwert. Die Ritter haben sich sehr darüber aufgeregt. Ich habe ihnen Angst eingejagt!«

Seine Worte waren kühn, doch sie erschollen zu laut und klangen in der Stille des Tempels hohl und wenig überzeugend.

Die Priesterin legte schwungvoll die Fingerspitze auf den Juwel.

Ein weißer Lichtblitz, ein knisterndes Geräusch.

Die Priesterin riß mit einem schrillen Schmerzensschrei ihre Hand zurück.

»Das ist ein Schmuckstück des Guten!« Sie spie das Wort aus. »Ich kann es nicht berühren. Kein wahrer Diener Ihrer Dunklen Majestät könnte diesen verfluchten Juwel berühren. Doch du, Stahl Feuerklinge, trägst ihn, ohne dich zu schämen.«

Stahl starrte sie totenblaß und entsetzt an. »Ich gebe ihn her! Ich nehme ihn ab«, schrie er. Seine Hand schloß sich um den Juwel, um sein blitzendes Licht in der Finsternis zu verdecken. »Er ist nur Tand. Er bedeutet mir nichts!«

Er wollte den Juwel von der silbernen Kette abreißen.

Die Priesterin hielt ihn davon ab.

»Trag den verfluchten Juwel. Es ist der Wunsch der Königin der Finsternis, daß du es tust, und es macht ihr Freude. Möge es dich an diese Warnung erinnern. Denk an meine Worte, wann immer du den Juwel ansiehst, Stahl Feuerklinge. Sie mit den Vielen Gesichtern hat viele Augen. Sie sieht alles. Es gibt nichts, was du vor ihr verbergen kannst.

Dein Herz gehört ihr, dein Körper gehört ihr. Aber nicht deine Seele. Noch nicht ... Aber das kommt noch.«

Die Priesterin brachte ihr runzliges Gesicht so nah vor das des jungen Mannes, daß er ihren fauligen Atem heiß auf seiner Wange spürte. »Und in der Zwischenzeit, Stahl Uth Matar Feuerklinge, wirst du für unsere Königin von unschätzbarem Wert sein.«

Die welken Lippen küßten Stahl auf die Augenbraue.

Zitternd und schwitzend zwang er sich unter dieser schaurigen Berührung stillzuhalten.

»Dein Helm und dein Brustharnisch liegen auf dem Altar. Beide sind von der Königin der Finsternis gesegnet. Steh auf, Herr Ritter, und lege sie an.«

Stahl starrte die Priesterin erst erstaunt, dann mit wachsender Freude an. Mit ihrem undurchschaubaren Lächeln drehte sich die Priesterin um und ging. Nachdem sie die schwarzen Vorhänge geteilt hatte, verschwand sie wieder in den innersten Bereichen des Tempels.

Zwei halbwüchsige Jungen traten durch die vorderen Tempeltüren ein. Von nun an würde der jüngere sein Page sein, der ältere sein Knappe. Schweigend und respektvoll standen sie da und warteten darauf, dem Ritter in seine Rüstung helfen zu können. Beide Jungen starrten Stahl in neidvoller Bewunderung an, denn sie träumten zweifellos selbst von ihrer Aufnahme in den Orden.

Zitternd, kaum fähig zu stehen, näherte sich Stahl ehrfürchtig dem Altar. Eine Hand, die rechte, legte er auf den schwarzen Brustharnisch mit der Todeslilie. Die andere, seine linke, glitt zu dem Juwel an seinem Hals. Er schloß die Augen. Hinter seinen Lidern brannten Tränen. Wütend versuchte er erneut, den Juwel von seinem Hals zu reißen.

Seine Hand glitt ab und sank schlaff auf den Altar.

Die Trompete erklang noch zweimal.

Im Hof von Sturmfeste stand Lord Ariakan, der darauf wartete, den dunklen Paladin mit dem Schwert seines Vaters zum Ritter zu schlagen.

Stahl Uth Matar Feuerklinge, Ritter der Lilie, Sohn von Sturm Feuerklinge, Ritter der Krone, Sohn der Drachenfürstin Kitiara Uth Matar.

Nachdem er den Helm mit dem grinsenden Totenkopf hochgehoben hatte, setzte Stahl ihn auf seinen Kopf. Dann kniete er vor dem Altar nieder und sprach ein Dankgebet zu seiner Göttin, Takhisis.

Stolz stand er auf, streckte die Arme aus und winkte seinen Knappen heran, damit dieser ihm den schwarzen, glänzenden Brustharnisch anlegte.

II

Stets ist es der Sohn
in der uralten Geschichte,
Spielart des Blutes
in seinen natürlichen Wandlungen,
der Verwunschene, der eigentlich
unwahrscheinlichste Held,
erringt die Krone,
den Gral, die Prinzessin.
Plötzlich erhebt sich
aus vergessenen Landen
der unwahrscheinlichste Sohn,
er hat überlebt,
mit verschleiertem Herzen
im Mantel der Nacht.
Und sein offener Ruhm
durch den Gral und die Schätze
überstrahlt den Moment
vor dem Beginn der Geschichten,
als der zuckende Herzschlag
rang mit Eis und Illusion,
als die Welt ein Land war
von Spiegeln und Brüdern,
und Harmonie zerbrach
durch die lange Verdunklung der Tage.
Es sind Brüder wie diese,
die die Poesie berührt,
begabt für Visionen,
nicht für das Schwert,
deren blasses Licht sich verbirgt
in der Wolke ihres Wissens.
Doch für jeden, der auftaucht

aus Wunden und Verborgenheit,
für jeden, der überwindet
Tand und Drachen und Zauberer,
ist ein andrer für immer vergessen,
geschlagen und vermählt
mit der Sprache der Brüder,
verloren in der Linie
von Schwert und Geld
im alten Palindrom des Geistes.

Es sind Brüder wie diese,
die die Dichter besingen,
für ihren unerschrockenen Mut
und den Trost des Wassers,
für den mit dem Tand
und dem entgangenen Erbe.
Es ist für sie,
wenn die Tinte trocknet,
es ist für sie,
wenn die Engel kommen.

Das Opfer

Kapitel 1

Die letzten, nachhallenden Klänge der Glocken im Uhrturm des Paladintempels wurden vom Klappern der Fensterläden begleitet, die geschlossen wurden, von zuschlagenden Türen, Schlüsseln, die sich im Schloß drehten, und dem schrillen Protestgeheul enttäuschter Kender, die noch zwischen den Regalen herumgelungert hatten und nun nach ihrer Entdeckung unsanft auf die Straße gesetzt wurden. Sechs Glockenschläge beendeten die Geschäfte des Tages. Die Händler schlossen für die Nacht; wer auf die letzte Minute noch etwas brauchte, wurde voller Ungeduld beobachtet und aus dem Geschäft gescheucht, sobald das Geld seinen Besitzer gewechselt hatte.

»Mach zu, Markus«, befahl Jenna ihrem Helfer.

Der stand prompt von seinem Platz am Eingang auf und begann, die schweren, hölzernen Läden vor die Glasscheiben zu klappen.

Im Geschäft wurde es dunkel. Jenna lächelte. Sie liebte ihre Arbeit, doch diese Zeit des Tages war für sie die schönste. Alle Kunden waren gegangen, der Lärm ihrer Stimmen verstummt, und sie war allein. Sie blieb stehen, um in die Stille zu horchen, die Gerüche einzuatmen, die Jenna – auch wenn sie blind und taub gewesen wäre – verrieten, daß sie in einem Laden für Zaubereibedarf war: der Duft der Rosenblätter, das würzige Aroma von Zimt und Nelken, der schwache, ekelerregende Fäulnisgeruch der Fledermausflügel und Schildkrötenköpfe.

Um diese Tageszeit waren die Gerüche immer am stärksten. Das Sonnenlicht kitzelte die verschiedenen Duftstoffe heraus, und die Dunkelheit verstärkte sie noch.

Markus tauchte im Eingang auf.

»Kann ich sonst noch etwas für dich tun, Jenna?« fragte er. Er arbeitete erst seit kurzem für sie und hatte sich schon in sie verliebt. Hoffnungslos verliebt, wie sich nur ein Neunzehnjähriger in eine fünf Jahre ältere Frau verlieben kann. Alle ihre Helfer verliebten sich in Jenna. Inzwischen erwartete sie es, wäre enttäuscht – und wahrscheinlich verstimmt – gewesen, wenn es nicht geschähe. Doch sie tat nichts, um die jungen Männer zu ermutigen, außer einfach sie selbst zu sein, was völlig reichte, denn sie war schön, mächtig und geheimnisvoll. Jenna liebte einen anderen, und das wußte jeder in Palanthas.

»Nein, Markus, du kannst zum ›Eberkopf‹ rüberlaufen und heute abend mit deinen Freunden trinken.« Jenna nahm einen Besen und fing an, den Boden zu fegen.

»Das sind doch nur Kindsköpfe«, sagte Mark herablassend, während seine Augen jede Bewegung von ihr verfolgten. »Ich würde lieber hierbleiben und dir beim Putzen helfen.«

Jenna fegte trockene Erde und ein paar verstreute Minzeblätter aus der Tür und schob Markus mit hinaus. »Du kannst hier nichts mehr für mich tun, wie schon gesagt. Es ist besser für uns beide, wenn du jetzt draußen bleibst. Ich möchte nicht dein Blut an meinen Händen kleben haben.«

»Jenna, Herrin, ich habe keine Angst –« setzte er an.

»Dann bist du verrückt«, unterbrach sie ihn, doch ein Lächeln nahm ihren Worten die Schärfe. »In diesem Kästchen ist eine Brosche eingeschlossen, die dir die Seele raubt und dich direkt in den Abgrund befördert. Neben der Brosche liegt ein Ring, der dein Innerstes nach außen wenden kann. Siehst du die Zauberbücher auf dem Regal da hinten? Wenn du auch nur einen Blick auf die Inschriften des Einbands wirfst, bist du schon auf dem Weg in den Irrsinn.«

Markus war eingeschüchtert, wollte das aber nicht zeigen. »Wo kommt das alles her?« fragte er, während er in das dämmrige Geschäft spähte.

»Von überall. Die Weiße Robe, die gerade gegangen ist, brachte mir die Brosche des Seelenraubs. Die Brosche ist nämlich böse, und der Mann hätte nie in Betracht gezogen, sie zu benutzen. Aber er hat sie bei mir gegen ein paar Zauberbücher eingetauscht, die er sich schon lange gewünscht hat, sich aber nicht leisten konnte. Erinnerst du dich an den Zwerg heute morgen? Er hat diese Messer gebracht.« Jenna zeigte auf einen Schaukasten, in dem Unmengen von Messerchen und Dolchen aufgefächert lagen.

»Sind die magisch? Ich dachte, Zauberer dürfen keine Waffen tragen.«

»Wir tragen vielleicht keine Schwerter, aber Messer und Dolche sind zulässig. Und, nein, sie sind nicht magisch, aber Zwerge machen viele Dinge, die später mit Magie belegt werden können. Ein Zauberer könnte eines dieser Messer verzaubern, wenn er wollte.«

Der junge Mann war beharrlich. »Du hast auch keine Angst, Jenna. Warum sollte ich welche haben.«

»Weil ich weiß, wie man mit solchen geheimnisvollen Sachen umgeht. Ich trage die roten Roben. Ich habe die Prüfung im Turm der Erzmagier bestanden. Wenn dir das gelingt, darfst du meinen Laden betreten. Bis dahin«, fügte sie mit einem bezaubernden Lächeln hinzu, das dem jungen Mann wie Glühwein in den Kopf stieg, »stehst du an meiner Tür Wache.«

»Natürlich, Jenna«, versprach er entzückt, »und … und vielleicht lerne ich ja zaubern …«

Sie nickte schulterzuckend. Alle ihre Helfer sagten dasselbe, wenn sie bei ihr anfingen, doch keiner machte es jemals wahr. Dafür sorgte Jenna schon. Sie stellte nie jemanden ein, der auch nur die leiseste Begabung für Magie erkennen ließ. Die Waren in ihrem Laden würden für einen jungen Zauberer eine zu große Versuchung darstellen. Außerdem brauchte sie Muskeln, nicht Köpfchen, um ihre Tür zu bewachen.

Nur Robenträger und die wenigen Kaufleute, die mit zauberkräftiger Ware handelten, durften Jennas Geschäft betreten, an dessen Tür ein Schild hing, auf das die drei Monde gemalt waren: der silberne, der rote und der weiße. Zauberer bezogen ihre Kräfte von den Monden, und die wenigen Läden in Ansalon, die Zauberzubehör vertrieben, kennzeichneten ihre Türen immer mit diesen Symbolen.

Die meisten Bürger von Palanthas mieden Jennas Geschäft; viele wechselten sogar die Straßenseite, wenn sie daran vorbeikamen. Aber es gab immer ein paar, die aus Neugier oder im Rausch oder als Mutprobe einzutreten versuchten. Und natürlich Kender. Kein Tag verging, an dem Jennas Helfer nicht einen langfingrigen Kender halberdrosselt aus dem Laden zerren mußte. Jeder Zauberer auf Ansalon kannte die Geschichte des Zaubereigeschäfts von Treibgut. Es war unter merkwürdigen Begleitumständen verschwunden und nie wieder aufgetaucht. Den Berichten der entsetzten Augenzeugen zufolge war kurz zuvor ein Kender eingetreten, woraufhin das ganze Gebäude einfach spurlos verschwand.

Markus schlurfte untröstlich die Straße hinunter, um seine unerwiderte Liebe mit Bier zu ertränken. Der Stoffhändler neben Jenna schloß ab und verneigte sich respektvoll vor ihr, als er auf dem Weg nach Hause vorbeiging. Anfangs war er wenig erfreut gewesen, daß sie neben ihm einzog, doch als sein Umsatz – besonders an weißem, schwarzem und rotem Tuch – stieg, wurden seine Proteste entsprechend leiser.

Jenna wünschte ihm einen schönen Abend. Als sie ins Haus zurücktrat, schloß sie ab und legte einen Schutzzauber auf die Tür. Sie wohnte über dem Laden und konnte ihre Ware nachts selbst bewachen. Nach einem letzten prüfenden Blick stieg sie die Treppe zu ihren Räumen hoch.

Ein Klopfen an der Tür hielt sie auf.

»Geh nach Hause, Markus!« rief sie ärgerlich.

Vor drei Nächten war er zurückgekommen, um unter ihrem Fenster Liebeslieder zu singen. Ein höchst peinlicher Vorfall.

Das Klopfen wiederholte sich diesmal drängender. Jenna seufzte. Sie war müde und hungrig; es wurde Zeit für eine Tasse Tee. Dennoch drehte sie sich um und ging die Treppe wieder runter. Wer ein Drei-Monde-Geschäft führte, mußte im Notfall jedem Zauberer aufmachen, egal zu welcher Tages- und Nachtzeit.

Jenna öffnete ein Fensterchen in der Tür und spähte hinaus, weil sie eine Rote Robe erwartete, die sich demütig entschuldigen würde, sie gestört zu haben, aber ob er wohl noch etwas Spinnweben bekommen könnte? Oder eine Schwarze Robe, die in herrischem Tonfall Fledermausdung forderte. Erstaunt und irritiert sah Jenna zwei große, vermummte Männer in dicken Mänteln auf der Veranda stehen. Die Strahlen der untergehenden Sonne ließen die Schwerter an ihren Hüften aufblitzen.

»Ihr seid hier falsch, meine Herren«, sagte Jenna in makellosem Elfisch. Aus den schlanken Beinen, den teuren, gutgearbeiteten Lederstiefeln und der phantasievoll verzierten Lederrüstung schloß sie, daß es sich um Elfen handelte, auch wenn sie ihre Gesichter unter den Kapuzen ihrer Mäntel verbargen.

Sie wollte gerade das Fenster zuschlagen, als einer der beiden gebrochen in Gemeinsprache sagte: »Wenn Ihr Jenna seid, Tochter des Justarius, Oberhaupt der Versammlung der Zauberer, dann sind wir nicht falsch.«

»Und wenn ich Jenna wäre«, gab Jenna hochmütig zurück, obwohl sie jetzt höchst neugierig war. »Was wollt Ihr von mir. Wenn Ihr einen zauberkräftigen Gegenstand habt«, fügte sie nach kurzem Nachdenken hinzu, »dann kommt bitte morgen wieder.«

Die beiden Männer sahen sich an. Sie konnte mandelförmige Augen im Schatten ihrer Kapuzen glitzern sehen.

»Wir möchten mit Euch reden«, sagte der eine.

»Sprecht«, sagte Jenna.

»Nicht hier«, sagte der andere.

Jenna zuckte mit den Schultern. »Um diese Zeit ist die Straße leer. Ich möchte nicht unhöflich sein, aber Ihr müßt wissen, Besitzer von Drei-Monde-Läden sollten vorsichtig damit sein, wen sie in ihr Geschäft lassen. Es geht mehr um Eure Sicherheit als um meine.«

»Es ist eine ernste Angelegenheit, die nicht auf der Straße beredet werden sollte. Glaubt mir, Herrin«, fügte der Elf leise hinzu, »uns gefällt das genausowenig wie Euch. Ihr habt unser Wort, daß wir nichts anfassen werden.«

»Hat Euch mein Vater geschickt?« fragte Jenna, um Zeit zu gewinnen.

Wenn Justarius sie geschickt hätte, hätte er ihr zuvor Bescheid gegeben, doch sie hatte seit Monaten nichts mehr von ihm gehört – seit ihrem letzten Streit. Er hielt ganz und gar nichts von ihrem Liebhaber.

»Nein, Herrin«, sagte der Elf. »Wir kommen aus eigenem Antrieb.«

Komisch, dachte Jenna. Einer der Elfen ist Qualinesti, der andere Silvanesti. Sie konnte den Unterschied an ihrem Akzent hören, auch wenn das wahrscheinlich kaum ein anderer Mensch in Solamnia gekonnt hätte. Aber Jenna hatte schon viel Zeit mit Elfen verbracht, besonders mit einem.

Vor langer, langer Zeit waren die Elfen eine einzige Nation gewesen. Furchtbare Kriege – die Sippenmordkriege – hatten sie in Qualinesti und Silvanesti gespalten. Keine dieser Nationen hegte freundliche Gefühle gegenüber der anderen. Selbst jetzt, nachdem der Krieg der Lanze alle anderen Rassen auf Ansalon vereint hatte, standen die zwei Elfenstaaten sich ferner denn je, obwohl sie vorgeblich zu einem verschmolzen waren.

Da ihre Neugier geweckt war, machte Jenna die Tür auf und

trat zurück, um die Elfen einzulassen. Sie hatte keine Furcht. Es waren Elfen, und das hieß, daß sie aufrecht, gesetzestreu und bis zur Langeweile gut waren. Außerdem hatte sie einen Zauberspruch parat, der sie auf die Straße zurückpusten würde, falls sie irgend etwas gegen sie planten.

Die beiden Elfen blieben in der Mitte des Ladens nebeneinander stehen. Sie hielten die Ellbogen an den Körper gedrückt, um bloß nicht die Schaukästen zu berühren. Verbündete, aber unfreiwillige, tippte Jenna. Ihre Neugier war inzwischen fast überwältigend.

»Ich denke, Ihr zwei Herren werdet Euch in meinen Wohnräumen oben erheblich wohler fühlen«, sagte sie mit keckem Lächeln. »Ich wollte gerade Tee kochen. Möchtet Ihr vielleicht auch welchen?«

Der Silvanesti hatte Mund und Nase mit einem Taschentuch bedeckt. Der Qualinesti hatte sich etwas gedreht und stand buchstäblich Auge in Auge mit einem Einmachglas voller Augäpfel, die in eine Flüssigkeit eingelegt waren. Er erbleichte und wich einen Schritt zurück.

Jenna zeigte zur Treppe. »Ihr werdet meine Wohnung gemütlicher finden. Und nicht so ausgefallen wie den Laden. Mein Labor ist unten im Keller«, fügte sie beschwichtigend hinzu.

Die Elfen wechselten wieder einen Blick, um dann beide steif zu nicken und hinter ihrer Gastgeberin die Stufen hochzusteigen. Sie wirkten ungeheuer erleichtert, als sie sahen, daß Jennas kleines Wohnzimmer wie jedes andere menschliche Wohnzimmer aussah. Die Einrichtung bestand aus einem Tisch mit Stühlen und weich gepolsterten Sofas. Jenna machte Feuer und kochte Tee, und zwar eine aus Qualinesti importierte Blattmischung.

Die Elfen tranken ihren Tee und knabberten aus reiner Höflichkeit an einem Keks herum. Jenna redete über Belanglosigkeiten, denn Elfen sprechen nie über Geschäfte, während sie essen.

Die Elfen machten hier und da eine Bemerkung, schnitten jedoch von sich aus kein Thema an, und das Gespräch ebbte ab. Sobald sie sich – ohne ihre Gastgeberin zu beleidigen – trauten, setzten die beiden Elfen ihre Tassen ab, um anzudeuten, daß sie jetzt bereit waren, über ernstere Angelegenheiten zu reden. Aber nachdem sie nun hier waren, wußten sie offenbar nicht, wie sie anfangen sollten.

Jenna konnte sie entweder schmoren lassen oder Hilfe anbieten. Da sie später am Abend erheblich angenehmere Gesellschaft erwartete, hätte sie es gern gesehen, wenn die Elfen bald wieder verschwunden wären, deshalb wollte sie nicht länger warten.

»Also, Ihr Herren, Ihr seid zu mir gekommen – einer roten Magierin. Was wünscht Ihr von mir? Ich muß Euch eins gleich vorweg sagen: Ich werde die Stadt nicht verlassen. Wenn ich zaubern soll, dann muß es von hier aus gehen, aus meinem Labor heraus. Und ich braue keine Liebestränke, wenn es das ist, was Ihr sucht ...«

Jenna wußte sehr wohl, daß sie keine Liebe suchten – nicht zwei erbitterte Feinde, die heimlich in der Dämmerung in ihren Laden kamen. Aber es konnte nie schaden, Unwissenheit zu heucheln.

»Macht Euch nicht lächerlich«, sagte der Qualinesti-Elf abrupt. »Ich ... ich ...« Er klappte den Mund wieder zu, sortierte seine Gedanken und setzte neu an. »Diese Sache ist äußerst schwierig für mich. Für uns. Wir müssen mit ... jemandem ... reden. Jemand bestimmtem. Und es wurde uns gesagt, Ihr wäret die einzige Person, die uns vielleicht helfen kann.«

Aha, dachte Jenna. So, so. Wie interessant. Sie bedachte sie mit einem liebreizenden, ruhigen Lächeln. »Tatsächlich? Jemand, den ich kenne? Ich kann mir gar nicht vorstellen, wer das sein sollte. Ihr Herren seid doch sicher von hohem Rang. Gewiß würden sich alle Türen auf Ansalon für Euch öffnen.«

»Nicht diese eine Tür«, sagte der Silvanesti-Elf schroff.

»Nicht die Tür zum ...« Seine Stimme fiel ab. »Zum Turm der Erzmagier.«

»Dem finsteren Turm«, fügte der Qualinesti hinzu. »Dem Turm hier in Palanthas. Wir möchten ... seinen Herrn sprechen.«

Jenna musterte sie genauer. Zwei Elfen von hohem Rang, soviel verrieten ihre teuren Kleider, die prächtigen Schwerter und die schönen Schmuckstücke an ihren Fingern und um ihren Hals. Beide auch schon etwas älter, denn obwohl es manchmal schwierig war, das Alter von Elfen zu erraten, waren diese beiden offensichtlich schon in mittlerem Alter.

Hohe Herkunft, hoher Rang, alte Feinde, seit kurzem verbündet.

Und sie wollten mit dem schlimmsten Feind reden, den beide in der ganzen Welt haben konnten – dem Meister im Turm der Erzmagier in Palanthas.

»Ihr wollt Dalamar sprechen«, sagte Jenna ruhig.

»Ja, Herrin.« Dem Qualinesti brach die Stimme. Er hustete, weil er sich über sich selbst ärgerte.

Der Silvanesti hatte anscheinend gar keine Stimme. Sein Gesicht war starr, die Lippen aufeinandergepreßt, die Hand lag verkrampft am Heft seines Schwerts. Beide haßten diese Situation offensichtlich.

Jenna biß sich auf die Lippen, um nicht loszulachen. Kein Wunder, daß diese Elfen keinerlei Zeugen wünschten. Dalamar war einer der Ihren, ein Elf aus Silvanesti, doch er lebte im Exil, da er in Schande aus der Elfengesellschaft verbannt worden war. Er war das, was sie »Dunkelelf« nannten – einer, der vom Licht verstoßen ist. Er hatte die böse Magie erlernt und die schwarzen Roben angelegt, was bei den Elfen als Verbrechen galt. Und ein so abscheuliches Vergehen war für die Elfen ganz und gar unverzeihlich. Schon der Anblick von Dalamar würde für diese zwei hier unerhört sein. Und gar mit ihm zu sprechen!

Jenna konnte es kaum erwarten, Dalamars Reaktion zu sehen. Sie beschloß jedoch, die beiden erst mal etwas auf die Folter zu spannen.

»Wie kommt Ihr darauf, daß ich Euch eine solche Unterredung verschaffen kann?« fragte sie unschuldsvoll.

Der Qualinesti wurde rot. »Uns wurde gesagt, Ihr und … ähem … der Meister des Turms« (den richtigen Namen sagte er nicht) »wäret Freunde.«

»Er war mein *Shalafi*[1]. Und er ist mein Liebhaber«, erwiderte Jenna und hatte ihren Spaß daran, zu sehen, wie die Elfen sich wanden.

Wieder wechselten sie einen Blick, der ungefähr besagte: Was kann man von einem Menschen auch erwarten?

Der Silvanesti hatte offenbar genug. »Bringen wir es so schnell wie möglich hinter uns. Könnt Ihr … werdet Ihr … uns mit dem Meister des Dunklen Turms zusammenbringen?«

»Vielleicht.« Jenna versprach nichts. »Wann?«

»So schnell wie möglich. Die Zeit drängt.«

Jenna zog eine wohlgeformte Augenbraue hoch. »Nur zur Warnung: Falls Ihr vorhabt, Dalamar eine Falle zu stellen –«

Der Qualinesti sah sie an. »Ich versichere Euch, Herrin«, sagte er finster, »ihm wird nichts geschehen.«

»Nichts geschehen!« Jenna lachte. »Nein, denn welche Gefahr könnt Ihr schon für Dalamar darstellen? Er ist die mächtigste aller Schwarzen Roben. Er ist ihr Oberhaupt, und wenn mein Vater zurücktritt, wird er die Führung der gesamten Versammlung der Zauberer übernehmen. – Bitte, entschuldigt. Es tut mir leid«, fügte sie hinzu, wobei sie ihr Lachen zu unterdrücken versuchte. Die beiden waren offensichtlich höchst beleidigt. »Ich hatte *Eure* Sicherheit im Sinn, meine Herren. Nur als freundliche Warnung: Versucht keine Tricks bei Dalamar. Die Folgen würden Euch nicht gefallen.«

»Was für eine Unverschämtheit!« Der Silvanesti kochte vor Wut. »Wir brauchen uns das –«

»Doch, müssen wir«, sagte sein Begleiter leise.

Der Silvanesti schluckte, doch er schwieg.

»Wann können wir den Meister des Turms treffen?« fragte der Qualinesti kalt.

»*Falls* Dalamar einverstanden ist, könnt Ihr Euch morgen abend hier bei mir mit ihm treffen. Ich gehe davon aus, daß Euch dieser Ort genehm ist. Oder vielleicht würdet Ihr lieber direkt in den Turm der Erzmagier gehen? Ich könnte Euch einen Zaub –«

»Nein, Herrin.« Die Elfen bemerkten wohl, wie Jenna sie verspottete. »Dieses Zimmer wird genau richtig sein.«

»Sehr schön.« Jenna stand auf. »Dann bis morgen abend um die gleiche Zeit. Angenehme Träume, die Herren.«

Der Silvanesti lief rot an. Er schien sie ohrfeigen zu wollen, doch der Qualinesti hielt ihn zurück.

»Angenehme Träume – wie taktlos«, murmelte Jenna und schlug die Augen nieder, um ihre Belustigung zu verbergen, »wenn man bedenkt, welch schreckliche Tragödie Silvanesti heimgesucht hat. Verzeiht mir.«

Sie geleitete sie die Treppe hinunter zur Tür und sah ihnen noch nach, bis sie das Ende der Straße erreicht hatten. Als sie verschwunden waren, erneuerte sie den Schutzzauber und ging laut lachend nach oben, um sich auf die Ankunft ihres Liebhabers vorzubereiten.

Kapitel 2

Die beiden Elfen waren pünktlich. Jenna ließ sie in ihren Laden ein. Ernst und zurückhaltend führte sie sie zur Treppe. Dort jedoch blieben die Elfen stehen. Beide trugen grüne Seidenmasken über der oberen Gesichtshälfte.

Jenna fand, daß sie ausgesprochen unmöglich aussahen, wie Kinder, die sich zum Fest des Auges verkleideten.

»Ist er gekommen?« fragte der Qualinesti in banger Feierlichkeit.

Sein Blick wanderte die Stufen hoch. Oben war es bereits dämmrig. Zweifellos sah der Elf eine andere Art von Dunkelheit, fester und greifbarer.

»Er ist da«, erwiderte Jenna.

Beide Elfen zögerten, denn sie spürten Widerstreben. Wer mit einem Dunkelelfen auch nur sprach, beging ein Verbrechen, das ihm das gleiche Schicksal einbringen konnte – Schande und Verbannung.

»Wir haben keine Wahl«, sagte der Silvanesti. »Wir haben alles durchgesprochen.«

Der Qualinesti nickte. Die grüne Seide klebte an seinem Gesicht. Auf seiner Oberlippe sammelten sich Schweißperlen.

Die beiden stiegen die Treppe hoch. Jenna wollte ihnen folgen.

Der Silvanesti drehte sich um. »Das Gespräch ist geheim, gnädige Frau«, sagte er barsch.

»Ihr seid in meinem Haus«, erinnerte ihn Jenna.

Der Qualinesti lenkte eilig ein. »Verzeiht uns, Herrin, aber Ihr werdet sicher verstehen ...«

Jenna zuckte mit den Schultern. »Na schön. Wenn Ihr etwas braucht, ich bin in meinem Labor.«

Dalamar hörte die Stimmen der Elfen und den leichten Tritt der gestiefelten Füße auf der Treppe. Er lächelte.

»Das ist der Augenblick des Triumphs«, sagte er leise in die Finsternis. »Ich habe immer gewußt, daß es soweit kommen würde. Früher oder später mußtet ihr selbstgerechten Heuchler, die mich mit Schimpf und Schande ausgestoßen haben, gezwungen sein, bei mir anzukriechen und mich um Hilfe anzubetteln. Ich werde sie gewähren, aber ihr müßt bezahlen.« Dalamars schlanke Hand ballte sich zur Faust. »Oh, wie ihr bezahlen werdet!“

Die zwei Elfen tauchten an der Schwelle auf. Beide trugen Masken – eine kluge Vorsichtsmaßnahme, damit er sie nicht erkannte. Das bedeutete natürlich, daß er sie kannte, zumindest den Silvanesti.

»Wie lange ist es her, seit ich aus meiner Heimat vertrieben wurde?« murmelte Dalamar. »Zwanzig Jahre? Eine lange Zeit für Menschen, eine kurze Zeit für Elfen.«

Aber diese Erinnerung war tief in sein Gedächtnis eingebrannt. Zweihundert Jahre konnten vergehen, doch er würde es nicht vergessen.

»Bitte, meine Herren«, sagte Dalamar auf Silvanesti, seiner Muttersprache. »Tretet ein und setzt Euch.«

»Danke, nein«, sagte der Qualinesti. »Es handelt sich nicht um ein privates Treffen, mein Herr. Die Sache ist rein geschäftlich. Das sollte von Anfang an klar sein.«

»Ich habe einen Namen«, sagte Dalamar ruhig, während seine Augen zum großen Unbehagen der beiden fest auf den Elfen lagen.

Es fiel ihnen schwer, ihn anzusehen – die schwarze Robe, die mit geheimnisvollen Symbolen für Macht und Schutz bedeckt war, die Beutel mit Zauberzutaten an seinem Gürtel, sein junges, schönes Gesicht, das Stolz und Grausamkeit verriet. Er war mächtig, und er war im Vorteil. Beide Männer wußten das, und beiden gefiel das nicht.

»Ihr hattet einen Namen«, sagte der Silvanesti. »Er wird bei uns nicht mehr ausgesprochen.«

»Wie schade.« Dalamar faltete seine Hände unter den Robenärmeln. Dann verbeugte er sich und wollte gehen. »Meine Herren, anscheinend habt Ihr Eure Zeit verschwendet ...«

»Wartet!« Der Qualinesti schluckte. »Wartet, D-Dalamar.« Er wischte sich den Schweiß von der Lippe. »Das ist nicht leicht für uns!«

»Etwa für mich?« gab Dalamar kalt zurück. »Was glaubt Ihr, wie ich mich fühle, wenn ich zum ersten Mal seit vielen Jahren die Sprache meiner Heimat höre?« In seinem Hals saß plötzlich ein Kloß. Er mußte sich abwenden und ins Feuer starren, damit die Hitze die unerwarteten Tränen trocknete.

Keiner antwortete. Er hörte, wie sie sich verlegen räusperten.

Nachdem er seine unwillkommenen Gefühle unter Kontrolle hatte, drehte sich Dalamar zu ihnen um.

»Also, Herr General und Herr Senator, was wollt Ihr von Dalamar dem Finsteren?« verlangte er ohne Umschweife zu wissen.

Erstaunt musterten die beiden ihn mit finsteren Blicken, denn ihre Entlarvung war ihnen nicht lieb.

»Ich ... ich weiß nicht, wovon ... Ihr sprecht ...« Der General der Silvanesti versuchte, sich herauszuwinden.

Dalamar schenkte den beiden ein sardonisches Lächeln.

»Wenn Ihr wieder einmal inkognito reisen wollt, General, dann schlage ich vor, daß Ihr Euer Prunkschwert ablegt, und Ihr, Senator, solltet Euren Siegelring abziehen.«

»Ich glaube … ich muß mich setzen«, sagte der Senator, der Qualinesti. Er sank auf einen Stuhl.

Der General aus Silvanesti blieb stehen. Er hatte die Hand an den Griff des Schwertes gelegt, das ihn verraten hatte.

»Fangt Ihr an«, sagte der Senator zu seinem Begleiter.

Der General verschränkte die Arme vor der Brust und stand breitbeinig da. »Ich muß Euch erst etwas erzählen, was selbst für Euch eine gute Nachricht sein wird, Dalamar.« Er sprach den Namen mit der Zungenspitze an den Zähnen, als hätte er Angst, es könnte ihn vergiften, wenn er das Wort in den Mund nahm. »Silvanesti ist endlich wieder in unserer Hand. Loracs böser Traum, der unser Land in Bann hielt, ist zu Ende. Die wenigen Banden von Drakoniern und Goblins, die einen Teil unseres Landes besetzt hatten, sind niedergeschlagen. Zwanzig Jahre hat es uns gekostet, aber jetzt gehört Silvanesti wieder uns. Seine Schönheit ist zurückgekehrt.«

»Gratuliere«, sagte Dalamar, der höhnisch die Oberlippe hochzog. »Also hat Porthios Euch zum Sieg geführt. Ja, Ihr seht, ich bin darüber informiert, was in meiner Heimat vor sich geht. Porthios, ein Qualinesti, hat Loracs Tochter Alhana geheiratet, die Königin der Silvanesti. Ein vereintes Elfenreich – ich glaube, das war es, was die beiden im Sinn hatten. Und die letzten zwanzig Jahre hat die Stimme der Sonne aus Qualinesti, Porthios, sein Leben aufs Spiel gesetzt, um das Heimatland der Silvanesti zu retten. Und er hatte Erfolg. Wie habt Ihr ihn für seine Dienste belohnt?«

»Er sitzt im Gefängnis«, sagte der General ernst.

Dalamar fing an zu lachen. »Wie überaus elfisch! Den Mann einsperren, der Eure armseligen Leben gerettet hat. Was hat er verbrochen? Nein, laßt mich raten. Ich kenne doch Porthios. Er hat Euch Silvanesti-Elfen nie vergessen lassen, daß es ein Qualinesti war, der Euch zur Hilfe gekommen ist. Er hat oft davon geredet, wie Qualinesti und Silvanesti vereint sein würden, aber er hat immer vorausgesetzt, daß es die Qualinesti sein würden, die über ihre schwächeren Brüder regieren sollten. Liege ich da richtig?«

»Ihr seid nah dran.« Der General war wenig erfreut. Der Sarkasmus in der Stimme des Dunkelelfen war unüberhörbar.

Dalamar drehte sich zum Senator um. »Und was sagen die Qualinesti dazu? Eure Stimme der Sonne im Gefängnis?«

Der Senator japste. »Mir verschlägt es die Sprache.« Er holte tief Luft und fuhr dann vorsichtig fort. »Wir haben keinen Zwist mit den Silvanesti. Ihre Königin, Porthios Frau, Alhana Sternenwind, ist in Qualinost mein Gast.«

Dalamar seufzte. »Das habe ich vermißt, während ich in meinem langweiligen Turm eingesperrt war. Ein ›Gast‹, sagt Ihr. Ein Gast, der Eure Gastfreundschaft zweifellos satt hat, es aber schwierig findet zu gehen. Was hat *sie* denn verbrochen?«

»Das ist nicht allgemein bekannt, aber Alhana Sternenwind ist schwanger.« Der Senator drehte nervös seinen Siegelring um den Finger.

Dalamar war ganz Ohr. »Aha, dann ist also aus der Vernunftehe nach zwanzig Jahren doch noch etwas mehr geworden? Ich staune, daß Porthios dazu die Zeit gefunden hat. Und die Neigung.«

»Wenn das Kind auf Elfenland geboren wird«, fuhr der Senator fort, der Dalamars Bemerkung überhörte, »solange die Eltern regieren, ist dieses Kind Thronerbe für beide Königreiche. Die Einheit wäre vollendet.«

»Das muß verhindert werden.« Der General ballte die Hand um den Schwertgriff.

»Und was schlagt Ihr vor?« fragte Dalamar. »Da Mord wohl nicht in Betracht kommt.«

Der Senator wurde steif vor würdevollem Zorn. Seine Seidenmaske war an der Stirn feucht und klebte an seinem Gesicht. »Verbannung. Für beide.«

»Aha«, sagte Dalamar. »So wie ich.« Seine Stimme klang bitter und leise. »Der Tod wäre freundlicher.«

Der Senator runzelte die Stirn. »Wollt Ihr damit andeuten –«

»Ich deute gar nichts an.« Dalamar zuckte mit den Schultern. »Das war einfach nur ein Kommentar. Aber ich verstehe nicht recht, wie ich in Euer kleines, verräterisches Komplott passe. Falls Ihr mir nicht die Herrschaft über die Elfen anbieten wollt?«

Die zwei starrten ihn mit großen, entsetzten Augen an.

»Bitte, meine Herren, Ihr nehmt Euch zu wichtig!« lachte Dalamar einlenkend. »Ich habe gescherzt, weiter nichts.«

Beide wirkten erleichtert, aber immer noch etwas mißtrauisch.

»Haus Protector wird Silvanesti regieren, bis ein Mitglied des Königshauses soweit ist, die Regierung zu übernehmen«, sagte der General. »Haus Protector hat Silvanesti in den letzten zwanzig Jahren regiert, während wir den Traum bekämpften. Mein Volk ist an Kriegsrecht gewöhnt. Und wir mögen Porthios nicht.«

»Was die Qualinesti angeht ...« Der Senator zögerte. Er sah unsicher zur Treppe.

»Keine Sorge«, sagte Dalamar. »Jenna lauscht nicht. Und, glaubt mir, sie hat wenig Interesse an der Politik von Elfenkönigreichen.«

»Die Sache ist viel zu delikat, als daß etwas davon nach draußen dringen dürfte«, sagte der Senator und winkte Dalamar heran.

Der Dunkelelf zuckte belustigt mit den Schultern und ging zu ihm.

Während sich der Senator Dalamar so weit näherte, wie er es konnte, ohne ihn zu berühren, sprach der Qualinesti-Elf mit leiser, drängender Stimme.

Dalamar hörte zu, lächelte und schüttelte den Kopf. »Ihr wißt natürlich, daß seine Eltern ein Problem darstellen dürften.«

»Deshalb könnt Ihr für uns eine unschätzbare Hilfe sein«, sagte der Senator.

»Wo Ihr doch mit seinem Vater befreundet seid«, fügte der General hinzu.

Dalamar überlegte sich die Sache. Sein Blick ging von einem Elfen zum anderen, weil er ihre Entschlossenheit prüfen wollte. Beide nahmen seinen Blick hin, ohne zu wanken.

»Na schön«, stimmte Dalamar zu. »Ich werde dafür sorgen, daß weder mein Freund noch seine Frau sich einmischen. Aber meine Hilfe wird Euch teuer zu stehen kommen.«

Der Senator winkte geringschätzig ab. »Unsere Truhen sind wohlgefüllt. Nennt Euren Preis –«

Dalamar rümpfte die Nase. »Was soll ich mit noch mehr Reichtümern, als ich bereits besitze? Wahrscheinlich könnte ich ganz Qualinesti kaufen und verkaufen! Nein, mein Preis ist folgendes.«

Er machte eine Pause, ließ sie schwitzen und sagte dann ruhig: »Ein Monat in meiner Heimat.«

Der Senator war zunächst überrascht, dann aber – bei genauerem Nachdenken – erleichtert. Schließlich war Dalamar Silvanesti. Er würde einen Monat in Silvanesti verbringen.

Der General hatte denselben Gedanken. Sein Kiefer mahlte. Er schäumte fast vor Wut.

»Kommt nicht in Frage!« brachte er zischend hervor. »Unmöglich! Ihr seid verrückt, so etwas zu erbitten!«

Dalamar drehte sich weg. »Dann, meine Herren, ist unser Geschäft gescheitert.«

Der Senator stand schnell auf und faßte dem anderen Elfen an die Schulter. Die beiden begannen, heftig zu diskutieren.

Dalamar ging lächelnd ans Feuer zurück. Im Geist erblickte er die schönen Bäume seiner Heimat. Er hörte die Vögel singen und lief über die herrlichen Blumenwiesen. Er lag im duftenden Gras, fühlte die warme Sonne auf seinem Gesicht. Er atmete frische Luft, rannte durch saftige Wiesen. Er war jung und unschuldig, unbefleckt und ohne Schatten …

»Ein einziger Monat«, sagte der Senator. »Nicht länger.«

»Das schwöre ich bei Nuitari«, gelobte Dalamar und genoß es, wie die beiden bei der Erwähnung des Gottes der schwarzen Magie zusammenzuckten.

»Ihr werdet heimlich kommen und gehen«, fuhr der Senator fort. »Keiner darf es wissen. Keiner darf Euch sehen. Ihr werdet mit niemandem reden.«

»Einverstanden.«

Der Senator sah den General an.

»Ich nehme an, es ist unumgänglich«, murmelte der General wenig freundlich.

»Ausgezeichnet«, sagte Dalamar kühl. »Unser Geschäft ist zufriedenstellend abgeschlossen. Laßt es uns besiegeln, wie es der Brauch verlangt.«

Er ging zu ihnen, faßte beide Elfen an und küßte beide auf die Wange. Der General konnte kaum an sich halten. Bei der Berührung durch die kalten, trockenen Lippen wurde er stocksteif. Der Senator zuckte zusammen, als hätte ihn eine Schlange gebissen. Aber keiner wich zurück. Sie hatten um dieses Bündnis gebeten. Sie wagten keine Beleidigung.

»Nun, Brüder«, sagte Dalamar zuvorkommend, »erzählt mir euren Plan.«

Kapitel 3

Tanis, der Halbelf, hatte das ganze Haus nach seiner Frau abgesucht. Schließlich entdeckte er sie oben in der Bibliothek. Sie saß am Fenster, um die letzten Strahlen der Nachmittagssonne auszunutzen. Er hörte, wie ihre Feder über das Pergament kratzte, bevor er sie sah, und lächelte in sich hinein.

Diesmal hatte er sie erwischt.

Auf leisen Sohlen schlich er zur Tür und spähte hinein. Da saß sie im Sonnenlicht, hatte den Kopf gesenkt und arbeitete so konzentriert, daß er wußte, er hätte die Treppen auch hochpoltern können, und sie hätte ihn nicht gehört. Er bewunderte sie noch einen Augenblick und machte sich – ehrfürchtig und staunend – klar, daß sie ihn ebenso liebte wie er sie. Die Jahre der Ehe hatten ihre Liebe gefestigt, nicht gemindert.

Die langen, goldenen Haare flossen offen über die Schultern und über den Rücken. Normalerweise trug sie ihre Haare zurückgesteckt; dann drehte sie die schimmernden Strähnen am Halsansatz zu einem Knoten. Der strenge Stil stand ihr gut, denn er verlieh ihr eine würdevolle Ausstrahlung, die bei Verhandlungen mit den Menschen von Nutzen sein konnte. Wer sie nicht kannte, neigte nämlich leicht dazu, die Elfenfrau aufgrund ihres jugendlichen Aussehens wie ein Kind zu behandeln, das es zwar gut meint, sich aber in die Angelegenheiten der Großen einmischt.

So etwas dauerte im allgemeinen nur eine Viertelstunde,

dann hatte Laurana sie soweit, daß sich ihre Gesprächspartner aufsetzten und sie zur Kenntnis nahmen. Wie konnten sie vergessen haben, daß sie im Krieg der Lanze General gewesen war? Daß sie Männer in die Schlacht geführt hatte? Nun, es waren über zwanzig Jahre vergangen, und Menschen haben ein kurzes Gedächtnis. Wenn sie Laurana verließen, hatten sie es wieder aufgefrischt.

Sie war die Diplomatin der Familie, ihr Mann war der Stratege. Sie paßten gut zusammen, denn Laurana konnte hervorragend hereinschleichen, wo Tanis wie ein Trampel hineingepoltert wäre. Und er konnte ihr Einblicke in das Denken und Fühlen der Menschen verschaffen – was sie beides oft sprachlos machte.

Sie war schön, sehr schön, und Tanis schmerzte es fast körperlich, wenn er sie ansah. Und sie waren ein Paar. Nicht für lange. Das Menschenblut in seinen Adern verzehrte das elfische. Er hatte bereits viel länger gelebt als jeder Mensch, doch ihm würde nicht die lange Lebensspanne der Elfen vergönnt sein. Manch einer hielt Laurana bereits für seine Tochter. Der Tag würde kommen, an dem man sie für seine Enkelin hielte. Er würde altern und sterben, während sie noch eine vergleichsweise junge Frau war. Ein solcher Schatten hätte sich auf ihre Ehe legen können. Für die beiden wurde dadurch alles noch tiefer.

Und dann hatten sie Gil. Ihren Sohn – neues Leben, ein Kind der Liebe.

»Hab' ich dich!« rief Tanis triumphierend und platzte ins Zimmer.

Laurana schnappte nach Luft und sprang auf. Schuldbewußte Röte überzog ihr Gesicht. Hastig und ziemlich verwirrt versuchte sie, das Geschriebene mit einem blanken Bogen Papier zu verdecken.

»Was ist das?« Tanis funkelte sie mit scheinbarer Strenge an.

»Bloß eine Liste«, wand sich Laurana, die weitere Seiten auf dem Tisch zusammenschob. »Eine Liste ... von Dingen, die ich erledigen muß, solange wir zu Hause sind – Nein! Tanis, laß das!«

Er griff fest zu und zog das Papier unter ihrer Hand hervor. Lachend versuchte sie, ihn zu fangen, um es wiederzubekommen, doch er wich zurück.

»›Lieber Sir Thomas‹«, las er, »›ich möchte Euch nochmals dringend ersuchen, Eure Einstellung gegen den Vertrag für die Vereinten Nationen der Drei Rassen zu überdenken –‹« Anklagend wedelte Tanis den Brief vor ihr herum. »Du hast gearbeitet!«

»Bloß ein Brief an Sir Thomas«, wehrte sich Laurana, die noch tiefer errötete. »Er schwankt. Er ist schon fast auf unserer Seite. Ich dachte, ein kleiner Anstoß vielleicht ...«

»Keine Stöße«, erklärte Tanis. Er versteckte den Brief hinter seinem Rücken. »Du hast es versprochen. Du hast es mich versprechen lassen! Keine Arbeit. Wir sind endlich zu Hause, nachdem wir einen Monat unterwegs waren. Diese Zeit gehört uns – dir und mir und Gil.«

»Ich weiß.« Als Laurana den Kopf hängen ließ, umfloß ihr Haar den Körper wie eine strahlende Wolke. »Es tut mir leid.« Sie rutschte neben ihn, legte die Hände auf seine Brust und strich spielerisch seinen Hemdkragen glatt. »Versprochen. Ich werd's nicht wieder tun.«

Sie küßte seine stoppelige Wange. Er wollte den Kuß erwidern, doch im selben Moment griff sie um ihn herum, erwischte den Brief und riß ihn Tanis aus der Hand. Eine solche Herausforderung konnte er natürlich nicht hinnehmen. Er hielt sie und den Brief fest.

Irgendwann flatterte der Brief vergessen zu Boden.

Die beiden standen eng aneinandergeschmiegt am Fenster.

»Verflixt und zugenäht!« fluchte Tanis, der sein Kinn in die goldenen Haare seiner Frau grub. »Sieh mal – da kommt ein Fremder angeritten.«

»Oh, bloß kein Gast!« seufzte Laurana.

»Ein Ritter, so wie das Pferd aufgezäumt ist. Wir müssen ihn empfangen. Ich sollte hinuntergehen –«

»Nein, warte!« Laurana umarmte ihren Mann fester. »Wenn du gehst, gebietet es die Höflichkeit, ihn hereinzubitten, und dieser Ritter wird aus Höflichkeit bleiben. Da kommt schon Gil heraus. Der wird mit ihm fertig.«

»Bist du sicher?« Tanis hatte seine Zweifel. »Weiß er denn, was er machen, was er sagen muß? Der Junge ist doch erst sechzehn –«

»Gib ihm eine Chance«, lächelte Laurana.

»Wir können es uns nicht leisten, einen Ritter zu beleidigen, nicht ausgerechnet jetzt ...« Tanis streifte sanft die Arme seiner Frau ab. »Ich finde, ich sollte lieber –«

»Zu spät. Er reitet davon«, stellte Laurana fest.

»Da, was hab' ich dir gesagt?« Tanis war verstimmt.

»Er wirkt nicht beleidigt. Gil kommt rein. Oh, Tanis, er darf nicht wissen, daß wir ihn beobachtet haben. Du weißt doch, wie empfindlich er zur Zeit ist. Schnell! Mach was!«

Laurana setzte sich schnell wieder auf ihren Stuhl, wo sie einen Bogen Papier ergriff und wild drauflos schrieb. Tanis, der sich blöd vorkam, ging auf die andere Seite des Zimmers, wo er eine Karte von Ansalon studierte, die auf dem Tisch ausgebreitet lag.

Überrascht und beunruhigt merkte er, wie ihm das Wort Qualinesti in die Augen sprang.

Nur verständlich, überlegte er. Immer wenn er seinen Sohn ansah, wurde Tanis in seine eigene Kindheit versetzt. Und dabei stiegen in ihm Erinnerungen an Qualinesti auf, das Land seiner Geburt – seiner schimpflichen Geburt.

All diese Jahre, Hunderte von Jahren, und immer noch hatten die Erinnerungen die Kraft, ihn zu verletzen. Wieder war er sechzehn und lebte im Haus des Bruders seiner Mutter. Ein Waisenkind. Ein Bastardwaise.

»Empfindlich« hatte Laurana ihren Sohn genannt.

Tanis war in seinem Alter selbst »empfindlich« gewesen. Das heißt, eigentlich hatte sein Menschenblut richtiggehend in ihm gebrodelt.

Äußerlich fand Tanis sich in Gilthas nicht wieder. Tanis war nicht so zart gewesen wie sein Sohn. Er war stark und robust gebaut, viel zu stark und robust für den Geschmack der Elfen. Seine breiten Schultern und die starken Arme empfanden die meisten Elfen als Zumutung, denn das erinnerte sie ständig an seinen menschlichen Elternteil. Und diesen hatte er zur Schau gestellt; das konnte er heute zugeben. Er hatte sie dazu herausgefordert, ihn wegzujagen, doch er war verletzt gewesen, als sie es wirklich getan hatten.

Tanis fand sich eher hintergründig in seinem Jungen wieder. Der innere Aufruhr, nicht zu wissen, wer er war, wohin er gehörte. Obwohl Gil nichts zu ihm gesagt hatte – die beiden redeten wenig miteinander –, glaubte Tanis, das mußte es sein, was Gil augenblicklich durchmachte. Tanis hatte darum gebetet, daß seinem Sohn diese Selbstzweifel erspart bleiben möchten, doch offenbar waren seine Gebete nicht erhört worden.

Gilthas vom Hause Solostaran[2] war Tanis' Sohn, aber zugleich Lauranas Kind – ein Elfenkind. Gilthas war nach Lauranas Bruder Gilthanas benannt (über dessen seltsames, tragisches Ende nie laut gesprochen wurde). Gil war groß, schlank und zart gebaut, hatte feine, helle Haare und Mandelaugen. Er war nur zu einem Viertel menschlich – da sein Vater zur Hälfte Mensch war –, und selbst dieses fremde Blut war anscheinend noch weiter verdünnt, da er zugleich auf beiden Seiten eine ununterbrochene Ahnenreihe aus der elfischen Königsfamilie vorzuweisen hatte.

Um des Seelenfriedens seines Sohnes willen, hatte Tanis gehofft, der Junge könnte als Elf aufwachsen, und das Menschenblut in ihm würde zu schwach sein, um ihn zu quälen.

Diese Hoffnung sah er dahinschmelzen. Mit seinen sechzehn Jahren war Gil nicht das typische fügsame und respektvolle Elfenkind. Er war launisch, reizbar und rebellisch.

Und Tanis – der wußte, wie er selbst gebockt hatte – hielt die Zügel extra straff, um seinen Sohn im Zaum zu halten.

Während er intensiv die Karte anstarrte, gab Tanis vor, er hätte nicht gehört, wie Gil eintrat. Er schaute nicht auf, weil er wußte, was er sehen würde. Er würde sich selbst dort stehen sehen. Und weil er sich kannte, weil er wußte, wie er gewesen war, wollte er diese Ähnlichkeit bei seinem Sohn nicht wahrhaben.

Und weil er sich davor fürchtete, konnte er nicht darüber reden und nichts zugeben.

Und deshalb schwieg er. Er hatte den Kopf gesenkt und starrte auf die Karte, auf den Ort, der Qualinesti hieß.

Gilthas wußte schon beim Eintreten, daß ihn seine Eltern durchs Fenster beobachtet hatten. Er sah es an dem Anflug von Befangenheit im Gesicht seiner Mutter und daran, wie sein Vater sich auf einmal für eine Karte interessierte, die Tanis höchstpersönlich für veraltet erklärt hatte – und außerdem sah keiner der beiden auf.

Gil sagte nichts, denn er wartete, bis sich seine Eltern selbst verrieten. Schließlich sah seine Mutter ihn lächelnd an.

»Mit wem hast du draußen geredet, *Mapete?*« fragte Laurana.

Der vertraute, schmerzhafte Zornesknoten schnürte Gil den Magen zusammen. *Mapete!* Ein Elfenkosewort, das man zu Kindern sagte.

Als sie keine Antwort erhielt, sah Laurana noch verlegener aus, denn sie erkannte, welchen Fehler sie gemacht hatte. »Äh ... hast du draußen mit jemandem geredet? Ich hörte die Hunde anschlagen ...«

»Es war ein Ritter, Sir-Irgendwas«, erwiderte Gil. »Ich konnte mir den Namen nicht merken. Er hat gesagt –«

Laurana sah auf ihre Feder herunter. Ihr Verhalten war ebenso ruhig wie ihre Stimme. »Hast du ihn hereingebeten?«

»Natürlich hat er das«, sagte Tanis scharf. »Gil behandelt einen Ritter von Solamnia doch nicht unhöflich. Wo ist er, Sohn?«

Gebt es zu. Ihr habt gesehen, daß der Ritter weitergeritten ist, befahl Gil ihnen schweigend. Haltet ihr mich denn für völlig blöd?

»Vater, bitte!« Gil verlor bereits die Beherrschung. »Laß mich ausreden. Natürlich habe ich den Ritter hereingebeten. Ich bin kein Tölpel. Ich kenne die Regeln der Etikette. Er hat gesagt, er könne nicht bleiben. Er war auf dem Weg nach Hause. Er hat nur angehalten, um dir und Mutter diese Botschaft zu überbringen.«

Gil hielt ihm eine Röhre mit einer Schriftrolle hin. »Von Caramon Majere. Der Ritter war zu Gast im Wirtshaus ›Zur Letzten Bleibe‹. Als Caramon hörte, daß Sir William – ja, so hieß er, glaube ich – in diese Richtung reiten wollte, hat er ihn gebeten, die Botschaft abzugeben.«

Kühl reichte Gil seinem Vater die Röhre.

Tanis warf seinem Sohn einen nervösen Blick zu, um dann seine Frau anzusehen, die mit den Schultern zuckte und geduldig lächelte, als wollte sie sagen: »Wir haben seine Gefühle verletzt. Schon wieder.«

Gil war mal wieder »empfindlich«, wie seine Mutter sagen würde. Tja, er hatte ein Recht dazu.

Als zartes, kränkliches Kind, auf dessen heißersehnte Geburt sie lange gewartet hatten, war Gil die wenigste Zeit seines Lebens gesund gewesen. Mit sechs wäre er beinahe gestorben. Danach hatten seine besorgten, liebevollen Eltern ihn sozusagen in Seide gewickelt. Wie in einen Kokon.

Er war aus seinen Krankheiten herausgewachsen, litt jedoch inzwischen unter schlimmen Kopfschmerzen, die ihn sehr mitnahmen. Sie begannen mit Lichtblitzen vor seinen Augen und endeten mit schrecklichen Qualen, bei denen er oft fast ohnmächtig wurde. Nichts half gegen dieses Leiden; die Kleriker der Mishakal hatten es immer wieder versucht und waren gescheitert.

Tanis und Laurana waren beide häufig unterwegs, denn sie arbeiteten hart daran, die zarten Fäden der Bündnisse zu erhalten, die die verschiedenen Rassen und Völker seit dem Krieg der Lanze verbanden.

Da Gil zum Reisen zu schwach war, wurde er dann von einer hingebungsvollen Haushälterin versorgt, die ihn sogar noch mehr vergötterte, als es seine Eltern taten. Für alle drei war Gil immer noch der zarte, kleine Junge, der beinahe am Fieber verglüht wäre.

Aufgrund seiner Krankheit hatte man Gil nicht erlaubt, mit anderen Kindern zu spielen – allerdings hatte es sowieso keine anderen Kinder in der Nähe gegeben. Tanis, der Halbelf, war gern für sich allein und hatte sein Haus absichtlich weitab von denen der Nachbarn gebaut. Da Gil oft allein seinen Gedanken überlassen blieb, hatte er viele merkwürdige Ansichten entwickelt. Zum Beispiel glaubte er, seine Kopfschmerzen stammten von dem Menschenblut in seinen Adern. Die grausamen Schmerzen hatten ihn auf die alptraumhafte Idee gebracht, daß sein Leid enden würde, wenn er sich die Adern öffnen und das fremde Blut herauslassen könnte. Solche Gedanken sprach er niemandem gegenüber aus.

Laurana schämte sich nicht dafür, einen Halbmenschen geheiratet zu haben. Sie neckte Tanis oft mit seinem Bart, der keinem Elfen wachsen würde. Tanis schämte sich nicht, ein Halbmensch zu sein.

Sein Sohn allerdings schon.

Gil träumte von der Heimat der Elfen, die er noch nie gesehen hatte und wahrscheinlich niemals sehen würde. Die Bäume von Qualinesti waren für ihn realer als die aus seines Vaters Garten. Gil konnte nicht begreifen, warum seine Eltern so selten nach Qualinesti reisten und warum sie ihn dann nie mitnahmen. Aber er wußte (oder glaubte zu wissen), daß diese Entfremdung an seinem Vater lag. Und deshalb trotzte der junge Mann Tanis mittlerweile mit einer Leidenschaft, die ihn manchmal erschreckte.

»Es ist nichts von meinem Vater in mir!« beteuerte Gil sich jeden Tag, wenn er ängstlich in den Spiegel starrte, aus Angt, ein verirrtes menschliches Haar könnte an seinem Kinn sprießen.

»Nichts!« wiederholte er dann zufrieden, wenn er seine klare, glatte Haut betrachtete.

Nichts außer Blut. Menschenblut.

Und weil Gil sich davor fürchtete, konnte er nicht darüber reden und nichts zugeben.

Und deshalb schwieg er.

Die Stille zwischen Vater und Sohn war mit den Jahren Stein um Stein gewachsen. Jetzt war sie eine Mauer, die nicht leicht zu überwinden war.

»Und, Vater, willst du den Brief nicht lesen?« fragte Gil herausfordernd.

Tanis runzelte die Stirn, weil ihm der unverschämte Ton seines Sohnes nicht paßte.

Gleich würde ihn sein Vater zurechtweisen. Der junge Mann wußte nicht genau weshalb, aber er wollte, daß sein Vater die Beherrschung verlor. Dann würde manches ausgesprochen werden … was mal gesagt werden mußte …

Aber Tanis setzte das geduldige Lächeln auf, das er sich in Gegenwart seines Sohnes angewöhnt hatte, und holte die Schriftrolle aus der Hülle.

Gil drehte ihm den Rücken zu. Nachdem er zum Fenster geschlendert war, starrte er auf den saftigen, mit viel Bedacht angelegten Garten hinunter. Er wäre am liebsten aus dem Zimmer gegangen, doch er wollte hören, was Caramon Majere schrieb.

Für die meisten Menschen, die er kannte, weil sie seine Eltern besuchten, hatte Gil nichts übrig. Aber den dicken, großmütigen Caramon mochte Gil. Er mochte sein breites, großzügiges Lächeln und sein polterndes Gelächter. Er hörte gern von Caramons Söhnen, besonders von den Unternehmungen der beiden älteren, Sturm und Tanin, die auf der Suche nach Abenteuern schon halb Ansalon bereist hatten. Jetzt wollten sie die ersten Männer von außerhalb von Solamnia werden, die der Ritterschaft beitraten.

Gil hatte Caramons Söhne nie kennengelernt. Vor ein paar Jahren, als Caramon von einer geheimen Mission mit Tanis zurückgekehrt war, hatte dieser angeboten, Gil zu einem Besuch ins Gasthaus mitzunehmen. Tanis und Laurana hatten es sich noch nicht einmal überlegen wollen. Gil war wütend geworden und hatte eine Woche in seinem Zimmer geschmollt.

Tanis entrollte den Brief und überflog ihn rasch.

»Ich hoffe, es geht ihnen gut«, sagte Laurana. Sie klang ängstlich. Sie hatte sich nicht wieder ans Schreiben gemacht, sondern beobachtete Tanis' Gesicht, während dieser die Nachricht las.

Gil drehte sich um. Tanis sah besorgt aus, doch als er ans Ende kam, lächelte er. Dann schüttelte er den Kopf und seufzte.

»Caramons Jüngster, Palin, hat gerade die Prüfung im Turm der Erzmagier angetreten und bestanden. Er ist jetzt ein Magier der Weißen Roben.«

»Paladin behüte!« rief Laurana verwundert aus. »Ich wußte, der junge Mann lernte zaubern, aber ich habe nie geglaubt, ihm wäre damit ernst. Caramon hat immer gesagt, das wäre nur zum Spaß.«

»Er hat immer gehofft, es wäre nur so zum Spaß«, stellte Tanis richtig.

»Ich bin überrascht, daß Caramon es erlaubt hat.«

»Hat er nicht.« Tanis gab ihr die Schriftrolle. »Lies selbst. Dalamar hat Caramon die Sache aus den Händen genommen.«

»Warum wollte er Palin die Prüfung nicht machen lassen?« fragte Gil.

»In erster Linie, weil die Prüfung tödlich ausgehen kann«, sagte Tanis trocken.

»Aber Caramon will seine anderen Söhne in die Ritterschaft eintreten lassen«, widersprach Gil. »Das kann auch ziemlich tödlich ausgehen.«

»Mit der Ritterschaft ist das etwas anderes, mein Sohn. Caramon kennt den Kampf mit Schwert und Schild. Den Kampf mit Rosenblättern und Spinnweben kennt er nicht.«

»Und dann war da natürlich noch Raistlin«, fügte Laurana hinzu, als wäre die Sache damit erledigt.

»Was hat denn sein Onkel damit zu tun?« wollte Gil wissen, obwohl er ganz genau wußte, was seine Mutter meinte. Er war einfach etwas streitlustig.

»Caramons Angst ist ganz normal; schließlich könnte Palin denselben dunklen Pfad einschlagen, den Raistlin wählte. Auch wenn das jetzt sehr unwahrscheinlich scheint.«

Und welchen Pfad könnte ich einschlagen, Mutter? Wovor fürchtest du dich, Vater? Gil hätte sie am liebsten angeschrien. Egal was? Hell oder dunkel? Weil alles mich von hier fortführt? Eines Tages, Mutter … Eines Tages, Vater …

»Darf ich ihn auch lesen?« drängte Gil.

Wortlos reichte ihm seine Mutter den Brief. Gil las langsam. Er konnte menschliche Schriftzeichen ebensogut lesen wie elfische, aber er hatte gewisse Schwierigkeiten, Caramons riesige, aufgeregte Rundschrift zu entziffern.

»Caramon schreibt hier, er hätte einen Fehler gemacht. Er schreibt, er hätte Palins Entscheidung, Zauberer zu werden, respektieren sollen, anstatt ihn zu etwas zwingen zu wollen, was er nicht ist. Caramon sagt, er sei stolz, daß Palin die Prüfung bestanden hat.«

»Das sagt Caramon jetzt«, gab Tanis zurück. »Wäre sein Junge im Turm gestorben, hätte er etwas anderes gesagt.«

»Wenigstens hat er ihm eine Chance gegeben, mehr, als was ich bekomme«, schimpfte Gil. »Ihr haltet mich eingesperrt wie einen Vogel im Käfig –«

Tanis' Miene verdunkelte sich.

Laurana griff hastig ein. »Aber, Gil, fang jetzt bitte nicht damit an. Es ist fast Zeit zum Abendessen. Wenn ihr jetzt aneinandergeratet, dann sag' ich dem Koch lieber gleich, daß wir –«

»Nein, Mutter, lenk nicht vom Thema ab! Das klappt diesmal nicht!« Gil hielt die Schriftrolle fest, weil er aus ihr Rückendeckung holte. »Palin ist nicht viel älter als ich. Und jetzt reist er mit seinen Brüdern umher. Er sieht etwas von der Welt, er tut etwas. Ich war noch nie weiter von zu Hause weg als bis zum Gatter!«

»Das ist nicht dasselbe, Gil, und das weißt du«, sagte Tanis ruhig. »Palin ist ein Mensch –«

»Und ich bin auch zum Teil Mensch«, erwiderte Gil anklagend und verbittert.

Laurana wurde blaß und schlug die Augen nieder. Tanis schwieg einen Augenblick. Er hatte die Lippen unter seinem Bart zusammengepreßt. Als er zu reden begann, schlug er diesen überaus geduldigen Ton an, der Gil zur Weißglut brachte.

»Ja, du bist fast genauso alt wie Palin, aber Menschenkinder reifen schneller als Elfenkinder –«

»Ich bin kein Kind!«

Der Knoten in Gil zog sich zusammen, bis Gil befürchtete, er müßte platzen.

»Und du weißt doch, *Mapete,* mit deinen Kopfschmerzen wäre Reisen –« setzte Laurana an.

Der Knoten platzte.

»Hör auf, mich so zu nennen!« brüllte Gil sie an.

Laurana riß verletzt und überrascht die Augen auf. Gil war zerknirscht. Er hatte ihr nicht weh tun wollen, aber er verspürte auch eine gewisse Befriedigung.

»Du hast mich schon als Kleinkind so genannt«, fuhr er mit leiser Stimme fort.

»Ja, das hat sie.« Tanis' Gesicht unter dem Bart glühte vor Zorn. »Weil sie dich liebt. Entschuldige dich bei deiner Mutter!«

»Nein, Tanis«, schritt Laurana ein. »Ich muß mich bei Gil entschuldigen. Er hat recht.« Sie lächelte matt. »Es ist ein absurdes Wort für einen jungen Mann, der größer ist als ich. Es tut mir leid, mein Sohn. Ich werde es nicht wieder tun.«

Einen solchen Sieg hatte Gil nicht erwartet. Er wußte nicht recht, wie er damit umgehen sollte. Er beschloß, weiterzumachen und den Vorteil gegen seine geschwächten Gegner auszuspielen. »Und ich hatte schon Monate keine Kopfschmerzen mehr. Vielleicht bin ich sie los.«

»Aber du weißt es nicht genau, Sohn.« Tanis kämpfte sehr um seine Beherrschung. »Was wäre, wenn du unterwegs, weit weg von zu Hause, krank wirst?«

»Dann würde ich damit fertig werden«, erwiderte Gil. »Du hast mir doch selbst erzählt, wie Raistlin Majere manchmal so krank war, daß sein Bruder ihn tragen mußte. Aber das hat Raistlin nie aufgehalten. Er war ein großer Held!«

Tanis wollte etwas sagen, doch auf Lauranas warnenden Blick hin schwieg er.

»Wo willst du denn hin, mein Sohn?« fragte sie.

Gil zögerte. Der Moment war gekommen. Er hatte nicht erwartet, das Thema auf diese Weise anzusprechen, aber jetzt war es soweit, und er wußte, er mußte die Gelegenheit nutzen.

»In meine Heimat. Qualinesti.«

»Ausgeschlossen.«

»Warum, Vater? Sag mir einen Grund, der dagegen spricht!«

»Ich könnte dir Dutzende sagen, aber ich glaube kaum, daß du sie verstehen wirst. Zunächst einmal ist Qualinesti nicht deine Heimat –«

»Tanis, bitte!« Laurana wandte sich an Gil. »Was hat dich auf diese Idee gebracht, *Mapet* – mein Sohn?«

»Ich habe eine Einladung bekommen, eine sehr ansehnliche Einladung, sehr angemessen für meine Stellung als *Elfenprinz.*« Gil betonte die Worte.

Seine Eltern tauschten alarmierte Blicke aus.

Gil übersah sie und fuhr fort. »Die Einladung stammt von einem der Senatoren des *Thalas-Enthia*. Es wird eine Art Feier geben, wenn Onkel Porthios aus Silvanesti zurückkommt, und dieser Senator meint, ich sollte dabeisein. Er sagt, mein Fehlen bei offiziellen Anlässen wie diesem wäre auffällig. Die Leute würden bereits behaupten, ich würde mich meiner elfischen Abstammung schämen.«

»Wie können sie das wagen?« Tanis sprach mit kaum verhohlener Wut. »Wie können sie es wagen, sich einzumischen? Wer ist dieser Senator? Dieses ränkeschmiedende Rindvieh. Ich werde –«

»Tanthalas, hör mir zu.« Laurana sprach ihn nur dann mit seinem vollen Elfennamen an, wenn es um eine ernste Sache ging. »Ich fürchte, da steckt mehr dahinter.«

Sie näherte sich ihrem Mann, damit sie mit gedämpfter Stimme reden konnten.

Geflüster. Immer dieses Geflüster. Gil versuchte, so auszusehen, als hätte er nicht das geringste Interesse an ihrem Gespräch, auch wenn er gewaltig die Ohren spitzte. Er fing die Worte »politisch« und »vorsichtig vorgehen« auf, aber mehr nicht.

»Das geht mich auch etwas an, Vater, weißt du«, unterbrach Gil plötzlich. »*Du* bist ja nicht eingeladen.«

»Rede nicht in diesem Ton mit mir, junger Mann!«

»Gil, mein Schatz, das ist eine sehr ernste Sache«, sagte Laurana begütigend zu ihrem Sohn, während sie ihrem Mann beruhigend die Hand auf den Arm legte. »Wann hast du diese Einladung bekommen?«

»Vor ein oder zwei Tagen, als ihr beide in Palanthas wart. Wenn ihr hier gewesen wärt, hättet ihr davon gewußt.«

Wieder sahen sich die beiden an.

»Ich wünschte, du hättest es uns eher gesagt. Welche Antwort hast du ihnen gegeben?«

Seine Mutter war sichtlich nervös. Sie knetete ihre Hände. Sein Vater war wütend, doch Tanis sagte nichts. Er war gezwungen zu schweigen.

Gil wußte plötzlich, daß er zum ersten Mal in seinem Leben die Oberhand hatte. Es war ein gutes Gefühl.

»Ich habe noch nicht geantwortet«, sagte er kühl. »Ich weiß, es geht um etwas Politisches. Ich weiß, es ist ernst. Ich habe gewartet, weil ich die Sache mit euch beiden besprechen wollte.«

Zu seiner Befriedigung waren seine Eltern beschämt. Wieder hatten sie ihn unterschätzt.

»Das hast du gut gemacht, mein Sohn. Es tut mir leid, daß wir dich falsch eingeschätzt haben.« Tanis seufzte, um dann frustriert sein bärtiges Kinn zu kratzen. »Und vor allem tut es mir leid, daß du da hineingezogen wirst. Aber wahrscheinlich hätte ich das erwarten müssen.«

»Wir hätten es beide erwarten müssen«, ergänzte Laurana. »Wir hätten dich vorbereiten sollen, Gil.«

Ihre Stimme fiel ab. Sie redete wieder mit Tanis. »Ich hätte nur nie gedacht ... Schließlich ist er teilweise Mensch. Ich habe nicht geglaubt, sie würden ...«

»Natürlich würden sie. Für mich ist ganz klar, worauf sie aus sind ...«

»Worauf?« fragte Gil laut. »Worauf sind sie aus?«

Tanis schien ihn nicht zu hören, denn er redete weiter mit Laurana. »Ich hatte gehofft, ihm würde das erspart bleiben und er müßte nicht dasselbe durchmachen wie wir beide. Und wenn ich in der Sache etwas zu sagen habe, muß er das auch nicht.«

Er wandte sich an Gil. »Zeig uns die Einladung, mein Sohn. Deine Mutter wird eine passende Absage formulieren.«

»Und das war's dann«, sagte Gil, der beide wütend ansah. »Ihr laßt mich nicht hin.«

»Junge, du verstehst nicht –« fing Tanis an, der schon wieder aufbrausen wollte.

»Du hast verdammt recht. Ich verstehe es nicht! Ich –« Gil hielt inne.

Natürlich. Es war doch alles so einfach. Aber er mußte vorsichtig sein. Er durfte sich nicht verraten.

Er hatte mitten im Satz abgebrochen – wie dumm von ihm. Sie konnten Verdacht schöpfen. Wie sollte er das vertuschen?

Diplomatie, wie er sie von seiner Mutter gelernt hatte.

»Tut mir leid, wenn ich geschrien habe, Vater«, sagte Gil zerknirscht. »Ich weiß, ihr wollt nur mein Bestes. Es war dumm von mir, dorthin gehen zu wollen – die Heimat meiner Mutter besuchen.«

»Eines Tages, mein Sohn«, sagte Tanis, der sich am Bart kratzte. »Wenn du älter bist ...«

»Natürlich, Vater. Wenn ihr mich jetzt beide entschuldigen wollt, ich habe noch etwas zu lernen.« Gil ging erhobenen Hauptes aus dem Raum und machte hinter sich die Tür zu.

Draußen blieb er stehen und lauschte.

»Wir haben gewußt, daß es so kommen würde«, sagte seine Mutter gerade. »Es ist nur richtig, wenn er hin will.«

»Ja, und wie wird er sich vorkommen, wenn er die haßerfüllten Blicke sieht, die gerümpften Nasen, die verstohlenen Beleidigungen ...«

»Vielleicht kommt es nicht dazu, Tanis. Die Elfen haben sich verändert.«

»Wirklich, Liebste?« fragte Tanis traurig. »Haben sie das wirklich?«

Laurana gab keine Antwort, zumindest keine, die Gil hören konnte.

Er schwankte noch. Schließlich versuchten sie nur, ihn zu beschützen.

Ihn beschützen! Ja, genau wie Caramon versucht hatte, Palin zu schützen. Er hatte die Prüfung abgelegt und bestanden. Er hatte gezeigt, was in ihm steckte – seinem Vater wie auch sich selbst.

Fest entschlossen rannte Gil den Gang hinunter und nahm auf dem Weg in sein Zimmer immer zwei Stufen auf einmal. Als er angekommen war, machte er die Tür zu und schob den Riegel vor. Er hatte die Einladung in einem Kästchen aus Goldfiligran versteckt. Als er sie jetzt noch einmal las, überflog Gil die Zeilen, bis er fand, wonach er suchte.

Ich warte im »Schwarzen Schwan«, einem Gasthaus, das etwa einen Tagesritt vom Haus Eurer Eltern entfernt liegt. Falls Ihr mich dort aufsuchen möchtet, könnten wir zusammen nach Qualinesti reisen. Seid versichert, Prinz Gilthas, daß Eure Begleitung mir eine Ehre wäre und daß es mir besondere Freude bereiten würde, Euch in die höchsten Kreise der Elfengesellschaft einzuführen.

Euer Diener, Rashas vom Hause Aronthulas

Der Name des Mannes sagte Gil nichts, doch er war ohnehin belanglos. Er ließ die Einladung fallen und starrte durch das Fenster auf die Straße nach Süden.

Zum »Schwarzen Schwan« hin.

Kapitel 4

In seinen Mantel gewickelt lag Tanis, der Halbelf, auf dem harten, kalten Boden. Er schlief tief und fest. Doch Caramons Hand lag auf seiner Schulter und rüttelte ihn. Tanis, wir brauchen dich! Tanis, wach auf!

Geh weg, sagte Tanis, während er sich umdrehte und zu einer Kugel zusammenrollte. Ich will nicht aufwachen. Ich bin das alles leid, ich bin so müde. Warum kannst du mich nicht in Ruhe lassen? Laß mich schlafen …

»Tanis!«

Erschrocken fuhr er hoch. Er hatte länger geschlafen als sonst, länger als er gewollt hatte. Aber sein Schlaf war nicht erholsam gewesen, und Tanis fühlte sich wie gerädert und war verwirrt. Er blinzelte. Als er hochschaute, erwartete er halb, Caramon vor sich zu sehen.

Es war Laurana.

»Gil ist fort«, sagte sie.

Tanis versuchte, wach zu werden und den Traum abzuschütteln. »Fort?« wiederholte er benommen. »Wohin?«

»Ich weiß es nicht genau, aber ich glaube –« Ihre Stimme versagte. Wortlos hielt sie Tanis einen Bogen vergoldetes Papier hin.

Tanis rieb sich die Augen und setzte sich auf. Laurana rutschte neben ihm aufs Bett und legte ihm den Arm um die Schultern. Er las den Brief.

»Wo hast du das gefunden?«

»In … in seinem Zimmer. Ich wollte nicht herumschnüffeln. Es war nur … Er ist nicht zum Frühstück gekommen. Ich dachte, er wäre vielleicht krank. Da wollte ich nachsehen.« Sie senkte den Blick, und die Tränen liefen ihr über die Wangen. »Sein Bett war unberührt. Seine Kleider sind nicht mehr da. Und das … das … lag auf dem Boden … am Fenster …«

Sie sank in sich zusammen. Nach einem kurzen, stillen Kampf mit sich selbst hatte sie sich wieder in der Hand. »Ich bin zum Stall gegangen. Sein Pferd ist auch weg. Der Stallbursche hat nichts gehört und nichts gesehen.«

»Der alte Hastings ist stocktaub. Der hätte nicht einmal die Umwälzung gehört. Caramon hat mich gewarnt. Ich wollte nicht hören.« Tanis seufzte. Sein Unterbewußtsein hatte doch zugehört. Das war es, was der Traum bedeutete.

Laß mich schlafen …

»Es wird alles gut, Liebste«, sagte Tanis gutgelaunt. Er küßte seine Frau und nahm sie in die Arme. »Gil hat das hier liegenlassen, obwohl wir es finden müßten. Also sollen wir wohl nachkommen. Er will aufgehalten werden. Und er zeigt uns bloß, daß er flügge ist. Ich werde ihn im ›Schwarzen Schwan‹ finden – erschöpft, aber zu stolz, es zuzugeben. Dann wird er so tun, als wollte er weiterreiten, aber insgeheim hoffen, daß ich es ihm ausrede.«

»Du darfst aber nicht mit ihm schimpfen …«, bat Laurana ängstlich.

»Nein, natürlich nicht. Wir werden von Mann zu Mann reden. Das war schon längst fällig. Vielleicht bleiben wir sogar über Nacht dort und reiten morgen zusammen zurück.«

Tanis fand diese Idee sehr ansprechend. Wenn er es sich genau überlegte, hatte er noch nie einen ganzen Tag allein mit seinem Sohn verbracht. Sie würden reden – richtig reden. Tanis würde Gil begreiflich machen, wie sehr er ihn verstehen konnte.

»Das könnte wirklich gut für den Jungen sein, Liebling.« Tanis sprang aus dem Bett und zog seine Reisekleider an.

»Vielleicht sollte ich auch ...«

»Nein, Laurana«, sagte Tanis nachdrücklich. »Das ist eine Sache zwischen Gil und mir.« Er blieb einen Moment lang stehen. »Du verstehst nicht recht, warum er das gemacht hat, nicht wahr?«

»Kein Elfenjunge würde so etwas tun«, sagte Laurana leise. In ihren Augen schimmerten Tränen.

Tanis bückte sich und küßte ihr glänzendes Haar. Er erinnerte sich an einen jungen Halbelfen, der von seinem Volk und aus seiner Heimat fortgerannt war, einen jungen Halbelfen, der vor ihr davongerannt war. Wahrscheinlich erinnerte sie sich ebenfalls daran.

Der Hunger nach Veränderung – der menschliche Fluch.

Oder Segen.

»Keine Sorge«, sagte er. »Ich bringe ihn sicher zurück.«

»Wenn er nur verstehen würde! Wir würden alles für ihn opfern ...«

Laurana redete weiter, doch Tanis hörte ihr nicht mehr zu. Er hörte die Stimme einer anderen Frau, einer anderen Mutter.

Was würdest du für deinen Sohn opfern – deinen Reichtum? Deine Ehre? Dein eigenes Leben? Das waren Saras Worte – Sara, die Adoptivmutter von Stahl Feuerklinge.

Fröstelnd vor Schreck fiel Tanis seine Vision ein. Jahrelang hatte er nicht mehr an sie gedacht, hatte sie völlig verdrängt. Wieder stand er in der schaurigen Festung von Lord Ariakan, Ritter der Takhisis. Dunkle Wolken teilten sich; Solinaris silbernes Licht fiel hindurch und vermittelte Tanis einen kurzen Eindruck von Gefahr und Verderben, die seinen zarten Sohn wie der prasselnde Regen umrauschten. Und dann hatten die dunklen Wolken Solinari wieder verschluckt. Die Vision war vorbei. Und er hatte sie vergessen.

Bis heute.

»Was ist los?« Laurana starrte ihn erschrocken an.

Wie gut sie ihn kannte! Zu gut ...

»Nichts«, sagte er, wobei er sich zu einem zuversichtlichen Lächeln zwang. »Ich habe schlecht geträumt, mehr nicht. Wahrscheinlich macht mir das alles noch zu schaffen. Der Krieg und so. Du weißt schon.«

Laurana wußte Bescheid. Auch sie hatte solche Träume. Aber er sagte ihr nicht die Wahrheit, das war ihr klar, nicht weil er sie nicht liebte oder ihr nicht traute oder sie nicht respektierte, sondern weil er es einfach nicht konnte. Er hatte früh gelernt, seine inneren Ängste, Qualen und Verletzungen gut zu verbergen. Jedes Eingeständnis einer Schwäche mochte jemand anders ausnutzen. Sie konnte es ihm nicht verdenken. Sie hatte miterlebt, wie er aufgewachsen war. Als Halbmensch hatte er nur aus Barmherzigkeit in der Elfengesellschaft von Qualinesti leben dürfen. Aber er war nie akzeptiert worden. Die Elfen hatten ihn eins immer spüren lassen: Er war ein Außenseiter und würde es stets bleiben.

»Was ist mit Rashas?« fragte sie, um taktvoll das Thema zu wechseln.

»Um Rashas werde ich mich kümmern«, sagte Tanis finster. »Ich hätte wissen sollen, daß er dahintersteckt. Der schmiedet immer Ränke. Ich frage mich, warum Porthios ihn gewähren läßt.«

»Porthios hat andere Sorgen, mein Schatz. Aber jetzt, wo Silvanesti von Loracs Traum befreit ist, kann Porthios endlich heimkehren und sich um sein eigenes Land kümmern.«

Loracs Traum. Lorac war der Elfenkönig gewesen, der vor dem Krieg der Lanze in Silvanesti regiert hatte. Aus Angst vor den anstürmenden Armeen der Königin der Finsternis hatte Lorac versucht, eine der mächtigen, magischen Kugeln der Drachen zu benutzen, um sein Volk und sein Land zu retten. Statt dessen war Lorac der Kugel verfallen. Der böse Drache

Cyan Blutgeißel hatte Silvanesti übernommen und Lorac dunkle Träume ins Ohr geflüstert.

Und diese dunklen Träume waren wahr geworden. Silvanesti wurde von Spuk und Verwüstung heimgesucht. Böse Wesen krochen überall herum, die sowohl wirklich als auch das Resultat von Loracs angstverzerrten Visionen waren.

Selbst nachdem Lorac tot und die Königin der Finsternis besiegt war, hatte sich Silvanesti noch nicht völlig von der Dunkelheit befreien können. Weitere lange Jahre hatten die Elfen die Überreste des Traums bekämpft, die bösen, dunklen Wesen bekämpft, die immer noch das Land durchstreiften. Erst jetzt hatten die Elfen sie endlich vertrieben.

Tanis dachte an die Geschichte von Lorac, denn er stellte grimmig fest, welche Bedeutung sie für den heutigen Tag hatte. Wieder handelten einige Elfen vor lauter Angst, ohne vernünftig nachzudenken. Einige alte, festgefahrene Elfen wie Senator Rashas …

»Wenigstens hat Porthios etwas, was ihn von seinen Sorgen ablenkt – wenn Alhana jetzt schwanger ist«, sagte Tanis, der eine fröhliche Miene zur Schau tragen wollte, obwohl er bereits seine Lederrüstung anlegte.

Laurana sah die Rüstung, die er nur dann trug, wenn er mit Schwierigkeiten rechnete. Sie biß sich auf die Lippen, sagte aber nichts dazu. Statt dessen folgte sie seinem Beispiel und setzte das Gespräch in dieser Richtung fort.

»Ich weiß, daß Alhana sich freut. Sie wünscht sich schon so lange ein Kind. Und Porthios wird sich auch freuen, obwohl er so tut, als wäre es nichts Besonderes, Vater zu werden. Als würde er nur dem Volk gegenüber seine Pflicht erfüllen. Zwischen ihnen gibt es heute eine Wärme, die die ganzen Jahre gefehlt hat. Ich glaube wirklich, allmählich machen sie sich etwas aus einander.«

»Wird auch Zeit«, murmelte Tanis. Er hatte seinen Schwager nie besonders gemocht.

Nachdem er sich seinen Reiseumhang um die Schultern gelegt und festgebunden hatte, nahm er einen Rucksack und küßte seine Frau auf die Wange. »Auf Wiedersehen, Liebling. Mach dir keine Gedanken, wenn wir nicht sofort zurückkommen.«

»Oh, Tanis!« Laurana musterte ihn fragend.

»Keine Angst. Ich muß mit dem Jungen reden. Das ist mir jetzt klar. Ich hätte es schon längst tun sollen, aber ich hatte gehofft ...« Er brach ab, um dann zu sagen: »Ich schicke dir eine Nachricht.«

Nachdem er sein Schwert umgeschnallt hatte, küßte er sie noch einmal und machte sich auf den Weg.

Die Fährte seines Sohnes war leicht zu finden. Solanthus wurde seit einem Monat vom Frühlingsregen durchtränkt; der Boden war schlammig, und die Hufabdrücke waren tief und deutlich. Als einziger anderer Mensch war Sir William, der Caramons Brief gebracht hatte, in letzter Zeit diese Straße entlanggezogen, und der Ritter war in die entgegengesetzte Richtung, nach Solamnia, geritten, während der »Schwarze Schwan« an der Straße nach Süden, nach Qualinesti, lag.

Tanis legte kein hohes Tempo vor. Die Morgensonne stand hell am Himmel, und der Tau glitzerte im Gras. Es war eine klare Nacht gewesen.

»Der Ritt wird Gil gefallen«, sagte sich Tanis. Er erinnerte sich mit einem gewissen Schuldgefühl an einen anderen jungen Burschen und eine andere nächtliche Reise. »Ich hatte kein Pferd, als ich gegangen bin. Ich bin von Qualinesti nach Solace gelaufen, um Flint zu finden. Ich hatte kein Geld, keine Ahnung, und mir war alles egal. Ein Wunder, daß ich es lebend geschafft habe.«

Tanis lachte reumütig und schüttelte den Kopf. »Aber so abgerissen, wie ich aussah, hätte mich kein Räuber eines Blickes gewürdigt. Ich konnte es mir nicht leisten, im Gasthaus zu übernachten, dadurch entging ich Raufereien. Nachts wanderte ich unter den Sternen und hatte das Gefühl, ich könnte endlich tief durchatmen. Ach, Gil.«

Tanis seufzte. »Ich habe genau das getan, wovon ich mir hundertmal vorgenommen habe, es nicht zu tun. Ich habe dich eingesperrt und verhätschelt. Es waren seidene Ketten, aus Liebe geschmiedet, aber dennoch Ketten. Aber was hätte ich sonst tun sollen? Du bedeutest mir so viel, mein Sohn! Ich liebe dich so sehr. Wenn dir etwas zustoßen sollte ...«

»Halt, Tanis!« tadelte er sich streng. »Du machst dir nur unnötig Sorgen, und du weißt, was dabei herauskommen kann. Es ist ein schöner Tag. Gil genießt den Ritt sicherlich. Und heute abend werden wir reden, richtig reden. Das heißt, du wirst reden, mein Sohn. Ich höre zu. Versprochen.«

Tanis folgte weiter den Spuren des Pferdes. Er sah, wo Gil dem Tier die Zügel gelassen hatte, fand Spuren von einem wilden Galopp, in dem Pferd und Reiter vor Freiheit wie berauscht gewesen sein mußten. Aber dann hatte der junge Mann sein Pferd beruhigt und war in mäßigem Tempo weitergeritten, um das Tier nicht zu ermüden.

»Gut für dich, Junge«, sagte Tanis stolz.

Um sich abzulenken, begann er zu überlegen, was er Rashas vom *Thalas-Enthia* erzählen würde. Tanis kannte den Elfen gut. Rashas war fast genauso alt wie Porthios, genauso machtverliebt und genoß nichts mehr als politische Intrigen. Er war der jüngste Elf gewesen, der je im Senat gesessen hatte. Gerüchten zufolge hatte er seinen Vater so lange gedrängt, bis der ältere Elf schließlich dem Druck nachgegeben und seinen Platz seinem Sohn abgetreten hatte. Während des Kriegs der Lanze hatte Rashas Solostaran, der Stimme der Sonne, das Leben schwergemacht. Jetzt mußte Solostarans Nachfolger, Porthios, mit diesem Unruhestifter fertig werden.

Rashas vertrat unbelehrbar die Abschottung der Elfen vom Rest der Welt. Seiner Meinung nach war es richtig gewesen, daß der Königspriester von Istar Kopfgelder auf Zwerge und

Kender ausgesetzt hatte, und daraus machte er keinen Hehl. Rashas hätte allerdings gern eine Änderung gehabt: Er hätte am liebsten auch Menschen auf die Liste gesetzt.

Was die ganze Sache völlig undurchschaubar machte. Warum versuchte dieser schlaue, alte Fuchs, ausgerechnet Gilthas – der zu einem Viertel Mensch war – in seinen Bau zu locken?

»Auf jeden Fall«, murmelte Tanis in seinen Bart, »verschafft mir das die Gelegenheit, eine alte Rechnung mit dir zu begleichen, Rashas, alter Freund. Damals durfte ich dich nicht schlagen, aber, bei Paladin, heute hält mich keiner auf!«

Die angenehme Vorstellung, Rashas die Faust gegen das spitze Kinn zu schmettern, unterhielt Tanis den halben Vormittag. Er hatte keine Ahnung, was Rashas mit seinem Sohn vorhatte, aber er vermutete nichts Gutes.

»Warum habe ich Gil nichts von Rashas erzählt?« überlegte Tanis. »Zu dumm, daß ich ihm nie viel von meiner Kindheit in Qualinesti erzählt habe. Vielleicht war es ein Fehler, ihn von dort fernzuhalten. Wenn wir das nicht getan hätten, hätte er über Rashas und seinesgleichen Bescheid gewußt. Er wäre nicht auf eins der schlauen Komplotte des Senators hereingefallen. Aber ich wollte dich beschützen, Gil. Ich wollte dich nicht das erleiden lassen, was ich erlitten habe. Ich ...«

Tanis hielt sein Pferd an und wendete das Tier. »Verflucht sollen sie sein.« Er starrte auf die aufgeweichte Straße, während ihm die kalte Angst das Herz zusammenschnürte.

Um genauer sehen zu können, glitt er vom Pferd. Der Schlamm, der in der hellen Sonne nur langsam aushärtete, verriet die Geschichte nur allzu deutlich. Es gab nur eine Rasse auf ganz Krynn, die solche Spuren hinterließ: drei Vorderklauen, die sich tief in den Boden gruben, eine nach hinten gerichtete Klaue und die schlangenartig gewundene Spur eines Reptilienschwanzes.

»Drakonier ... vier Stück.«

Tanis untersuchte die Abdrücke. Als sein Pferd daran schnupperte, scheute es entsetzt.

Nachdem Tanis das Tier beruhigt hatte, hielt er dessen Kopf an die Fährte, bis es sich an den Geruch gewöhnt hatte. Dann stieg er wieder auf und folgte der Spur. Es konnte Zufall sein, sagte er zu sich. Die Drakonier reisten vielleicht einfach nur in die gleiche Richtung wie Gil.

Aber eine Meile weiter war Tanis überzeugt, daß die Ungeheuer hinter seinem Sohn her waren.

Denn Gil hatte sein Pferd vom Pfad weggelenkt und über eine Böschung an einen kleinen Fluß geführt. Hier hatten auch die Drakonier den Pfad verlassen. Sie waren den Hufspuren des Pferdes ganz bis zum Fluß, am Ufer entlang und wieder zurück zur Straße gefolgt.

Außerdem hatten sich die Drakonier offensichtlich bemüht, nicht gesehen zu werden. Häufig verließen die klauenbewehrten Fußspuren den Pfad und verschwanden im Unterholz.

Auf diesem Weg war nicht besonders viel los, außer Bauern benutzte ihn hin und wieder nur der eine oder andere wagemutige Ritter. Wenn die Drakonier gewöhnliche Räuber gewesen wären, die in dieser Gegend hausten, hätten sie nicht gezögert, einen einzelnen Bauern anzugreifen und ihm Pferd und Wagen abzunehmen. Diese Drakonier versteckten sich jedoch vor allen, die die Straße entlangkamen; sie hatten scheinbar ein anderes Vorhaben.

Aber in welcher Verbindung konnten die Drakonier zu Rashas stehen? Der Elf hatte gewiß seine Fehler, aber er verschwor sich doch nicht mit den Wesen der Finsternis.

Verwirrt und besorgt spornte Tanis sein Pferd an. Die Spuren waren ein paar Stunden alt, aber es war nicht mehr weit bis zum »Schwarzen Schwan«. Das Gasthaus lag in dem gar nicht so kleinen Ort Schönfelde. Die Drakonier würden sich nicht in eine bewohnte Gegend vorwagen. Was sie auch planten, sie würden zuschlagen müssen, bevor Gil das Gasthaus erreichte.

Tanis konnte also nur viel zu spät kommen.

In mittlerem Trab ritt er den Weg entlang, wobei er ein Auge auf die Spuren hatte – sowohl auf die Klauenabdrücke als auch auf die von Gils Pferd. Der junge Mann hatte offensichtlich keine Ahnung, daß er verfolgt wurde. Er ritt gemächlich dahin, genoß die Gegend und seine jüngst errungene Freiheit. Die Drakonier wichen nicht von seiner Fährte ab.

Und dann wußte Tanis, wo sie zuschlagen würden.

Ein paar Meilen vor Schönfelde zog sich die Straße durch einen Wald. Eichen und Walnußbäume wuchsen dort dicht an dicht, reckten ihre ineinander verschlungenen Arme über den Weg, sperrten das Sonnenlicht aus und tauchten die Straße in tiefen Schatten. In den Tagen nach der Umwälzung war der Wald angeblich ein Schlupfwinkel von Räubern gewesen, und bis heute nannte man ihn den Diebesforst. Überall in den Hügeln gab es Höhlen, in denen Männer sich verstecken und ihre Beute teilen konnten. Es war der geeignetste Platz für einen Hinterhalt.

Tanis wurde schlecht vor Angst, er gab das Fährtenlesen auf und trieb sein Pferd zum Galopp. Fast hätte er einen überraschten Bauern umgeritten, der ihn anbrüllte, was denn los wäre. Tanis verschwendete keine Zeit auf eine Antwort. Der Wald war in Sicht – ein langes, dunkelgrünes Band an der Straße vor ihm.

Das Laub der Bäume schloß sich über ihm, und im Handumdrehen wurde es dämmrig und deutlich kühler. Hier und da drangen ein paar Sonnenstrahlen durch die überhängenden Äste. Im Vergleich zu der Finsternis um ihn herum war das Licht fast blendend hell. Aber bald war es selbst mit diesen wenigen Sonnenstrahlen vorbei. Die Bäume rückten enger zusammen.

Tanis zügelte sein Pferd. Obwohl er wegen der Zeitverschwendung mit sich haderte, durfte er nicht übersehen, was ihm der Boden zu erzählen hatte.

Viel zu bald schon las er das Ende der Geschichte.

Er hätte es nicht übersehen können, egal wie schnell er ritt. Der Schlamm auf der Straße war so durchgewühlt, daß Tanis beim besten Willen nicht erkennen konnte, was sich wirklich zugetragen hatte. Die Hufspuren waren von den Drakonierklauen unkenntlich gemacht worden. Hier und da glaubte er, den Abdruck eines schlanken Elfenfußes erkennen zu können. Dazu kamen diese Klauenabdrücke, die ihm irgendwie bekannt vorkamen, doch er konnte sie nicht gleich einordnen.

Er stieg ab und suchte die Stelle ab, wobei er sich zu Geduld zwang, um auch ja nichts zu übersehen. Was er entdeckte, konnte ihn nicht trösten, sondern verstärkte nur seine Ängste. Hinter dem aufgewühlten Schlamm führten keine weiteren Spuren die Straße hinunter.

Gil war bis hierher gekommen und nicht weiter.

Aber was, bei allem, was heilig war, war ihm zugestoßen?

Tanis ging wieder zurück und setzte seine Suche am Waldrand fort. Die Hufspuren wurden von Klauenabdrücken der Drakonier begleitet.

Tanis fluchte wütend. Nachdem er zu seinem eigenen Pferd zurückgekehrt war, band er das Tier am Wegrand fest, um dann seinen Langbogen und den Köcher mit Pfeilen vom Sattel zu nehmen. Er hängte sich den Bogen um die Schulter und den Köcher auf den Rücken. Mit griffbereitem Schwert betrat er den Wald.

Alle alten Erfahrungen im Jagen und Fährtenlesen waren wieder da. Er segnete die Vorsicht – oder war es die Vision von Burg Sturmfeste gewesen? –, die ihn veranlaßt hatte, seine weichen Lederstiefel anzuziehen und Pfeil und Bogen mitzunehmen, die er in den jetzigen Friedenszeiten selten dabei hatte. Sein Blick wanderte über den Boden. Lautlos schlüpfte er durch die Bäume und durchs Unterholz und gab acht, daß kein Ast knackte und kein Zweig beim Vorbeigehen raschelte.

Der Wald wurde dichter. Weitab von der Straße verfolgte er vier Drakonier, und zwar allein. Nicht besonders klug.

Er lief weiter. Sie hatten seinen Sohn.

Kehlige Stimmen, die in einer Sprache redeten, welche ihm eine Gänsehaut verursachte und ungute Erinnerungen weckte, ließen Tanis sein Tempo drosseln. Mit angehaltenem Atem kroch er weiter von einem Stamm zum anderen, um seiner Beute näher zu kommen.

Und da waren sie, oder zumindest drei von ihnen. Sie standen vor einer Höhle und unterhielten sich in ihrer scheußlichen Sprache. Und da war das Pferd, Gils Pferd, mit seinem schönen Lederzaumzeug und den Seidenbändern in der Mähne. Das Tier bebte vor Furcht. Es war offenbar geschlagen worden. Es war kein ausgebildetes Schlachtroß, aber anscheinend hatte es sich gegen seine Häscher zur Wehr gesetzt. Einer der Drakonier verwünschte das Tier und zeigte auf eine blutige Schramme auf seinem schuppigen Arm.

Aber keine Spur von Gil. Wahrscheinlich war er mit dem vierten Drakonier in der Höhle. Aber weshalb? Was für schreckliche Dinge taten sie ihm an?

Was hatten sie getan?

Allerdings konnte Tanis auf dem Boden nur grünes Blut sehen, was ihn zunächst einmal tröstete.

Er wählte sein Ziel – den Drakonier, der ihm am nächsten war. Leiser als der Wind hob Tanis seinen Bogen, legte einen Pfeil auf, nahm den Bogen an die Wange und spannte die Sehne. Der Pfeil traf den Drakonier in den Rücken, zwischen die Flügel. Das Wesen gab ein schmerzerfülltes, erstauntes Gurgeln von sich und kippte dann tot vornüber. Der Körper wurde zu Stein; der Pfeil steckte fest. Greif nie einen Baaz mit dem Schwert an, wenn es auch anders geht.

Sofort hatte Tanis einen zweiten Pfeil aufgelegt. Der zweite Drakonier drehte sich mit gezogenem Schwert zu ihm um. Tanis schoß. Der Pfeil traf den Drakonier in die Brust. Der Kerl ließ das Schwert fallen, faßte mit seinen Klauenhänden an den Pfeil und fiel dann ebenfalls zu Boden.

»Keine Bewegung!« befahl Tanis herrisch in Gemeinsprache, die diese Wesen, wie er wußte, verstanden.

Der dritte Drakonier erstarrte. Er hatte das Schwert halb gezogen, und seine hervorstehenden Augen schossen wild hin und her.

»Auf meinem Pfeil steht dein verruchter Name«, fuhr Tanis fort. »Er ist genau auf das gerichtet, was ihr Gezücht euer Herz nennt. Wo ist der Junge, den ihr da unten gefangengenommen habt? Was habt ihr mit ihm gemacht? Du hast zehn Sekunden Zeit, es mir zu sagen, sonst teilst du das Schicksal deiner Kameraden.«

Der Drakonier sagte etwas in seiner eigenen Sprache.

»Komm mir nicht damit«, knurrte ihn Tanis mit funkelnden Augen an. »Du sprichst die Gemeinsprache wahrscheinlich besser als ich. Wo ist der Junge? Die zehn Sekunden sind fast um. Wenn du –«

»Tanis, mein Freund! Wie schön, dich wiederzusehen«, erklang eine Stimme. »Es ist so lange her.«

Ein großer, gutaussehender Elf mit braunen Haaren, braunen Augen und schwarzen Roben trat aus der Höhle.

Tanis gab sich Mühe, den Bogen erhoben zu lassen, obwohl seine Hände zitterten, seine Finger schweißnaß waren und die Angst ihn verzehrte.

»Wo ist mein Sohn, Dalamar?« schrie Tanis heiser. »Was habt ihr mit ihm gemacht?«

»Leg den Bogen weg, mein Freund«, sprach Dalamar freundlich. »Wir wollen doch nicht, daß sie dich töten. Oder ich.«

Die Tränen der Wut, der Angst und der Hilflosigkeit schossen Tanis in die Augen und machten ihn blind, doch er hielt den Bogen fest und wollte seinen Pfeil abschießen, egal wen er traf.

Klauenfinger gruben sich in seinen Rücken und warfen ihn zu Boden. Etwas Schweres traf ihn. Tanis' Kopf barst vor Schmerz, und obwohl er dagegen ankämpfte, schloß sich die Finsternis um ihn.

Kapitel 5

Gil ritt durch einen besonders düsteren Teil des Waldes, der ihm wie der perfekte Ort für einen Hinterhalt erschien, als ein Greif durch eine Öffnung in den Bäumen heruntersegelte und direkt vor dem jungen Mann auf der Straße landete.

Gil hatte noch nie eines dieser wundersamen Tiere gesehen, die nur mit den Elfen und mit keiner anderen Rasse auf Krynn befreundet waren. Der Anblick erschreckte und überraschte ihn gleichermaßen. Das Tier hatte Kopf und Flügel eines Adlers, doch sein Hinterteil war das eines Löwen. Seine Augen waren voller Wildheit, und sein grausam scharfer Schnabel konnte – wie es hieß, selbst Drachenschuppen durchstoßen.

Sein Pferd scheute, denn Pferdefleisch gehört zu den Leibspeisen der Greife. Das Tier wieherte und bäumte sich voller Panik auf, wobei es fast seinen Reiter abgeworfen hätte. Gil war ein geübter Reiter, da dieser Sport seiner Gesundheit zuträglich sein sollte, und daher konnte er das Pferd sofort zügeln und es mit beruhigendem Tätscheln und leisen Worten besänftigen.

Der Greifreiter, ein älterer Elf in prächtigen Kleidern, sah voller Anerkennung zu. Als Gil sein Pferd wieder unter Kontrolle hatte, stieg der Elf ab und kam herüber. Ein weiterer Elf – einer der komischsten Elfen, die Gilthas je gesehen hatte – blieb zurück. Der merkwürdige Elf hatte praktisch nichts an, doch sein fast nackter, muskulöser Körper war mit phantastischen, bunten Mustern bemalt.

Der ältere Elf stellte sich vor.

»Ich bin Rashas vom *Thalas-Enthia*. Und Ihr werdet wohl Prinz Gilthas sein. Glück auf, Enkel von Solostaran. Glück auf.«

Gil saß ab und sagte die höflichen Worte, die man ihm beigebracht hatte. Die beiden tauschten den förmlichen Begrüßungskuß aus und setzten das Vorstellungsritual fort. Währenddessen sah sich der Greif um, und sein glutäugiger Blick durchdrang die Schatten des Waldes. Schließlich schien er etwas entdeckt zu haben, er knirschte mit dem Schnabel, seine Klauen gruben sich in den Boden, und sein Löwenschwanz peitschte vor Abscheu auf und ab.

Der Elf, der Rashas begleitete, sprach ein paar Worte zu dem Greif, der den Kopf senkte und die Flügel anlegte, um sich – irgendwie verstimmt – zurückzuhalten.

Gil starrte den Greif an, während er sich bemühte, sein Pferd zu beruhigen. Gleichzeitig warf er verstohlene Blicke auf den bemalten Elfendiener und versuchte auch noch, dem Senator die richtigen, höflichen Antworten zu geben. Natürlich mußte er dabei durcheinanderkommen.

Rashas bemerkte die Schwierigkeiten des jungen Mannes. »Bitte entschuldigt, wenn ich Euer Pferd erschreckt habe. Das war gedankenlos von mir. Ich hätte bedenken müssen, daß Euer Pferd unsere Greife nicht gewöhnt ist. Die Pferde von Qualinesti werden darauf abgerichtet, sie um sich zu dulden, wißt Ihr. Ich bin gar nicht darauf gekommen, daß das bei den Pferden von Tanis, dem Halbelfen, nicht so sein könnte.«

Gil war beschämt. Greife und Elfen waren alte Freunde. Er kannte sich mit diesen hinreißenden Tieren nicht aus, und das schien für ihn gleichbedeutend damit zu sein, seine eigene Rasse nicht zu kennen. Er wollte eine Entschuldigung für seinen Vater stammeln, doch zu seiner eigenen Überraschung sagte er etwas ganz anderes.

»Greife kommen uns oft besuchen«, sagte Gil stolz. »Meine Eltern tauschen jedes Jahr Geschenke mit ihnen. Das Pferd meines Vaters ist gut dressiert. Mein Pferd ist noch jung –«

Rashas unterbrach ihn höflich.

»Glaubt mir, Prinz Gilthas, ich verstehe vollkommen«, sagte er ernsthaft, doch das kühle Mitleid in seinem Blick ließ dem jungen Mann heißes Blut ins Gesicht schießen.

»Glaubt mir, Sir«, setzte Gil an, »ich fürchte, Ihr mißversteht –«

Rashas fuhr fort, als hätte er nichts gehört. »Ich dachte, es wäre für Euch vielleicht erfreulich und aufschlußreich, Euren ersten Blick auf Qualinesti aus der Luft werfen zu können, Prinz Gilthas. Deshalb bin ich losgeflogen, um Euch zu treffen. Ich wäre sehr geehrt, wenn Ihr mit mir zurückreiten würdet. Keine Sorge, der Greif kann leicht uns beide tragen.«

Gil vergaß seinen Zorn über die Beleidigung. Er starrte das wundersame Tier ehrfürchtig und verlangend an. Fliegen! Anscheinend wurden alle seine Träume auf einmal wahr! Aber sein Entzücken verpuffte rasch. Sein erster Gedanke mußte seinem Pferd gelten.

»Vielen Dank für Euer freundliches Angebot, Senator –«

»Nennt mich Rashas, mein Prinz«, unterbrach der Elf.

Gil verbeugte sich, um das Kompliment zu würdigen. »Ich kann mein Pferd leider nicht allein zurücklassen.« Er klopfte dem Tier den Hals. »Ich hoffe, Ihr nehmt mir das nicht übel.«

Im Gegenteil, Rashas wirkte erfreut. »Aber ganz und gar nicht, mein Prinz. Ich bin froh, daß Ihr Eure Pflichten ernst nehmt. Heutzutage tun das nur noch wenige junge Leute. Aber Ihr braucht nicht auf den Flug zu verzichten. Mein Diener, dieser Kagonesti«, Rashas machte eine vage Handbewegung zu dem komischen Elfen, »wird das Pferd zu Eurem Vater zurückbringen.«

Kagonesti! Jetzt begriff Gil. Das war einer von den berühmten Wildelfen, die in Legenden und Liedern besungen wurden. Er hatte noch nie einen zu Gesicht bekommen.

Der Kagonesti verbeugte sich und gab damit schweigend zu verstehen, welche Freude ihm das bereiten würde. Gil nickte verlegen, weil er sich weiterhin fragte, was er tun sollte.

»Ich sehe, Ihr zögert. Ist Euch nicht wohl? Wie ich hörte, steht es um Eure Gesundheit nicht zum besten. Vielleicht solltet Ihr lieber umkehren«, sagte Rashas fürsorglich. »Der anstrengende Flug könnte Euch schaden.«

Diese Bemerkung entschied natürlich alles.

Mit glühendem Gesicht sagte Gil, es wäre ihm ein Vergnügen, Senator Rashas und den Greif zu begleiten.

Sein Pferd überließ Gil ohne einen weiteren Gedanken dem Kagonesti. Erst als er sicher auf dem Greif saß, begann der junge Mann, sich zu wundern, woher der Senator gewußt hatte, daß Gil nach Qualinesti wollte. Und woher hatte Rashas gewußt, wo er ihn finden würde?

Gil lag die Frage schon auf der Zunge, doch er empfand eine gewisse Scheu vor dem älteren Elfen mit seiner eleganten, würdevollen Art. Laurana hatte ihren Sohn gut erzogen. Sie hatte ihm beigebracht, diplomatisch zu sein. Eine solche Frage wäre unhöflich gewesen, denn sie hätte bedeutet, daß Gil dem Elfen nicht traute. Zweifellos gab es eine logische Erklärung.

Gil setzte sich zurecht; erst einmal wollte er den Ritt durch die Lüfte genießen.

Kapitel 6

Sein ganzes Leben würde Gil diesen ersten Blick auf die berühmte Elfenstadt Qualinost nicht vergessen. Zum ersten Mal sah er sie, und dennoch war es dem jungen Elfen ein vertrauter Anblick.

Rashas drehte sich um, damit er die Reaktion des Jungen sehen konnte. Er sah, wie Gil die Tränen über die Wangen liefen. Der Senator nickte beifällig. Er hinderte Gil sogar daran, die Tränen abzuwischen.

»Diese Schönheit erfüllt das Herz bis zum Bersten. Das Gefühl muß aus Euch heraus. Laßt die Tränen laufen. Sie sind keine Schande, mein Prinz, sondern gereichen Euch zur Ehre. Es ist nur natürlich, daß Ihr weint, wenn Ihr zum ersten Mal Eure *wahre* Heimat seht.«

Gil bemerkte durchaus, welchen Nachdruck der Senator auf das Wort »wahr« legte, und konnte ihm nur zustimmen. Ja, hier gehöre ich hin! Jetzt weiß ich es. Ich habe es schon immer gewußt. Denn ich sehe Qualinost nicht zum ersten Mal. Ich habe es oft im Traum gesehen.

Vier spitz zulaufende Türme aus weißem Stein, der mit schimmerndem Silber marmoriert war, erhoben sich über die Spitzen der Espen, die überall in der Stadt wuchsen. Ein noch höherer Turm aus Gold, das im Sonnenlicht glänzte, stand in der Mitte der Stadt, umgeben von anderen Gebäuden aus glitzerndem Rosenquarz. Stille Straßen wanden sich wie Seidenbänder durch die Espenhaine und die Gärten mit wilden Blumen. Ein Gefühl von Frieden erfüllte Gilthas' Seele – Frieden und Zugehörigkeit.

Wahrlich, er war zu Hause angekommen.

Der Greif landete im Innenhof eines Hauses aus Rosenquarz, das mit grüner Jade verziert war. Das Haus selbst erschien zart und zerbrechlich, doch Rashas verkündete stolz, es hätte selbst Erdbeben und Stürmen der Umwälzung widerstanden. Gil starrte die Türme an, die Gitterfenster, die kannelierten Säulen und schlanken Bögen, und verglich das alles insgeheim mit dem Landhaus seiner Eltern. Das Haus, welches Laurana »Ende der Reise« getauft hatte, war rechteckig, hatte scharfe Winkel, Giebelfenster und ein hohes Schrägdach. Verglichen mit den harmonischen, anmutigen Elfenhäusern erschien dieses Haus Gilthas jetzt klobig, fest und häßlich. Er fand es ... menschlich.

Rashas bedankte sich höflich bei dem Greif für seine Dienste, überreichte ihm ein paar schöne Geschenke und verabschiedete sich von ihm. Dann führte er Gilthas ins Haus. Von innen war es noch hübscher als von außen. Elfen lieben frische Luft; es heißt, ihre Häuser seien mehr Fenster als Wand. Sonnenlicht strömte durch die Gitter und formte Muster auf dem Boden, Muster, die lebendig wirkten, weil sie sich mit der Bewegung der Sonne und der Wolken ständig veränderten. Im Haus wuchsen Blumen, und aus dem Boden entsprossen lebende Bäume. Vögel schwirrten frei ein und aus und erfüllten das Haus mit Musik. Schlaflieder, die das leise plätschernde Wasser kleiner Springbrunnen im Haus raunte, setzten einen weichen Kontrapunkt gegen das Vogelgezwitscher.

Mehrere Kagonesti-Elfen – groß und muskulös und mit komischen Zeichen auf der Haut – begrüßten Rashas mit Verbeugungen und jeder erdenklichen Ehrerbietung.

»Das sind meine Wildelfen«, sagte Rashas erklärend zu Gil. »Früher waren sie Sklaven. Jetzt – infolge der neuen Erlasse – muß ich sie für ihre Dienste bezahlen.«

Gil war sich nicht sicher, aber er hatte den unangenehmen Eindruck, als ob Rashas bei diesen Worten ziemlich pikiert klang. Der ältere Elf sah ihn an und lächelte, woraus Gil schloß, daß der Senator gescherzt hatte. Niemand konnte heutzutage mehr ernsthaft ein Verfechter der Sklaverei sein.

»Heute leben nur noch ich und meine Diener hier«, fuhr Rashas fort. Ich bin Witwer. Meine Frau starb während des Krieges. Mein Sohn kam in der Schlacht um. Er gehörte den Armeen von Weißstein an, jenen Armeen, die deine Mutter anführte, Gilthas.« Rashas schenkte dem jungen Mann einen undurchschaubaren Blick. »Meine Tochter ist verheiratet und hat eine eigene Familie. Die meiste Zeit bin ich allein.

Aber heute habe ich Gesellschaft, denn ein Ehrengast wohnt bei mir. Ich hoffe, mein Prinz, Ihr werdet mein Haus ebenfalls als das Eure betrachten. Und Ihr werdet doch mein Heim mit Eurer Gegenwart ehren?« Der Senator schien eifrig darauf zu warten, daß Gilthas ja sagte.

»Ich bin derjenige, der geehrt wäre, Senator«, sagte Gil, der vor Freude rot wurde. »Ihr seid zu gut zu mir.«

»Ich zeige Euch gleich Euer Zimmer. Die Diener bereiten es gerade vor. Die Dame, die mein Gast ist, ist ganz darauf versessen, Euch kennenzulernen. Es wäre unhöflich, wenn wir sie warten ließen. Sie hat schon viel von Euch gehört. Ich glaube, sie ist eine enge Freundin Eurer Mutter.«

Gil stand vor einem Rätsel. Seit ihrer Heirat hatte seine Mutter nicht mehr viele Freunde unter den Elfen. Vielleicht war diese Person eine Jugendfreundin seiner Mutter.

Rashas führte ihn drei anmutig geschwungene Treppen nach oben. Dort öffnete sich eine Tür in einen geräumigen Gang. An diesem Gang befanden sich drei Türen, eine am hinteren Ende und zwei an jeder Seite. Vor der hinteren Tür standen zwei der Kagonesti-Diener. Sie verbeugten sich vor Rashas. Auf ein Zeichen von ihm klopfte einer der Wildelfen respektvoll an die Tür.

»Herein«, sagte eine leise, melodiöse Frauenstimme, die ruhig, aber gebieterisch klang.

Gil trat zurück, um Rashas eintreten zu lassen, doch der Senator verbeugte sich und wies hinein. »Mein Prinz.«

Als Gil eintrat, war ihm das etwas peinlich, aber er fühlte sich auch geschmeichelt. Rashas folgte ihm. Die Diener schlossen die Tür.

Die Frau stand mit dem Rücken zu ihnen am Fenster. Der achteckige Raum war ein kleines Arboretum. In der Mitte wuchsen Bäume, deren Zweige sorgfältig gezogen worden waren, bis sie eine lebende, grüne Decke bildeten. In den Wänden gab es hohe, schmale Fenster. Diese Fenster waren nicht geöffnet, fiel Gil auf. Alle waren geschlossen und mit Seide verhängt. Er nahm an, die Bewohnerin des Zimmers mochte keine frische Luft.

Zwei Türen – auf jeder Seite des Zimmers eine – führten aus diesem Hauptraum in private Gemächer. Die Einrichtung, ein Sofa, ein Tisch und mehrere Stühle, war bequem und elegant.

»Herrin«, sagte Rashas respektvoll, »Ihr habt Besuch.«

Die Frau blieb noch einen Moment mit dem Rücken zu ihnen stehen. Sie straffte die Schultern, als ob sie sich innerlich wappnete. Dann drehte sie sich langsam um.

Gil stockte der Atem. Nie hatte er so etwas gesehen, nie hatte er geahnt, daß es so viel Schönheit geben konnte und daß sie in einem einzigen lebenden Wesen verkörpert sein konnte. Das Haar der Frau war schwarz wie der Himmel um Mitternacht, ihre Augen zeigten das tiefe Violett des Amethyst. Sie war anmutig, lieblich, ätherisch, unfaßbar und von einem Leid umgeben, das wie das Leid der Götter war.

Wenn Rashas die Frau als Mishakal vorgestellt hätte, die sanfte Göttin der Heilkunst, wäre Gil nicht im mindesten überrascht gewesen. Er verspürte einen starken Drang, anbetungsvoll und ehrfürchtig vor ihr auf die Knie zu fallen.

Aber die Frau war keine Göttin.

»Mein Prinz, darf ich Euch Alhana Sternenwind –« setzte Rashas an.

»Königin Alhana Sternenwind«, stellte sie leise und hochmütig richtig. Mit erhobenem Haupt und irgendwie trotzig stand sie da.

»Königin Alhana Sternenwind«, fügte Rashas mit einem Lächeln hinzu, als würde er die Launen eines Kindes dulden. »Bitte erlaubt mir, Euch Gilthas vorzustellen, Sohn von Lauralanthalasa aus dem Hause Solostaran … und ihrem Mann, Tanthalas, dem Halbelfen.« Die letzten Worte ergänzte Rashas fast wie einen Nachsatz.

Gil hörte die deutliche Pause in Rashas' Worten, eine Pause, die seinen Vater klar von seiner Mutter trennte. Der Junge fühlte, wie seine Haut vor Scham und Verlegenheit glühte. Er brachte es nicht fertig, diese stolze, hochnäsige Frau anzusehen, die ihn sicher bemitleidete und verachtete. Sie sprach auch nicht zu ihm, sondern zu Rashas. Gil war so durcheinander, daß er zunächst nicht mitbekam, was sie sagte. Als er es aufnehmen konnte, hob er den Kopf und starrte sie in freudigem Erstaunen an.

»… Tanis, der Halbelf, ist einer der großen Männer unserer Zeit. Er ist in ganz Ansalon bekannt und wird überall geehrt. Man hat ihm die höchsten Auszeichnungen verliehen, die jede Nation zu bieten hat, einschließlich der Elfennationen, Senator. Die stolzen Ritter von Solamnia verneigen sich respektvoll vor ihm. Die Ehrwürdige Tochter Crysania im Tempel des Paladin in Palanthas betrachtet ihn als Freund. Der Zwergenkönig von Thorbardin nennt Tanis, den Halbelfen, Bruder –«

Rashas hustete. »Ja, Eure Majestät«, sagte er trocken. »Soweit ich weiß, hat der Halbelf auch Freunde bei den Kendern.«

»Ja, das hat er«, gab Alhana kalt zurück. »Und er schätzt sich glücklich, ihre unschuldige Achtung gewonnen zu haben.«

»Über Geschmack wollen wir nicht streiten«, sagte Rashas mit verächtlich verzogenem Mund.

Alhana antwortete nicht. Sie sah Gil an und runzelte die Stirn, als wäre ihr ein unangenehmer Gedanke gekommen.

Gil verstand gar nichts. Er war zu benommen, zu erschüttert. Ein solch überschwengliches Loblied auf seinen Vater zu hören, ein Loblied von der Königin von Qualinesti und Silvanesti. Sein Vater – einer der großen Männer unserer Zeit ... stolze Ritter verneigen sich vor ihm ... Zwergenkönig nennt ihn Bruder ... die höchsten Auszeichnungen aller Nationen ...

Gil hatte das nicht gewußt. Hatte nichts davon gewußt.

Plötzlich merkte er, wie sich Totenstille über den Raum gesenkt hatte. Er fühlte sich äußerst unwohl und wünschte, jemand würde etwas sagen. Doch dann erschrak er.

»Vielleicht ich!« sagte er sich entsetzt, während er versuchte, sich die Lektionen seiner Mutter über die Unterhaltung mit Fürsten ins Gedächtnis zu rufen. »Vielleicht wird erwartet, daß ich etwas sage.«

Alhana musterte ihn durchdringend. Während ihre hinreißenden Augen auf ihm lagen, brachte er kein vernünftiges Wort mehr heraus. Gil versuchte es zwar, doch er hatte keine Stimme mehr. Er blickte vom Senator zur Königin, und da wurde ihm klar, hier stimmte etwas nicht.

Kein Sonnenlicht durfte in diesen Raum dringen. Die Vorhänge waren vor die Fenster gezogen. Hatten die Schatten zuerst kühlend und friedlich gewirkt, so erschienen sie ihm jetzt unheilvoll und beängstigend wie jene Dunstglocke, die sich über das Land senkt, bevor ein furchtbarer Sturm losbricht. Selbst die Luft war gefährlich mit Blitzen aufgeladen.

Alhana brach das Schweigen. Das Violett ihrer Augen wurde so dunkel, daß es fast schwarz wirkte.

»Also das ist Euer Plan«, sagte sie zu Rashas. Sie sprach Qualinesti mit leichtem Akzent, wie das die Silvanesti gewöhnlich taten.

»Nicht schlecht, oder?« antwortete Rashas. Er war gelassen und ließ sich durch ihren Zorn nicht aus der Ruhe bringen.

»Er ist doch noch ein Kind!« rief Alhana gedämpft.

»Er wird angeleitet werden, denn er bekommt einen weisen Ratgeber zur Seite«, erwiderte Rashas.

»Euch natürlich«, sagte sie schneidend.

»Der *Thalas-Enthia* wählt den Regenten. Ich werde natürlich sehr gern meine Dienste anbieten.«

»Der *Thalas-Enthia!* Diese Bande von Greisen frißt Euch doch aus der Hand!«

Gil fühlte, wie sich der Knoten in seinem Magen zusammenzog und das Blut schmerzhaft in seiner Schläfe zu pochen begann. Wieder einmal redeten Erwachsene einfach über seinen Kopf hinweg. Er hätte genausogut einer dieser Bäume sein können, die aus dem Boden wuchsen.

»Er weiß nichts davon, nicht wahr?« fragte Alhana. Sie blickte Gil jetzt voller Mitleid an.

»Ich glaube, er weiß vielleicht mehr, als er preisgibt«, sagte Rashas mit verschlagenem Lächeln. »Er ist aus freien Stücken gekommen. Er wäre nicht hier, wenn er es nicht wollte. Und nun, Eure Majestät«, in dieser Ehrenbezeugung schwang feiner Sarkasmus mit, »wenn Ihr und Prinz Gilthas mich entschuldigen würdet, ich habe dringende Geschäfte zu erledigen. Für die morgige Zeremonie sind noch viele Vorbereitungen zu treffen.«

Der Senator verbeugte sich, machte kehrt und ging hinaus. Gleich nach seinem Verschwinden machten die Diener die Tür wieder zu.

»Was soll ich wollen?« Gil war jetzt verwundert und ebenfalls verärgert. »Wovon redet er? Ich verstehe nicht ...«

»Wirklich nicht?« fragte sie ihn.

Ehe er antworten konnte, drehte sich Alhana um. Ihr Körper versteifte sich, und sie hatte beide Fäuste so heftig geballt, daß sich die Nägel ins Fleisch gruben.

Weil er sich vorkam wie ein Kind, das im Kinderzimmer eingesperrt ist, während die Erwachsenen unten im Wohnzimmer feiern, lief Gil zur Tür und riß sie auf.

Zwei große, starke Kagonesti-Elfen bauten sich vor der Tür auf. Jeder hielt einen Speer in der Hand.

Gil wollte sich zwischen ihnen hindurchschieben.

Die Elfen rührten sich nicht.

»Verzeihung, vielleicht versteht ihr mich nicht. Ich gehe jetzt«, sagte Gil höflich, aber mit Festigkeit, um ihnen zu zeigen, daß er es ernst meinte.

Er machte einen Schritt. Die beiden sagten kein Wort. Sie kreuzten die Speere vor der Tür – vor ihm.

Rashas verschwand gerade die Treppe hinunter.

»Senator!« rief Gilthas, der sich zu beherrschen versuchte. Die Furcht begann, seine Wut zu entfachen. »Es gibt hier ein Mißverständnis. Eure Diener wollen mich nicht rauslassen!«

Rashas blieb stehen und sah sich um. »So lautet ihr Befehl, mein Prinz. Ihr werdet das Gemach, welches Ihr mit Ihrer Majestät teilt, ganz annehmbar finden; ehrlich gesagt, es sind die besten Räume des Hauses. Die Wildelfen werden Euch mit allem versorgen, was Ihr wünscht. Ihr müßt nur fragen.«

»Ich möchte gehen«, sagte Gilthas ruhig.

»So bald?« Rashas lächelte entgegenkommend. »Das kann ich nicht zulassen. Ihr seid doch gerade erst angekommen. Ruht Euch aus, entspannt Euch. Schaut aus dem Fenster und genießt den Ausblick. Und übrigens«, fügte der Senator hinzu, während er weiter die Treppe hinunterging, »ich bin wirklich froh, daß Ihr Qualinesti so schön findet, Prinz Gilthas. Ihr werdet nämlich sehr, sehr lange hier bleiben.«

Kapitel 7

»Dalamar!« Tanis hämmerte an die verriegelte Tür. »Dalamar, verdammt, ich weiß, daß du da draußen bist! Ich weiß, daß du mich hören kannst! Ich will mit dir reden! Ich –«

»Oh, mein Freund«, erklang eine Stimme praktisch in seinem Ohr. »Ich bin froh, daß du endlich wieder bei Bewußtsein bist.«

Bei diesen unerwarteten Worten wäre Tanis fast durch die Mauer gesprungen. Als sein Herz endlich nicht mehr raste, drehte er sich zu dem Dunkelelfen um, der in der Mitte des Raums stand. Ein leises Lächeln umspielte seine dünnen Lippen.

»Und hör auf zu schreien. Du störst meinen Unterricht. Meine Schüler können sich nicht auf ihre Sprüche konzentrieren.«

»Zur Hölle mit deinen Schülern! Wo ist mein Junge?« brüllte Tanis.

»In Sicherheit«, erwiderte Dalamar. »Erst –«

Tanis verlor die Beherrschung. Ohne an die Folgen zu denken, sprang er Dalamar an und wollte den Dunkelelfen an der Kehle packen.

Ein blauer Blitz zuckte knisternd durch den Raum. Tanis wurde zurückgeworfen. Er knallte schmerzhaft gegen die Holztür. Der Schreck des Zaubers lähmte ihn. Seine Glieder zitterten, sein Kopf dröhnte. Er mußte sich erst wieder fassen, bevor er – aus lauter Verzweiflung angesichts seiner Hilflosigkeit – wieder auf Dalamar losgehen wollte.

»Hör auf, Tanis«, sagte der Dunkelelf streng. »Du führst dich auf wie ein Esel. Sieh den Tatsachen ins Auge. Du sitzt im Turm der Erzmagier gefangen – in meinem Turm. Du hast keine Waffen; und selbst wenn du eine Waffe hättest, könntest du mir nichts tun.«

»Gib mir mein Schwert«, sagte Tanis, der tief durchatmete. »Dann werden wir ja sehen.«

Dalamar hätte fast gelacht, tat es aber nicht. »Komm schon, mein Freund. Ich habe dir doch gesagt, dein Sohn ist in Sicherheit. Wie lange das so bleibt, hängt von dir ab.«

»Ist das eine Drohung?« wollte Tanis grimmig wissen.

»Drohungen sind für die Ängstlichen. Ich stelle einfach die Tatsachen fest. Komm, komm, mein Freund! Was ist aus deiner berühmten Logik geworden, deinem legendären, gesunden Menschenverstand? Alles aus dem Fenster geflogen, als der Storch hereingeflattert kam?«[3]

»Er ist mein Sohn. Diese Drakonier – ich hatte Angst –« Tanis gab es auf. »Wie solltest du das verstehen können? Du bist nie Vater geworden.«

»Wenn man dadurch zu einem hirnlosen Idioten wird, dann werde ich gewiß darauf achten, daß mir so etwas auch in Zukunft nicht widerfährt. Bitte, setz dich. Laß uns wie vernünftige Männer darüber reden.«

Zornig marschierte Tanis zu einem bequemen Sessel, der neben dem willkommenen Feuer stand. Selbst an einem warmen Frühlingstag war es im Turm der Erzmagier kalt und dunkel. Der Raum, in dem er eingesperrt war, war mit jedem erdenklichen Luxus ausgestattet. Man hatte Tanis auch zu essen und zu trinken hingestellt. Seine wenigen, leichten Wunden – hauptsächlich die Kratzer von den Klauen des Drakoniers und eine Beule am Kopf – waren gut versorgt worden.

Dalamar setzte sich ihm gegenüber auf einen Stuhl. »Wenn

du geduldig zuhörst, werde ich dir erzählen, was sich ereignet hat.«

»Ich höre. Rede.« Tanis' Stimme wurde leiser, brach beinahe. »Geht es meinem Sohn gut? Ist er wohlauf?«

»Natürlich. Gilthas wäre für seine Entführer nutzlos, wenn es nicht so wäre. Das sollte dich trösten, mein Freund. Und ich bin dein Freund«, fügte der Dunkelelf hinzu, als er das wütende Aufblitzen in Tanis' Augen sah. »Auch wenn ich zugeben muß, daß der Augenschein im Moment gegen mich spricht. Was deinen Sohn angeht«, fuhr Dalamar fort, »der ist, wo er immer hinwollte – in seiner Heimat, in Qualinesti. Es ist sein Heimatland, Tanis, auch wenn du das nicht gerne hörst, nicht wahr? Der Junge ist recht gut untergebracht und wird wahrscheinlich mit ausgesuchter Höflichkeit behandelt. Nur natürlich, wenn die Elfen ihm ehrerbietig und respektvoll begegnen – wo er doch ihr König werden soll.«

Tanis wollte seinen Ohren nicht trauen. Er war wieder aufgesprungen. »Das ist doch ein schlechter Scherz. Was willst du, Dalamar? Worauf bist du wirklich aus?«

Der Dunkelelf stand auf. Er trat vor und legte Tanis sanft die Hand auf den Arm.

»Kein Scherz, mein Freund. Und wenn es einer ist, dann lacht niemand. Gilthas ist jetzt nicht in Gefahr. Aber er könnte leicht hineingeraten.«

Wieder sah Tanis die Vision, die er auf Sturmfeste gehabt hatte – dunkle Wolken, die um seinen Sohn herumtosten. Tanis senkte den Kopf, um seine brennenden Tränen zu verbergen. Dalamars Griff wurde fester.

»Reiß dich zusammen, mein Freund. Wir haben nicht viel Zeit. Jede Minute zählt. Es gibt eine Menge zu erklären. Und«, fügte Dalamar leise hinzu, »wir müssen Pläne schmieden.«

Kapitel 8

»König?« wiederholte Gil erstaunt. Er starrte Alhana ungläubig an. »Stimme der Sonne und der Sterne! Ich? Nein, das kann nicht dein Ernst sein. Ich ... ich will kein König werden!«

Die Frau lächelte, und ihr Lächeln wirkte wie die Wintersonne auf dickem Eis. Das Lächeln ließ ihr Gesicht leuchten, wärmte jedoch weder sie noch ihn.

»Ich fürchte, was du willst, Prinz Gilthas, ist nicht von Belang.«

»Aber du bist die Königin.«

»Königin!« Sie klang verbittert.

»Mein Onkel Porthios ist die Stimme«, fuhr Gil verdutzt und – obwohl er es nicht zugab – erschrocken fort. »Ich ... Das geht doch gar nicht!«

Alhana bedachte ihn mit einem kühlen Blick, drehte sich um und ging zum Fenster. Nachdem sie den Vorhang geteilt hatte, starrte sie nach draußen, und im Licht konnte er ihr Gesicht erkennen. Im Schatten war sie kalt und gebieterisch erschienen. In Wirklichkeit, im Sonnenlicht, war sie abgehärmt, verängstigt und besorgt. Auch sie hatte Angst, nur offensichtlich nicht um sich selbst.

Ich will kein König werden, hörte Gil sich selbst jammern, als wenn sich ein Kind beschwert, das ins Bett geschickt wird. Er wurde knallrot.

»Es tut mir leid, Lady Alhana. Es ist so viel geschehen ...

und ich verstehe überhaupt nichts. Du sagst, Rashas hätte mich hergebracht, um mich zur Stimme der Sonne und der Sterne zu krönen und mich zum König von Qualinesti zu machen. Ich begreife nicht, wie das möglich sein –«

»Wirklich nicht?« fragte sie und fixierte ihn mit festem Blick. Die violetten Augen waren vor Argwohn hart und finster.

Gilthas war schockiert. »Herrin, ich schwöre es! Ich weiß nichts ... Bitte, glaub mir ...«

»Wo sind deine Eltern?« fragte Alhana übergangslos. Sie sah jetzt wieder hinaus.

»Zu Hause, nehme ich an«, sagte Gil, dem es die Kehle zuschnürte. »Falls Vater mir nicht nachgeritten ist.«

In Gils Herzen keimte Hoffnung auf. Bestimmt würde sein Vater ihm nachkommen. Tanis würde die Einladung dort finden, wo Gil sie liegengelassen hatte (als Erklärung, daß er machen konnte, was er wollte). Tanis würde zum »Schwarzen Schwan« reiten und ... und feststellen, daß Gil nie dort angekommen war.

»Ich habe Rashas' Diener mein Pferd überlassen! Er ... er kann meinen Eltern alles mögliche erzählt haben!« Verzagt sank Gil auf seinen Stuhl. »Was war ich für ein Dummkopf!«

Alhana ließ den Vorhang los. Einen Augenblick lang sah sie den jungen Mann eingehend an. Als sie dann herüberkam, legte sie ihm die Fingerspitzen auf die Schulter. Ihre Berührung war kalt, selbst durch den Stoff seines Hemds.

»Du sagst, deine Eltern wußten nichts davon?«

»Nein, Herrin«, gestand Gil betreten. »Sie haben mir befohlen, nicht zu gehen. Ich ... habe nicht auf sie gehört. Ich bin fortgelaufen. Mitten in der Nacht.«

»Ich glaube, du solltest mir besser die ganze Geschichte erzählen.« Alhana setzte sich – aufrecht und königlich – ihm gegenüber.

Gilthas gehorchte. Er war verwundert, als ihr Gesicht sich am Ende seines Berichts entspannte.

»Du hattest Angst, meine Eltern könnten dahinterstecken!« erkannte Gil auf einmal.

»Vielleicht nicht dahinter«, sagte Alhana seufzend, »aber sie hätten es gutheißen können. Verzeih mir, Prinz. Wenn deine Eltern hier wären, würde ich sie ebenfalls um Verzeihung bitten.«

Sie nahm seine Hand. »Ich war so lange allein. Allmählich glaubte ich, daß mich jeder, dem ich je vertraut habe, verraten hätte. Aber wir stecken in dieser Sache anscheinend gemeinsam drin.« Sanft drückte sie ihm die Hand und ließ sie dann los. Nachdem sie wieder auf ihren Stuhl gesunken war, starrte sie blicklos auf das verhängte Fenster und seufzte wieder.

»Mein Vater und meine Mutter wissen beide, daß ich nach Qualinesti gehen wollte. Sie müssen wissen, daß ich hier bin, ganz gleich, was der Diener ihnen erzählt hat. Sie werden mir folgen, Herrin«, sagte Gil tapfer, weil er sie damit trösten wollte. »Sie werden uns beide retten.«

Aber Alhana schüttelte nur den Kopf. »Nein, Rashas ist viel zu gewitzt, um das zuzulassen. Er hat Mittel und Wege gefunden, wie er deine Eltern von dir fernhalten kann.«

»Du tust so, als wären wir in Gefahr! Durch Senator Rashas? Durch unsere eigenen Leute?«

Sie schlug die Augen auf. »Nicht deine eigenen, Gilthas. Du bist anders. Darum fiel die Wahl auf dich.«

Du bist auch Mensch. Die Worte hingen unausgesprochen in der Luft. Gil starrte sie an. Er wußte, sie hatte es nicht als Beleidigung gemeint, nicht nach ihrem Loblied auf Tanis. Es war eine anerzogene Denkweise, die in Tausenden von Jahren selbstauferlegter Abgeschiedenheit aufgekommene Überzeugung, daß die Elfen die Erwählten, die Lieblinge der Götter seien – wie falsch das auch sein mochte.

Gil wußte das zwar, dennoch merkte er, wie sich harte Worte in seinem Mund bildeten. Er wußte, wenn er sie aussprechen würde, verschlimmerte er dadurch alles nur noch. Aber ...

Haltung bewahren, mein Schatz!

Gil hörte die Stimme seiner Mutter, sah sie ihre Hand auf Tanis' Arm legen. Gil erinnerte sich an Begegnungen bei sich zu Hause, wo er gesehen hatte, wie seine Mutter ruhig und würdevoll durch die Stürme der politischen Intrigen schritt. Er erinnerte sich an ihre Worte zu seinem Vater, wenn sie ihn mahnte, kühl und kontrolliert zu bleiben. Gil erinnerte sich, wie sein Vater rot angelaufen war und hörbar geschluckt hatte.

Gil schluckte hörbar.

»Ich finde, du solltest mir verraten, was hier vor sich geht, Herrin«, sagte er gedämpft.

»Das ist eigentlich alles ganz einfach«, entgegnete Alhana. »Mein Gatte Porthios wird in Silvanesti gefangengehalten. Er wurde von meinem Volk verraten. Ich werde hier gefangengehalten, denn mich hat sein Volk verraten ...«

»Aber warum?« Gil war verdutzt.

»Wir Elfen mögen keine Veränderungen. Wir fürchten sie, mißtrauen ihnen. Aber die Welt verändert sich sehr schnell. Wir müssen uns mit ihr verändern – oder wir werden welken und vergehen. Das hat uns der Krieg der Lanze gelehrt. Jedenfalls glaubte ich das. Die jüngeren Elfen sind unserer Meinung; die älteren nicht. Und es sind die älteren – wie Senator Rashas –, die die Macht haben. Ich hätte allerdings nie gedacht, daß er es wagen würde, so weit zu gehen.«

»Was wird aus dir und Onkel Porthios?«

»Wir werden ausgestoßen«, sagte sie still. »Keines der Königreiche wird uns aufnehmen.«

Gil wußte genug über sein Volk; Exil war für einen Elfen eine viel schlimmere Strafe als Hinrichtung. Alhana und Porthios würden »Dunkelelfen« sein – Elfen, die »vom Licht verstoßen« wurden. Sie würden aus ihren Heimatländern vertrieben werden und durften keinerlei Kontakt mehr zu ihrem Volk haben. Sie würden nirgendwo auf Ansalon Rechte haben und deshalb in ständiger Gefahr leben. Ob richtig oder falsch, man hielt

Dunkelelfen für böse. Sie wurden gejagt, verfolgt und aus jeder Stadt vertrieben. Sie waren willkommene Beute für Kopfgeldjäger, Diebe und anderes Pack. Kein Wunder, daß die meisten Dunkelelfen Zuflucht im Schatten der Takhisis suchten, nur um zu überleben.

Gil wußte nichts zu sagen, das helfen oder trösten konnte. Er sah Alhana an.

»Warum ich, Herrin? Warum jetzt?«

»Ich bekomme ein Kind«, sagte sie schlicht. »Wenn unser Kind geboren wird, ist es Thronerbe. Wenn gegenwärtig Porthios etwas zustoßen sollte, ist deine Mutter die rechtmäßige Erbin. Aber durch ihre Ehe mit einem halbmenschlichen Bastard –«

Gil holte tief Luft.

Alhana sah ihn mitleidig, aber nicht entschuldigend an. »So denken die meisten Qualinesti über deinen Vater, Gilthas. Das ist einer der Gründe, warum Tanis, der Halbelf, nie gern in sein Heimatland zurückkam. Als er jung war, hatte er hier kein besonders schönes Leben. Jetzt wäre es noch schlimmer. Was ist los? Hast du dir darüber noch nie Gedanken gemacht?«

Gil schüttelte langsam den Kopf. Nein, über die Gefühle seines Vaters hatte er sich noch nie Gedanken gemacht. Er hatte überhaupt nie viel über Tanis nachgedacht.

Ich habe nur an mich selbst gedacht.

Alhana redete weiter: »Die Ehe deiner Mutter schließt sie von der Thronfolge aus ...«

»Aber ich bin auch teilweise Mensch«, erinnerte Gil.

»Das bist du«, erwiderte Alhana kühl. »Rashas und der *Thalas-Enthia* sehen darin aber kein Problem. Im Gegenteil, sie betrachten deine Abstammung eher als Vorteil – für sich. Rashas hält alle Menschen für schwach und lenkbar. Er glaubt, weil du zum Teil Mensch bist, könnte er dich an der Nase herumführen.«

Gilthas wurde rot vor Wut. Er verlor die Beherrschung. Mit geballten Fäusten sprang er auf.

»Bei allen Göttern! Ich werde es Rashas schon zeigen!« verkündete Gil lautstark. »Ich werde es allen zeigen. Ich werde … Ich …«

Die Tür ging auf. Eine der Kagonesti-Wachen starrte mit erhobenem Speer argwöhnisch in den Raum.

»Beruhige dich, junger Mann«, riet Alhana ihm mit leiser Stimme auf Silvanesti. »Fang keinen Kampf an, den du nicht ausfechten kannst.«

Gils Zorn loderte auf, flackerte und erlosch dann wie eine abgedeckte Kerzenflamme.

Der Kagonesti musterte ihn und begann zu lachen. Auf Kagonesti sagte er etwas zu der anderen Wache und schloß die Tür. Gil beherrschte die Sprache der Wildelfen nicht, doch die Kagonesti-Worte waren mit so viel Qualinesti vermischt, daß Gils Wangen schamrot wurden. Etwas über den Welpen, der bellen will wie ein großer Hund.

»Du willst also sagen, ich würde auch als König eigentlich ihr Gefangener bleiben. Soll das etwa heißen, ich sollte mich auch daran gewöhnen, Herrin?« sagte er bitter.

Alhana schwieg einen Augenblick und schüttelte dann den Kopf. »Nein, Gilthas. Gewöhn dich nie daran, ihre Strohpuppe zu sein. Bekämpfe sie! Du bist der Sohn von Tanthalas und Lauralanthalasa. Du bist stark – stärker als Rashas glaubt. Mit so edlem Blut in dir – wie könntest du es nicht sein?«

Auch wenn es gemischtes Blut ist, dachte er, sprach es aber nicht aus. Er freute sich über ihre Zuversicht. Er beschloß, sich würdig zu erweisen, ganz gleich, was geschah.

Alhana lächelte ihn ermutigend an. Dann ging sie wieder zum Fenster, wo sie den Vorhang öffnete und nach draußen sah.

In diesem Moment kam es ihm so vor, als würde sie etwas anderes tun, als die Aussicht zu bewundern.

»Was ist, Herrin? Wer ist da draußen?«

»Pst! Dämpfe deine Stimme.«

Sie schloß den Vorhang, öffnete ihn und schloß ihn wieder. »Ein Freund. Ich habe ihm ein Zeichen gegeben. Er hat gesehen, wie sie dich hereingebracht haben. Ich habe ihm gerade mitgeteilt, daß wir dir trauen dürfen.«

»Wer? Porthios?« Gil lebte plötzlich wieder auf. Nichts schien ihm unmöglich.

Alhana schüttelte den Kopf. »Einer von meinen Leuten, eine junge Wache namens Samar. Er hat mit meinem Mann in Silvanesti gegen den Traum gekämpft. Als Porthios gefangengenommen wurde, blieb Samar seinem Anführer treu. Porthios hat Samar geschickt, um mich zu warnen. Er kam zu spät; ich war bereits Rashas' Gefangene. Aber jetzt hat Samar seine Vorbereitungen beendet. Der *Thalas-Enthia* trifft sich heute abend, um die morgige Krönung zu besprechen.«

»Morgen!« Gil wiederholte das Wort ungläubig.

»Keine Angst, Gilthas«, sagte Alhana, »so Paladin will, wird alles gut. Heute abend, wenn Rashas bei der Zusammenkunft ist, werden wir beide entkommen.«

Kapitel 9

»Rashas hat das alles sehr sorgfältig geplant. Natürlich solltest du, Tanis, glauben, daß die Drakonier den Jungen erwischt hatten«, erklärte ihm Dalamar. »Du bist genau in die Falle getappt. Der Wildelf hat das Pferd in den Wald geführt und es als Köder vor die Höhle geführt. Den Rest kennst du.«

Tanis hörte kaum hin. Laurana, dachte er. Sie wird sich Sorgen machen, wenn sie nichts von mir hört. Sie wird merken, daß etwas nicht stimmt. Sie wird nach Qualinesti gehen. Sie wird das alles aufhalten ...

»Oh, du denkst an deine Frau«, sagte Dalamar.

Unangenehm berührt, weil seine Gedanken so deutlich ausgesprochen wurden, zuckte Tanis mit den Schultern und log: »Ich habe nur überlegt, ob ich ihr nicht eine Nachricht schicken sollte. Damit sie sich keine Sorgen macht ...«

»Ja, natürlich«, sagte Dalamar, dessen halbes Lächeln anzeigte, daß er sich nicht hinters Licht führen ließ. »Der umsichtige Ehemann. Dann wird es dich sicher freuen zu hören, daß ich mich bereits darum gekümmert habe. Ich habe einen von den Bediensteten vom ›Schwarzen Schwan‹ losgeschickt, damit er deiner Frau ausrichtet, alles sei in Ordnung und du wolltest noch mit deinem Sohn allein sein. Du solltest dich bei mir bedanken ...«

Tanis erwiderte ein paar Worte in menschlicher Sprache, die beim besten Willen in keiner Hinsicht dankbar klangen.

Dalamars Lächeln verdüsterte sich. »Ich wiederhole, du solltest mir dankbar sein. Ich habe Laurana vielleicht das Leben gerettet. Wenn sie nach Qualinost gereist wäre und sich einzumischen versucht hätte ...« Er brach ab und zuckte mit seinen schmalen Schultern.

Tanis ging auf und ab. Dann blieb er vor Dalamar stehen. »Du willst andeuten, sie könnte in Lebensgefahr sein? Durch Rashas und den *Thalas-Enthia?* Das glaube ich dir nicht. Bei den Göttern, wir reden doch über Elfen –«

»Ich bin ein Elf, Tanis«, sagte Dalamar leise. »Und ich bin der gefährlichste Mann, den du kennst.«

Tanis wollte etwas sagen, doch seine Zunge gefror ihm im Mund. Mit zugeschnürter Kehle rang er nach Luft. Er schluckte und flüsterte dann heiser: »Was meinst du damit? Und woher weiß ich, ob ich dir trauen kann?«

Dalamar antwortete nicht gleich. Auf ein Wort von ihm erschien in seiner Hand eine Karaffe mit Wein. Er erhob sich und ging zu einem Tisch, auf dem ein Silbertablett mit zwei feinen, langstieligen Kristallgläsern stand. »Möchtest du welchen? Es ist Elfenwein, sehr gut, sehr alt, aus dem Weinkeller meines alten *Shalafi.*«

Tanis wollte eigentlich ablehnen. Es ist grundsätzlich eine weise Idee, nichts zu sich zu nehmen, solange man bei einem Dunkelelf, noch dazu einem Zauberer, in einem Turm der Erzmagier eingesperrt ist.

Aber es würde Tanis überhaupt nichts bringen, wenn er sich wie ein sturer Trampel benehmen würde, daran erinnerte ihn seine »berühmte Logik«. Falls Dalamar ihn erledigen wollte, hätte er das inzwischen längst getan. Und dann hatte Dalamar auch eine subtile Anspielung auf Raistlin, seinen *Shalafi,* gemacht. Einst hatten Raistlin und Tanis gemeinsam auf derselben Seite gekämpft. Einst hatten auch Dalamar und Tanis auf derselben Seite gekämpft. Der Dunkelelf hatte vorhin etwas über gemeinsame Pläne gesagt.

Schweigend nahm Tanis das Glas an.

»Auf alte Kameradschaft«, sagte Dalamar, als hätte er Tanis' Gedanken gelesen. Er setzte das Glas an die Lippen und nahm einen Schluck.

Tanis tat es ihm nach und stellte dann das Glas ab. Er konnte weder einen benebelten Kopf noch einen fiebrigen Geist gebrauchen. Schweigend wartete er.

Dalamar hielt sein Glas ins Licht des Feuers und prüfte die purpurne Farbe des Weins. »Wie Blut, nicht wahr?«

Sein Blick wanderte zu Tanis. »Du willst wissen, was vor sich geht? Ich verrate es dir. Die Königin der Finsternis ist wieder im Spiel. Sie stellt ihre Figuren auf und schiebt sie auf die richtigen Felder. Sie hat ihren Arm ausgestreckt und ihren verführerischen Ruf hören lassen. Viele spüren ihre Berührung, viele vernehmen ihre Stimme. Viele folgen ihren Einflüsterungen – ohne überhaupt zu merken, daß sie in ihrem Auftrag handeln. Aber«, fügte Dalamar trocken hinzu, »damit verrate ich dir ja nichts, was du nicht schon weißt, nicht wahr, alter Freund?«

Tanis gab sich Mühe, verständnislos auszusehen.

»Sturmfeste?« bot der Dunkelelf an. »Du hast doch gewiß nicht deinen Besuch in Ariakans Festung vergessen?«

»Warum erzählst du mir das?« wollte Tanis wissen. »Du willst doch nicht etwa die Robe wechseln?«

Dalamar lachte. »Weiß ist nicht meine Farbe. Keine Sorge, mein Freund. Ich verrate kein Geheimnis meiner Königin. Takhisis weiß, welche Fehler sie in der Vergangenheit gemacht hat. Sie hat daraus gelernt. Sie wird nicht noch einmal die gleichen begehen. Sie bewegt sich langsam und subtil und auf völlig unerwartete Weise.«

Tanis schnaubte. »Du willst behaupten, daß diese Sache mit meinem Sohn eine Intrige Ihrer Dunklen Majestät ist?«

»Denk drüber nach, mein Freund«, riet Dalamar. »Wie du vielleicht weißt, habe ich für Porthios wenig übrig. Er hat mich mit Schimpf und Schande aus der Heimat verjagt. Auf seinen Befehl hin brachte man mich mit verbundenen Augen und an Händen und Füßen gefesselt auf einem Karren an die Grenzen von Silvanesti – wie das Schlachtvieh von euch Menschen. Da hat er mich mit eigenen Händen in den Schlamm gestoßen. Ich würde keine Träne vergießen, wenn ihm dasselbe widerfahren würde.

Aber selbst ich gebe zu, Porthios ist ein fähiger Anführer. Er ist mutig und schnell entschlossen. Aber er ist auch starrköpfig, unflexibel und stolz. Doch diese Fehler wurden mit den Jahren durch den guten Einfluß seiner Frau abgeschwächt.«

Dalamars Stimme wurde weich. »Alhana Sternenwind. In Silvanesti habe ich sie oft gesehen. Ich stammte aus einer niederen Kaste, sie – war eine Prinzessin. Ich konnte sie nur aus der Ferne sehen, aber das war egal. Ich war ein wenig in sie verliebt.«

»Welcher Mann war das nicht irgendwann«, knurrte Tanis. Er machte eine ungeduldige Geste. »Komm zur Sache, worauf auch immer du hinauswillst.«

»Ich will auf folgendes hinaus: den Vertrag der Vereinten Nationen der Drei Rassen.«

Tanis schüttelte offensichtlich verwundert den Kopf. »Ich weiß nicht, wovon du sprichst.«

»Dann will ich dich aufklären. Ein Bündnis der Elfenkönigreiche Qualinesti und Silvanesti mit den Menschenkönigreichen Solamnia, Südergod und Nordergod und dem Zwergenkönigreich Thorbardin. Seit fast fünf Jahren arbeitest du mit Laurana daran – seit deinem heimlichen Besuch auf Sturmfeste. Unter dem Drängen von Alhana hat Porthios endlich seine Unterschrift zugesagt. Es wäre ein mächtiges Bündnis geworden.«

Dalamar hob seine feingliedrige Hand und schnipste mit den Fingern. Ein blaues Flämmchen loderte um die weiße Haut auf, eine Rauchwolke stieg in die Luft, waberte einen Moment und verzog sich dann.

»Vorbei.«

Tanis sah ihn grimmig an. »Wie hast du das herausgefunden?«

»Frag lieber, mein Freund, wie es Senator Rashas herausgefunden hat.«

Tanis schwieg zunächst, doch dann begann er leise vor sich hin zu fluchen. »Rashas hat es dir gesagt? Er hat sein eigenes Volk verraten? Das kann ich nicht glauben, nicht einmal von Rashas.«

»Nein, der Senator hat immer noch einen Funken Ehre in sich. Er ist kein Verräter – noch nicht. Er hatte eine lahme Ausrede für mich, aber ich finde, die Wahrheit ist ziemlich offensichtlich. Wann sollten die letzten Verträge unterzeichnet werden?«

»Nächste Woche«, sagte Tanis bitter, während er in die flackernden Flammen starrte.

»Aha.« Dalamar zuckte mit den Schultern. »Siehst du?«

Tanis sah es. Er sah, wie die Königin der Finsternis ihre verführerischen Worte in Elfenohren flüsterte. Senator Rashas wäre bis ins Mark erschüttert, wenn man ihm erklärte, daß er vom Bösen versucht wurde. Seiner Ansicht nach handelte er nur zum Besten – zum Besten der Elfen, die er durch die Abschottung absichern wollte.

All die harte Arbeit, all die endlosen Stunden auf der Straße, all die harterkämpften Verhandlungen: die Ritter zu überzeugen, daß sie den Elfen trauen konnten, die Zwerge zu überzeugen, daß sie den Menschen aus Ergod trauen sollten, die Elfen zu überzeugen, daß sie überhaupt irgend jemandem trauen durften. Alles umsonst.

Und Lord Ariakan und seine furchtbaren Ritter der Takhisis wurden stündlich stärker.

Das alles machte ihre Hoffnungen auf Frieden fast zunichte,

doch im Moment konnte Tanis nur an seinen Jungen denken. Ist Gilthas in Sicherheit? Geht es ihm gut? Weiß er, was Rashas vorhat? Was wird er tun, wenn er es herausfindet?

Hoffentlich nichts. Nichts Unüberlegtes, nichts Dummes. Nichts, was ihn – oder andere – in Gefahr bringt. Gil war noch nie in Gefahr oder auch nur in Schwierigkeiten gewesen. Dafür hatten beide Eltern gesorgt. Er würde nicht wissen, wie er reagieren mußte.

»Wir haben ihn immer beschützt«, sagte Tanis laut, ohne sich dessen bewußt zu sein. »Vielleicht war das falsch. Aber er war so krank, so anfällig … Was hätten wir sonst tun sollen?«

»Wir ziehen unsere Kinder groß, damit sie uns verlassen, Tanis«, sagte Dalamar ruhig.

Überrascht sah Tanis den Dunkelelfen an. »Das sind Caramons Worte.«

»Ja, das hat er zu mir gesagt, nachdem Palin die Prüfung abgelegt hatte. ›Unsere Kinder sind uns nur für kurze Zeit anvertraut. In dieser Zeit müssen wir sie lehren, selbständig zu leben, weil wir nicht immer dasein werden.‹«

»Weise Worte.« Die Erinnerung an seinen Freund ließ Tanis traurig lächeln. »Aber Caramon konnte seinem Ideal nicht folgen, jedenfalls nicht, als es um seinen eigenen Sohn ging.«

Einen Augenblick lang schwieg er, um dann ruhig zu fragen: »Warum erzählst du mir das alles, Dalamar? Was versprichst du dir davon?«

»Ihre Dunkle Majestät hat sehr viel Respekt vor dir, Tanis Halbelf. Weder sie noch ich glauben, daß es unserem Ziel förderlich sein kann, wenn dein Sohn auf dem Elfenthron sitzt. Ich glaube, wir kämen mit Porthios viel leichter zurecht«, fügte Dalamar trocken hinzu.

»Was ist mit dem Vertrag?«

»Diesen Sieg haben wir bereits in der Tasche, mein Freund. Was auch immer bei den Elfen geschieht, der Vertrag ist das Papier nicht mehr wert, auf dem er steht. Porthios wird den

Silvanesti ihren Verrat nie verzeihen. Er wird jetzt nicht mehr unterschreiben. Das weißt du. Und wenn die zwei Elfennationen nicht unterschreiben wollen, werden auch die Zwerge von Thorbardin nicht unterschreiben. Und wenn die Zwerge –«

»Zur Hölle mit den Zwergen!« sagte Tanis ungeduldig. »Soll das heißen, du willst mir helfen, Gilthas nach Hause zu holen?«

»Die Krönung deines Sohnes ist für morgen angesetzt«, sagte Dalamar, der Tanis spöttisch mit dem Weinglas zuprostete. »Das ist ein feierlicher Anlaß, den kein Vater versäumen sollte.«

Kapitel 10

In der Dämmerung sah das Land der Elfen noch einmal so schön aus. Die sanften, strahlenden Farben des Sonnenuntergangs fielen durch die Seidenvorhänge und vergoldeten jeden Gegenstand im Zimmer. Gil nahm die Schönheit gar nicht wahr. Seit Stunden lief er unruhig auf und ab.

Das Haus war still. Die Kagonesti-Wachen sprachen kaum einmal, und wenn sie es taten, waren es kurze Worte in ihrer eigenen Sprache – einer Sprache, die wie die Rufe wilder Vögel klang. Schließlich brachten sie das Abendessen: Schüsseln mit Obst und Brot, Wein und Wasser. Nach einem kurzen, suchenden Blick durch den Raum gingen sie dann wieder und machten die Tür hinter sich zu. Alhana konnte nichts essen.

»Dieses Essen schmeckt wie Asche«, sagte sie.

Trotz seines Ärgers war Gilthas hungrig. Er aß nicht nur seine Mahlzeit, sondern – als ihm klar war, daß sie nichts zu sich nehmen würde – auch die ihre.

Alhana lächelte schwach. »Die Unverwüstlichkeit der Jugend. Schön zu sehen. Ihr seid die Zukunft unserer Rasse.« Sie legte fest die Hand auf ihren Bauch. »Ihr gebt mir Hoffnung.«

Die Nacht durfte sich nicht richtig über Qualinesti senken. Die Finsternis war von Tausenden winziger, funkelnder Lichter erhellt, die in den Bäumen schimmerten. Alhana legte sich hin, schloß die Augen und versuchte, sich vor der langen, möglicherweise gefährlichen Reise dieser Nacht noch auszuruhen.

Gil lief weiterhin im Dunkeln auf und ab, denn er versuchte, seine verwirrten Gedanken zu ordnen.

Zuhause. Wie hatte er sich danach gesehnt, es zu verlassen. Jetzt sehnte er sich verrückterweise danach zurück.

»Vater ist mir gefolgt. Das weiß ich genau. Und vielleicht ist er dadurch in Gefahr gekommen.« Gil seufzte. »Ich habe alles durcheinander gebracht. Wenn meinem Vater etwas passiert, ist es meine Schuld. Er hat mich gewarnt, ich sollte nicht gehen. Warum habe ich nicht zugehört? Was stimmt denn nicht mit mir? Warum habe ich diese schrecklichen Gefühle in mir? Ich –«

Er stockte. Stimmen, laute Stimmen, die Qualinesti redeten, drangen von unten herauf. Erschrocken, weil er glaubte, daß Alhanas Plan vielleicht aufgedeckt worden war, überlegte Gil, ob er sie wecken sollte.

Sie war bereits wach und saß mit weit aufgerissenen Augen da. Sie lauschte ein paar Sekunden, um dann erleichtert zu seufzen.

»Das sind nur ein paar Mitglieder des *Thalas-Enthia* – Rashas' Spießgesellen. Sie haben vor, den Senat heute gemeinsam zu betreten, um eine geschlossene Front zu präsentieren.«

»Dann stehen nicht alle Senatoren hinter Rashas?«

»Die jüngeren Mitglieder sind gegen ihn, auch wenn sie einfach zu wenige sind. Aber auch viele der Älteren schwanken. Wenn Porthios hier wäre, würde es keine Abstimmung geben, und das weiß Rashas.«

»Was wird morgen geschehen, wenn du fort bist und ich bei der Krönung fehle?«

Alhana war voller Verachtung. »Das Volk wird aufwachen und feststellen, daß es keinen Herrscher hat. Rashas wird gezwungen sein, Porthios herzurufen. Der *Thalas-Enthia* wird ernüchtert sein, und wir können unser Leben weiterleben – so wie vorher.«

Gil hatte seine Eltern über die Ehe von Alhana und Porthios

reden hören. Es war keine glückliche Verbindung. Mann und Frau sahen sich selten. Porthios bekämpfte in Silvanesti Loracs Traum. Alhana reiste die ganze Zeit zwischen den beiden Königreichen hin und her und versuchte verzweifelt, sie zusammenzuhalten. Aber von ihrem Mann sprach sie mit Respekt und Stolz, vielleicht sogar Zuneigung.

Gil starrte sie anhimmelnd an. Ich könnte allein von ihrer Schönheit leben. Wenn sie mir gehörte, würde ich nichts anderes brauchen. Ich käme ohne Wasser und Brot aus. Wie konnte ein Mann sie nicht lieben? Porthios mußte ein großer Narr sein.

Ein kurzes Beifallgeschrei erscholl von unten. Das Stimmengewirr verebbte allmählich.

»Sie gehen«, sagte Alhana. »Jetzt werden die Wachen es sich bequem machen.«

Das Haus war still. Dann, nachdem sie sicher waren, daß Rashas fort war, begannen die Kagonesti-Wachen vor der Tür zu reden und zu lachen. Speere klirrten auf den Boden. Mehr Lachen und komische, klackende Geräusche.

»Was du da hörst, sind Stäbchen, die sie auf den Boden werfen. Die Kagonesti spielen ein Nationalspiel ihres Volkes. Das machen sie immer, wenn Rashas fortgeht, aber glaub ja nicht, daß sie deshalb weniger wachsam wären«, warnte sie. »Schon wenn du die Tür nur einen Spalt öffnen würdest, hätten sie die Wettstäbchen gegen ihre Speere eingetauscht.«

»Und wie sollen wir dann entkommen?«

In den Garten ging es tief hinunter. Gil hatte das bereits festgestellt.

»Samar hat etwas geplant«, sagte Alhana und wollte weiter nichts verraten.

Die Zeit verstrich. Gil war nervös und gereizt.

»Wie lange dauert die Versammlung des *Thalas-Enthia?«*

»Bis tief in die Nacht«, sagte Alhana leise. »Schließlich planen sie einen Umsturz.«

Das Spiel der Wildelfen wurde immer unterhaltsamer, wie aus dem wiederkehrenden Gelächter und den gelegentlichen, freundlichen Streitereien zu entnehmen war. Gil lief zur Tür und legte sein Ohr daran, um besser hören zu können. Irgendwann würde er gern einmal mitspielen, und er fragte sich, wie wohl die Regeln waren. Stäbchen klackten; dann gab es Augenblicke atemloser Stille, danach erleichtertes Aufatmen oder enttäuschte Aufschreie. Am Ende folgten stolze Rufe von den Gewinnern, gutmütiges Fluchen von den Verlierern.

Dann, plötzlich, erklang eine fremde Stimme. »Guten Abend, die Herren. Wer gewinnt?«

Alhana war totenbleich aufgestanden. »Das ist Samar«, flüsterte sie. »Weg von der Tür! Schnell!«

Gil sprang zurück. Er hörte Rufe und verwirrtes Herumlaufen vor der Tür, wo die Männer nach ihren Speeren griffen. Schnelle, fremde Worte in einer Sprache, die er nicht verstand, unterbrachen diese Geräusche und riefen ein ersticktes Stöhnen hervor, dem mehrere dumpfe Aufschläge folgten, als wenn schwere Körper auf den Boden fielen. Und dann zehn Herzschläge lang keine Geräusche mehr – zehn schnelle, angstvolle Herzschläge lang.

Die Tür ging auf. Ein junger Elfenkrieger trat eilig ein.

»Samar! Mein getreuer Freund.« Alhana lächelte ihn an. Anmutig und ruhig, als wäre sie in ihrem eigenen Empfangszimmer, streckte sie ihm die Hand entgegen.

»Meine Königin!« Samar fiel vor ihr auf ein Knie und verneigte respektvoll den Kopf.

Gil spähte neugierig durch die Tür. Die Wildelfen lagen ausgestreckt im Koma auf dem Boden. Einige hatten ihre Speere noch in der Hand. In der Mitte des Gangs stand ein aufgerolltes Stück Pergament in Flammen. Unter Gils Augen verschwand das Papier, das von den Flammen gefressen wurde. Dünne, grüne Rauchtentakel trieben durch die stille Luft.

Gil wollte gerade hinaustreten, um sich das näher anzusehen.

»Vorsicht, junger Mann«, warnte Samar. Schnell war er aufgesprungen und zog Gil zurück. »Geh nicht in die Nähe von diesem Rauch, sonst schläfst du ebenso friedlich wie die da.«

»Prinz Gilthas, Sohn von Laurana Solostaran und Tanis, dem Halbelfen«, stellte Alhana vor. »Das ist Samar vom Hause Protector.«

Samar musterte Gil mit einem kühlen, abschätzigen Blick, und der Junge kam sich angesichts dieses erfahrenen Kriegers plötzlich wie ein Schwächling vor. Samar nickte ihm kurz zu und wandte sich dann sofort wieder an seine Königin.

»Es ist alles vorbereitet, Eure Majestät. Die Greife warten im Wald auf uns. Sie waren sehr erzürnt, als sie vernahmen, daß Rashas Euch gefangengenommen hat.« Samar lächelte grimmig. »Ich glaube, er wird kaum noch einmal einen Greif reiten. Wenn Ihr bereit seid, sollten wir sofort aufbrechen. Wo sind Eure Sachen? Ich werde sie für Euch tragen.«

»Ich reise mit leichtem Gepäck, mein Freund«, sagte Alhana. Sie zeigte ihre leeren Hände.

»Aber Euer Schmuck, meine Königin –«

»Ich habe alles, was mir wichtig ist.« Sie legte die Hand auf einen Ring an ihren Fingern. »Das Geschenk, das für das Vertrauen meines Mannes steht. Alles andere bedeutet mir nichts.«

Samar runzelte die Stirn. »Sie haben Euch den Schmuck genommen, nicht wahr, meine Königin? Wie können sie es wagen!«

Alhanas Stimme klang sanft, aber entschlossen. »Der Schmuck gehört dem Volk von Qualinesti. Aber das ist nebensächlich, Samar. Ihr habt recht. Wir sollten sofort aufbrechen.«

In schweigendem Einverständnis verbeugte sich der Krieger. »Die Wachen unten sind ebenfalls zum Schweigen gebracht.

Wir gehen dort lang. Haltet Nase und Mund bedeckt, meine Königin. Du auch, Prinz«, wies er Gil kurz an. »Atmet nicht den magischen Rauch ein.«

Alhana hielt sich ein besticktes, seidenes Taschentuch vor das Gesicht. Gil bedeckte den Mund mit dem Zipfel seines Umhangs. Samar führte sie mit der Hand am Schwert. Sie stiegen über die schlafenden Körper der Wildelfen und umgingen vorsichtig die rauchende Asche des Zauberspruchs. Als sie oben an der Treppe standen, ließ Samar sie anhalten.

»Bleibt hier«, flüsterte er.

Während er die Stufen hinablief, sah er sich um, und als er sich davon überzeugt hatte, daß alles sicher war, winkte er Alhana und Gil herbei.

Auf der Hälfte der letzten Treppe griff Samar plötzlich nach Alhana und zerrte sie in den Schatten. Ein befehlender Blick des Kriegers und ein drängendes »Zurück!« wiesen Gil an, es ihm nachzutun.

Er hielt fast die Luft an, als er sich flach an die Wand drückte.

Eine Wildelfin trat genau unter ihnen aus einer Tür. Sie trug eine Silberschale mit Obst. Leise vor sich hin summend, durchquerte sie die Eingangshalle auf dem Weg zu einem Hof, der von winzigen, funkelnden Lichtern erhellt war. An der Tür gesellte sich ein weiterer Kagonesti-Diener zu der Frau. Sie wechselten ein paar Worte, wobei Gil das Qualinesti-Wort für »Fest« auffing. Die beiden verschwanden im Hof.

Gil war beeindruckt. Wie – im Namen von Paladin – hatte Samar die Frau kommen hören? Auf ihren bloßen Füßen bewegte sie sich so lautlos wie der Wind, mal abgesehen von dem leisen Lied. Gil sah den Krieger mit unverhohlener Bewunderung an. Dieser entschuldigte sich gerade gedämpft bei seiner Königin.

»Majestät, verzeiht mir meine Grobheit.«

»Da gibt es nichts zu verzeihen, Samar. Schnell, bevor sie zurückkommt.«

Geschwind eilten die drei schweigend die Stufen hinunter.

Samar legte die Hand auf die Türklinke.

Die Tür ging auf, doch es war nicht der Krieger, der sie geöffnet hatte.

Senator Rashas stand in der Tür.

»Was ist das denn?« fragte er überrascht, während sein Blick von dem Krieger zu Alhana ging. Das Gesicht des Senators verzerrte sich vor Wut. »Wachen! Ergreift sie!«

Qualinesti-Elfen mit den Schwertern und Uniformen der Stadtwache stürmten an Rashas vorbei. Samar zog sein Schwert und warf sich vor seine Königin. Die Wachen zogen ihre Schwerter.

Gil hatte keine Waffe und hätte auch nicht gewußt, was er damit anstellen sollte. Ihm pochte das Blut in den Ohren. Als Rashas plötzlich auftauchte, war er fast wie gelähmt gewesen vor Angst. Diese Angst war jetzt verflogen. Gils Blut kochte. Er war entschlossen und ruhig und kampfbereit, spannte sich, wollte losspringen …

»Schluß mit diesem Wahnsinn!«

Alhana warf sich zwischen die Gegner. Ihre weichen, weißen Hände ergriffen die Klinge von Samars Schwert und stießen das Schwert der Wache weg, das ihn bedrohte.

»Samar, die Waffe weg«, befahl sie auf Silvanesti, wobei ihre Stimme vor Zorn und Erschütterung bebte.

»Aber, meine Königin!« setzte er flehend an.

»Samar! Das ist ein Befehl!« erwiderte sie.

Langsam und widerstrebend senkte Samar das Schwert, steckte es aber nicht ein.

Alhana drehte sich zu Rashas um.

»Soweit ist es also gekommen«, sagte sie. »Elfen töten Elfen. Ist es das, was Ihr wollt, Rashas?«

Alhana streckte die Hände aus. Ihr Fleisch wies Schnitte auf und blutete.

Rashas blieb ungerührt, seine Miene war hart und kalt. Die

Wachen von Qualinesti hingegen wirkten unangenehm berührt, senkten die Waffen und traten einen Schritt zurück. Gil starrte auf das Blut an den Händen der Königin und war tief beschämt über seine eigene Mordlust.

»Nicht ich habe uns soweit gebracht, Herrin«, sagte Rashas kühl, »sondern Ihr. Mit diesem Fluchtversuch habt Ihr die rechtmäßige Anordnung des *Thalas-Enthia* mißachtet.«

»Rechtmäßig!« Alhana betrachtete ihn voller Abscheu. »Ich bin Eure Königin. Ihr habt kein Recht, mich gegen meinen Willen festzuhalten!«

»Nicht einmal eine Königin steht über dem Elfengesetz! Wir wissen von dem geheimen Vertrag, Eure Majestät. Wir wissen, daß Ihr und der Verräter Porthios heimlich geplant habt, uns an unsere Feinde zu verkaufen.«

Alhana starrte ihn an, ohne zu begreifen. »Vertrag ...«

»Der Vertrag der Vereinten Nationen.« Rashas war voller Hohn. »Ein Abkommen, das uns zu Sklaven machen würde!«

»Nein, Senator. Ihr versteht das nicht! Ihr seht das ganz falsch!«

»Wollt Ihr vielleicht abstreiten, daß Ihr heimlich Gespräche mit den Menschen und den Zwergen geführt habt?«

»Das streite ich nicht ab«, antwortete Alhana würdevoll. »Die Gespräche mußten geheimgehalten werden. Die Sache ist zu heikel; es war zu gefährlich. In der Welt gehen Dinge vor, von denen Ihr nichts wißt. Ihr könnt unmöglich verstehen –«

»Da habt Ihr recht, Herrin«, unterbrach Rashas. »Ich verstehe es nicht. Ich verstehe nicht, wie Ihr uns als Sklaven verkaufen und unser Land weggeben konntet.«

Alhana bewahrte die königliche Fassung. »Ihr seid ein blinder Narr, aber das gehört jetzt nicht zur Sache. Unsere Verhandlungen waren legal. Wir haben kein Gesetz gebrochen.«

»Oh, doch, Herrin!« Rashas verlor die Geduld. »Das Gesetz der Elfen verlangt, daß der *Thalas-Enthia* allen Verträgen zustimmen muß!«

»Wir wollten es ja dem Senat vorlegen. Das schwöre ich –«

»Den Eid einer Silvanesti?« Rashas lachte verächtlich.

»Herrin, verzeiht mir meinen Ungehorsam«, flüsterte Samar. Er ergriff Alhana und schob seine Königin fürsorglich Gil in die Arme.

Mit erhobenem Schwert sprang der Krieger auf Rashas zu. Eine Qualinesti-Wache kreuzte mit ihm die Waffen. Als die Schwerter aufeinandertrafen, klirrte der Stahl. Rashas stolperte in eine sichere Ecke zurück. Gil deckte Alhana mit seinem eigenen Körper, während diese entsetzt zuschaute, ohne eingreifen zu können.

Die Qualinesti-Wachen waren zu viert, Samar allein. Obwohl er tapfer kämpfte, gelang es ihnen, ihn zu überwältigen und zu entwaffnen. Selbst da gab er noch nicht auf. Die Wachen schlugen mit den Fäusten und mit der flachen Klinge auf ihn ein, bis er besinnungslos zu Boden sackte.

Zum ersten Mal hatte Gil gesehen, wie Blut durch Gewalt vergossen wurde. Ihm war schlecht vom Zuschauen und von seiner eigenen, ohnmächtigen Wut.

Alhana kniete neben dem gefallenen Samar.

»Dieser Mann ist schwer verletzt.« Sie sah zu den Qualinesti hoch. »Bringt ihn zu den Heilern.«

Die Wache wandte sich an Rashas. »Ist das Euer Wille, Senator?«

Alhana wurde blaß und biß sich auf die Lippen.

Rashas war wieder Herr der Lage. »Bringt ihn zu den Heilern. Wenn sie mit ihm fertig sind, werft ihn ins Gefängnis. Es ist gut möglich, daß er für diesen Verrat mit seinem Leben bezahlen wird. Eine von den Wachen begleitet mich zurück zum Senat. Ich muß die Senatoren darüber informieren, was geschehen ist. Die anderen geleiten Alhana Sternenwind in ihre Gemächer zurück. Nein, Euch nicht, Prinz Gilthas. Mit Euch muß ich noch reden.«

Gil schüttelte trotzig den Kopf.

Alhana stand auf, kam zu ihm und legte ihm die Hand auf den Arm. »Du bist ein Qualinesti-Prinz«, sagte sie ernst und drängend zu ihm. »Und der Sohn von Tanis, dem Halbelfen. Du hast genug Mut dazu.«

Gil verstand nicht richtig, was sie meinte, aber er hatte den Eindruck, er würde sie in noch größere Schwierigkeiten stürzen, wenn er sich weigerte, Rashas anzuhören.

»Fehlt dir auch nichts, *Königin* Alhana?« fragte er mit Betonung auf ihrem Titel.

Sie lächelte ihm zu. Dann verließ Alhana würdevoll in Begleitung ihrer Wachen den Schauplatz.

Als sie gegangen war, sprach der Senator zu Gil.

»Ich bin sehr bestürzt über diesen unseligen Vorfall, mein Prinz. Ich nehme alle Verantwortung auf mich; ich hätte Euch nie mit dieser ränkeschmiedenden Frau zusammen unterbringen sollen. Ich hätte vorhersehen müssen, daß sie Euch dazu überreden würde, ihren verräterischen Plan zu dulden. Aber jetzt seid Ihr sicher, mein Prinz.« Rashas redete beruhigend auf ihn ein. »Ich werde Euch für heute nacht ein anderes Zimmer bereitstellen lassen.«

Gil wußte, was sein Vater in dieser Situation getan hätte. Tanis hätte hörbar geschluckt und Rashas dann niedergeschlagen.

Haltung bewahren.

Rashas zu schlagen, war keine Lösung, sondern würde alles nur noch schlimmer machen. Gil wußte, was seine Mutter tun würde.

Mit einem Seufzer des Bedauerns setzte Gil eine ruhige, gelassene Miene auf, die nichts von seinen Gedanken verriet, einen Ausdruck, den er mehr als einmal bei seiner Mutter gesehen hatte.

»Vielen Dank für Eure Rücksicht, Senator.«

Rashas nickte, um dann fortzufahren: »Die Mitglieder des *Thalias-Enthia* möchten Euch unbedingt kennenlernen, Prinz Gilthas. Sie haben mich gebeten, Euch zur heutigen Versammlung zu holen. Darum bin ich früher zurückgekommen. Ich sollte Euch zum Senatssaal bringen. Ein glücklicher Zufall, nicht wahr? Die Götter sind auf meiner Seite.«

Zumindest ein Gott, dachte Gil wütend. Oder sollte ich lieber Göttin sagen?

»Aber Ihr seht nicht gut aus.« Rashas war voll mitleidiger Besorgnis. »Was wenig überraschend ist. Ihr wart in ernster Gefahr bei diesem verschwörerischen Weib.« Er senkte die Stimme. »Manche sagen, sie sei eine Hexe. Nein, nein. Versucht nicht, sie zu verteidigen, mein Prinz. Ich werde dem Senat Eure Entschuldigung überbringen.«

»Bitte, tut das, Senator«, sagte Gil. Auch er konnte dieses Spiel mitspielen. Er wünschte bloß, er würde die Regeln besser kennen.

Rashas verbeugte sich. »Eine gute Nacht, Prinz Gilthas. Morgen habt Ihr einen anstrengenden Tag vor Euch. Ein Mann wird nicht jeden Tag zum König gekrönt.«

Mit einer Handbewegung winkte der Senator einen der Kagonesti-Diener herbei. »Bring Seine Hoheit in einem neuen Zimmer unter – nicht bei der Hexe. Und sorg dafür, daß er nicht gestört wird.«

Kapitel 11

Die ganze Nacht lag Gil in seinem Bett und schmiedete Pläne für den Morgen. Kurz nachdem man ihn in sein Zimmer geführt hatte, war ihm eingefallen, daß er und Alhana sich überhaupt keine Gedanken zu machen brauchten. Er wußte, was er zu tun hatte und wie er aus der Sache herauskommen würde. Es war alles so einfach. Es tat ihm nur leid, daß er Alhana nicht mitteilen konnte, sie habe nichts zu befürchten.

Gil ging in Gedanken immer wieder durch, was er zu Rashas sagen würde. Endlich schlief der junge Mann etwas beruhigter ein.

Ein Klopfgeräusch weckte ihn. Er setzte sich auf und schaute aus dem Fenster. Es war noch immer dunkel.

Eine Kagonesti-Wache öffnete die Tür und ließ drei Dienerinnen in Gils Zimmer. Eine der Frauen trug ein großes Becken mit duftendem Rosenwasser, auf dessen Oberfläche Orangenblüten schwammen. Eine weitere brachte eine Lampe und ein Tablett mit Frühstück. Die dritte hielt eine weiche, gelbe Robe in den Armen.

Die Kagonesti-Frau mit dem Frühstück war sehr jung, nicht älter als Gil. Dazu war sie auch sehr hübsch. Ihr Körper war nicht wie der der älteren Elfen bemalt, entweder weil sie es nicht mochte, oder weil der Brauch unter den Jüngeren vielleicht ausstarb.[4] Ihre Haut hatte jedoch den tiefbraunen Ton ihres Volkes, und ihre Haare waren rotgolden. Im weichen

Lampenlicht waren ihre Augen groß und braun. Sie lächelte ihn scheu an, als sie das Frühstückstablett auf dem Tisch an seinem Bett abstellte.

Gil lächelte unwillkürlich zurück, war dann aber tief beschämt, als die zwei älteren Frauen lachten und in ihrer lispelnden Sprache etwas sagten. Das junge Mädchen wurde rot und huschte eilig von Gils Bett weg.

»Essen. Waschen. Anziehen«, sagte eine der älteren Frauen, die ihr einfaches Qualinesti durch Gesten ergänzte. »Der Herr wird bald hier sein. Vor Sonnenaufgang.«

»Ich will zu Königin Alhana«, sagte Gil mit fester Stimme. Er versuchte angesichts der Tatsache, daß er von diesen Frauen mehr oder weniger im Bett festgehalten wurde, so würdevoll wie möglich zu klingen.

Die Kagonesti-Frau blickte zu der Wache, die aufmerksam in der Tür stand. Diese runzelte die Stirn und bellte ein scharfes Kommando, woraufhin die Frauen hinauseilten.

»Ich will –«, setzte Gil wieder laut an, doch die Wache grunzte nur und schlug die Tür zu.

Gil holte tief Luft. Bald mußte er sich anscheinend Rashas stellen. Wieder und wieder ging er die Worte durch, während er sich wusch. Ohne die gelbe Robe – das Amtsgewand der Stimme der Sonne und der Sterne – eines weiteren Blickes zu würdigen, legte Gil seine Reisekleider an, die er auf dem Weg nach Qualinesti getragen hatte und auf dem Heimweg anhaben wollte.

Heim! Das Wort trieb ihm die Tränen in die Augen. Er würde so froh sein, wieder dort zu sein, daß er seine Zweifel hatte, ob er je wieder fortgehen würde. Sein Blick wanderte zu dem Tablett mit Essen. Er dachte an das hübsche Mädchen, das es gebracht hatte, erinnerte sich an ihre Augen und ihr Lächeln.

Gut, vielleicht würde er sein Zuhause ein Weilchen nicht verlassen. Wenn alles vorbei war und Alhana und Porthios wieder ihren rechtmäßigen Platz eingenommen hatten, würde er zurückkommen. Und dann würden ihn seine Eltern begleiten.

Er versuchte zu frühstücken, gab es aber auf. Im Schein der Lampe saß er in dem dunklen Zimmer auf seinem Bett und wartete ungeduldig auf Rashas.

Auf der Fensterscheibe glänzte bereits ein Hauch von rosenfarbenem Licht. Es begann zu dämmern. Gil hörte Schritte, dann betrat Senator Rashas den Raum. Er kam ohne Vorwarnung und ohne Anklopfen hereingestürmt. Der Blick des Senators erfaßte zuerst die Robe der Stimme, die unberührt auf dem Bett lag, dann Gil selbst.

Dieser war aufgestanden und stand respektvoll, aber keineswegs demütig, vor dem Senator.

»Was ist das denn?« wollte Rashas überrascht wissen. »Haben die Frauen es Euch nicht gesagt? ... Verdammt seien ihre Ohren! Diese Barbaren kapieren nie etwas. Ihr sollt die Robe der Stimme anlegen, Prinz Gilthas. Offenbar habt Ihr nicht verstanden –«

»Das war kein Mißverständnis, Senator«, sagte Gil, der die förmliche Anrede benutzte.

Seine Hände waren kalt. Sein Mund war trocken, und er hatte Angst, ihm würde die Stimme versagen, was den ganzen Effekt seiner sorgfältig vorbereiteten Rede verdorben hätte. Aber daran konnte er jetzt nichts ändern. Er mußte weitermachen, so gut er konnte. Er mußte tun, was recht war, sein möglichstes tun, um das Unheil wiedergutzumachen, welches er angerichtet hatte.

»Ich werde nicht Eure Stimme werden, Senator. Ich weigere mich, den Schwur zu leisten.«

Gil wartete, denn er rechnete damit, daß Rashas widersprechen, ihn lächerlich machen oder gar betteln würde.

Rashas sagte kein Wort. Sein Gesicht war undurchdringlich. Er verschränkte die Arme vor der Brust und wartete ab, ob Gil fortfahren würde.

Gil leckte sich über die trockenen Lippen. »Vielleicht, Senator, habt Ihr geglaubt, ich wüßte nichts über meine Herkunft, weil mich meine Eltern nicht in Qualinesti aufwachsen lassen wollten. Das stimmt nicht. Ich weiß alles über die Krönungszeremonie der Stimme der Sonne und der Sterne. Meine Mutter hat sie mir erklärt. Ich weiß, das eines nötig ist: Die Stimme muß den Schwur aus *eigenem, freiem Willen* ablegen.«

Gil betonte jedes seiner Worte, die jetzt flüssiger kamen. Er war zu sehr mit seiner Rede beschäftigt und bemerkte nicht, welche Schwierigkeiten Rashas' Reaktion – oder besser deren Ausbleiben – ankündigen könnte.

»Ich werde den Schwur nicht leisten«, schloß Gil, der noch einmal tief Luft holte. »Ich kann nicht Eure Stimme sein. Ich habe eine solche Ehre nicht verdient.«

»Damit hast du allerdings verdammt recht«, sagte Rashas plötzlich leise mit unterdrückter Wut. »Arrogantes, kleines Halbblut! Dein Vater war ein Bastard. Nie hat er den Namen des Mannes erfahren, der mit der Schlampe herumgehurt hat, die seine Mutter war. Sie hätte mit Schimpf und Schande ausgestoßen werden müssen. Das habe ich damals gesagt, aber Solostaran war ein dummer, weichherziger Tattergreis.

Und deine eigene Mutter! Welche anständige Elfenfrau legt eine Rüstung an und zieht wie ein Mann in die Schlacht? Ich zweifle nicht daran, wie höchst aufregend sie es fand – Tag und Nacht von so vielen Soldaten umgeben zu sein! Deine Mutter war weiter nichts als eine berühmte Soldatenschlampe. Der Halbelf war der einzige Mann, der sie noch haben wollte, nachdem die anderen mit ihr fertig waren! Mit so einer Herkunft ist es schon zuviel der Ehre, daß du auch nur die Luft von Qualinesti atmen darfst, Prinz Gilthas!« Voller Hohn spuckte Rashas seinen Namen aus.

»Und nun, bei den Göttern, hast du die Stirn, es abzulehnen – abzulehnen –, die Stimme zu werden! Von Rechts wegen solltest du vor mir auf den Knien rutschen und vor Dankbarkeit weinen, weil ich dich aus dem Dreck hole und etwas aus dir machen will!«

Bis ins Mark erschüttert starrte Gil den Senator mit entsetztem Abscheu an. Er fing an zu zittern. Ihm drehte sich der Magen um, denn ihm wurde von dem Gehörten richtig körperlich übel. Wie konnte dieser Mann so verdreht sein? Wie konnte er so etwas nur denken, geschweige denn aussprechen? Gil versuchte zu antworten, erstickte jedoch fast an seinem heißen Zorn.

Rashas betrachtete ihn grimmig. »Du bist starrsinniger, als ich geglaubt hatte, obwohl ich es schließlich erwarten konnte. Du bist eindeutig der Sohn deines Vaters!«

Gil hörte auf zu zittern. Er stand steif da und ballte die Hände hinter seinem Rücken. Dennoch brachte er ein Lächeln zustande. »Vielen Dank für dieses Kompliment, Sir.«

Rashas hielt inne und überlegte stirnrunzelnd. »Ich sehe schon, ich werde zu härteren Mitteln greifen müssen. Denk daran, junger Mann. Was auch geschieht, du hast es dir selbst zuzuschreiben. Wache!«

Nachdem er mit einer Hand die Robe der Stimme ergriffen hatte, grub Rashas seine knochigen Finger in Gils Arm und schob den stolpernden Jungen zur Tür. Die Kagonesti-Wache hielt Gil mit sicherem Griff fest.

Er wollte sich losreißen. Rashas sagte etwas auf Kagonesti. Die Wache verstärkte ihren Griff.

»Er würde dir den Arm brechen, wenn ich es ihm befehle«, sagte Rashas kalt. »Komm schon, mein Prinz.« Wieder der Hohn. »Hört auf, meine Zeit zu verschwenden.«

Rashas führte sie aus Gils Zimmer die Treppe hoch und zurück in den Teil des Hauses, wo Alhana Sternenwind gefangengehalten wurde. Bis jetzt war Gil zu wütend gewesen, um klar denken zu können. Nun wich sein Ärger allmählich der Furcht.

Senator Rashas war eindeutig wahnsinnig.

Nein, ist er nicht, erkannte Gil erschüttert. Wenn er wahnsinnig wäre, würde ihm keiner zuhören, und keiner würde ihm folgen. Aber er glaubt diese schrecklichen Dinge wirklich, die er über meine Eltern sagt. Er glaubt wirklich, Alhana sei eine Hexe. Er glaubt, was er gestern nacht über den Vertrag gesagt hat, als sollten die Elfen wirklich Sklaven der Menschen werden. Er hat alles so lange verdreht, bis in seinen Augen das Gute böse ist und das Böse gut!

Wie ist das möglich? Ich verstehe das nicht ... Und was kann ich tun, um ihn aufzuhalten?

Sie erreichten Alhanas Räume. Auf Rashas' barsches Kommando hin rissen die Kagonesti-Wachen die Tür auf. Rashas marschierte hinein. Der Kagonesti zerrte Gil hinterher.

Gil riß sich von dem Wildelfen los, um seine Würde wiederzuerlangen. Trotzig starrte er Rashas an.

Alhana erhob sich und sah diesen mit ruhiger Verachtung an. »Nun, was führt Euch hierher, Senator? Müßtet Ihr nicht bei der Krönung sein?«

»Der junge Mann hat sich halsstarrig gezeigt, Lady Alhana.« Rashas redete mit kühler Glätte. »Er will den Schwur nicht leisten. Ich dachte, vielleicht könntet Ihr ihn überzeugen, daß sein Tun nicht zu seinem Besten ist – oder zu Eurem.«

Alhana schenkte Gil ein warmes, wohlwollendes Lächeln, ein Lächeln, das seine Angst besänftigte und ihm neue Kraft und neue Hoffnung gab. »Ganz im Gegenteil. Ich finde, dieser junge Mann zeigt bemerkenswerte Weisheit und Mut für sein Alter. Ihr habt ihn offensichtlich unterschätzt, Rashas. Nicht im Traum würde es mir einfallen, ihm seine Entscheidung auszureden.«

»Ich glaube, Ihr werdet Eure Meinung ändern, Lady Alhana«, sagte Rashas unbeeindruckt. »Genau wie der junge Mann.«

Rashas sagte ein paar Worte auf Kagonesti. Einer der Wildelfen legte seinen Speer hin und nahm den Bogen von seiner

Schulter. Rashas deutete auf Alhana. Der Wildelf nickte. Er zog einen Pfeil aus dem Köcher und spannte den Bogen.

Alhana wurde totenblaß, aber anscheinend nicht vor Angst. Ihr Blick auf den Senator war beinahe mitleidig. »Ihr seid von der Finsternis verführt, Rashas. Verlaßt diesen Pfad, bevor er Euch zerstört!«

Rashas reagierte belustigt. »Ich stehe nicht mit der Königin der Finsternis im Bunde – wie Ihr, ihre Dienerin, wissen solltet. Ich tue alles, was in meiner Macht steht, um die Schatten ihrer Verruchtheit von meinem Volk fernzuhalten. Paladins heiliges Licht leuchtet mir!«

»Nein, Rashas«, sagte Alhana sanft. »Paladins Licht erleuchtet den Gläubigen. Es blendet ihn nicht.«

Mit hartem Gesicht und verächtlicher Miene wendete sich Rashas von Alhana ab und sah Gil an, der erst jetzt zu begreifen begann, was sich hier abspielte.

»Das ... das könnt Ihr doch nicht tun!« keuchte Gil. Ungläubig starrte er Rashas an. »Ihr könnt doch nicht ...«

Der Senator warf ihm die gelbe Robe der Stimme zu. »Ihr müßt Euch endlich für die Zeremonie ankleiden, Prinz.«

Kapitel 12

Im Sonnenturm war Tanis zum letzten Mal in den dunklen Tagen kurz vor dem Krieg der Lanze gewesen. Damals waren die bösen Drachen nach Krynn zurückgekehrt. Ein neuer, schrecklicher Gegner, die Drakonier, hatte sich mit anderen Dienern der Königin der Finsternis zu gewaltigen Armeen zusammengeschlossen, die von mächtigen Drachenfürsten angeführt wurden. Der Sieg gegen so mächtige Truppen war unmöglich erschienen. In diesem Turm waren die Elfen von Qualinesti zum letzten Mal zusammengekommen, als sie den Exodus ihres Volkes aus seiner geliebten Heimat planten.

Winzige, flackernde Hoffnungsflämmchen hatten in jener finsteren Nacht stetig gebrannt. Hoffnung in Gestalt eines blauen Kristallstabs und einer Frau, die stark und weise genug war, ihn zu gebrauchen; Hoffnung in der unerwarteten Gestalt eines fröhlichen Kenders, der beschlossen hatte, »mit kleinen Dingen« zu helfen; Hoffnung in Gestalt eines Ritters, dessen Mut ein strahlendes Leuchtfeuer war für alle, die unter den furchtbaren Flügeln der Königin der Finsternis furchtsam die Köpfe einzogen.

Goldmond, Tolpan, Sturm – sie und die übrigen Gefährten hatten mit Tanis in diesem Raum, in diesem Turm gestanden. Er spürte, wie sie auch jetzt bei ihm waren. Als er sich im Saal der Stimme der Sonne umsah, war er voller Zuversicht. Alles würde gut werden. Er blickte in die Kuppel mit dem glitzernden, gekachelten Mosaik hoch, das auf einer Seite den blauen Himmel mit der Sonne, auf der anderen den silbernen Mond, den roten Mond und die Sterne zeigte.

»Möge es den Göttern gefallen«, betete Tanis leise, »dann hole ich dich heim, mein Sohn, und wir fangen noch einmal an. Und dieses Mal wird alles besser, das verspreche ich.«

Dalamar, der neben Tanis stand, starrte ebenfalls nach oben. Der Dunkelelf schmunzelte. »Ich frage mich, ob sie wissen, daß man jetzt den schwarzen Mond an ihrer Decke sieht.«

Entgeistert sah Tanis hinauf. Dann schüttelte er den Kopf. »Das ist doch nur ein Loch. Ein paar Kacheln sind heruntergefallen. Mehr nicht.«

Dalamar bedachte ihn mit einem langen Seitenblick und lächelte.

Tanis war verunsichert und schaute lieber nicht mehr nach oben.

Die weißen Marmorwände des Turms leuchteten in der Dämmerung rot. Der riesige, runde Raum, in dem sie standen, war jetzt bis auf ein Podium, das direkt unter der Kuppeldecke stand, leer. Noch hatten sich die Leute nicht versammelt, denn sie würden warten, bis die Sonne ganz über dem Horizont stand. Tanis und Dalamar waren früher eingetroffen, nachdem sie durch die Korridore der Magie gereist waren – eine kurze, aber nervenaufreibende Fahrt, nach der Tanis verwirrt und desorientiert gewesen war.

Bevor sie den Turm der Erzmagier verlassen hatten, hatte Dalamar Tanis einen Ring aus geschliffenem, klarem Bergkristall gegeben.

»Wenn du den trägst, mein Freund, kann dich keiner sehen.«

»Das heißt, ich bin unsichtbar?« fragte Tanis, der den Ring zweifelnd ansah, ohne ihn zu berühren.

Dalamar hatte Tanis den Ring auf den Zeigefinger gesteckt. »Das heißt, keiner kann dich sehen«, erwiderte der Dunkelelf, »außer mir.«

Tanis verstand das nicht, hatte aber beschlossen, daß er das auch nicht unbedingt wollte. Da er seine Hand mit großer Vorsicht hielt, weil er den Ring nicht berühren wollte, um bloß nicht den Zauber zu brechen, wünschte er ungeduldig den Anfang der Zeremonie herbei. Je eher es losginge, desto früher wäre es vorbei, und er und Gil würden wieder sicher zu Hause sein.

Das helle Sonnenlicht fiel durch kleine Fenster in den Turm und wurde von Spiegeln, die in den schimmernden Marmorwänden eingelassen waren, zurückgeworfen. Die Familienoberhäupter betraten einer nach dem anderen den Saal. Einige kamen herüber und stellten sich genau vor Tanis. Dieser erstarrte und erwartete seine Entdeckung. Die Elfen gingen ganz dicht an ihm vorbei, doch niemand beachtete ihn. Etwas entspannter blickte Tanis zu Dalamar hinüber. Er konnte den Dunkelelf sehen, und dieser konnte ihn sehen, aber niemand sonst. Der Zauber wirkte.

Tanis' Blick schweifte über die Menge.

Dalamar beugte sich herüber und fragte leise: »Ist dein Sohn schon da?«

Tanis schüttelte den Kopf. Er versuchte, sich einzureden, daß alles gut war. Es war noch früh. Gil würde wahrscheinlich mit dem *Thalas-Enthia* eintreten.

»Denk an den Plan«, fügte Dalamar unnötigerweise hinzu. Tanis hatte eine ganze, lange, schlaflose Nacht an nichts anderes gedacht. »Ich muß ihn berühren, damit ich ihn magisch transportieren kann. Das heißt, wir müssen uns zeigen. Er wird erschrecken und sich vielleicht losreißen wollen. Es ist deine Aufgabe, ihn zu beruhigen. Wir müssen schnell vorgehen. Wenn uns eine Weiße Robe der Elfen entdeckt –«

»Schluß damit«, sagte Tanis ungeduldig. »Ich weiß, was ich zu tun habe.«

Der Raum füllte sich rasch. Die Elfen waren aufgeregt und gespannt. Gerüchte verbreiteten sich in Windeseile. Tanis hörte mehrmals den Namen Porthios, der mehr besorgt als ärgerlich genannt wurde. Wann immer jedoch Alhanas Name erwähnt wurde, kam er gewöhnlich zusammen mit einer Verwünschung. Porthios war offenbar ein Opfer der verführerischen Silvanesti-Frau. Das Wort »Hexe« wurde von zahlreichen Elfen im Umkreis von Tanis ausgesprochen.

Er trat rastlos von einem Bein aufs andere, weil es ihm schwerfiel, an sich zu halten. All seinen Reichtum hätte er dafür gegeben, wenn er ihnen jetzt die Köpfe aneinanderschlagen und diesen bornierten, alten Narren etwas Verstand hätte einprügeln können.

»Ganz ruhig, mein Freund«, warnte Dalamar leise, wobei er Tanis die Hand auf den Arm legte. »Verrate uns nicht.«

Tanis preßte die Lippen zusammen und versuchte, sich zu beruhigen. Auf der anderen Seite des Saals brach ein Streit aus. Mehrere junge Elfen – die durch den vorzeitigen Tod eines Elternteils Familienoberhaupt geworden waren – widersprachen lautstark den Älteren.

»In der Welt blasen die Winde der Veränderung und bringen neue Ideen und Gedanken. Wir Elfen sollten unsere Fenster öffnen und die Häuser lüften und uns von allem Festgefahrenen lösen«, verkündete eine junge Frau.

Im stillen applaudierte Tanis diesen jungen Männern und Frauen. Doch zu seinem Leidwesen waren es nur wenige, und ihre jungen Stimmen würden leicht übertönt werden.

Eine silberne Glocke wurde einmal angeschlagen. Schweigen senkte sich über die Versammlung. Die Mitglieder des *Thalas-Enthia* trafen ein. Die anderen Elfen machten respektvoll Platz für die Senatoren, die, in ihre Staatsgewänder gekleidet, einen Kreis um das Podium bildeten.

Tanis suchte nach Gil, konnte ihn aber nicht finden.

Eine Zauberin in weißer Robe, die dem *Thalas-Enthia* angehörte, hob den Kopf und sah sich mit gerunzelter Stirn scharf im Saal um.

»Zum Abgrund mit ihr.« Dalamar zupfte Tanis am Ärmel. »Paß auf diese Magierin auf, mein Freund. Sie ahnt, daß etwas nicht stimmt.«

Tanis war erschrocken. »Sieht sie dich? Uns?«

»Nein, noch nicht. Aber ich bin für sie wie ein unangenehmer Geruch«, sagte Dalamar. »Genau wie sie für mich.«

Die Weiße Robe suchte weiter die Menge ab, bis die Silberglocke viermal schlug. Alle Elfen verrenkten sich die Hälse. Die Kleineren stellten sich sogar auf die Zehenspitzen, um über die Köpfe und Schultern der Größeren blicken zu können. Ihre Augen hingen an einem kleinen Alkoven, der in den Hauptsaal führte, ein Alkoven, an den Tanis sich plötzlich erinnerte. In diesem Raum hatten er und seine Freunde gewartet, bis man sie aufrief, vor den alten Solostaran, die Stimme der Sonne, zu treten – der Mann, der Lauranas Vater und Tanis' Ziehvater gewesen war.

In diesem Alkoven, erkannte Tanis, dem sich schmerzhaft das Herz zusammenkrampfte, wartete sein Sohn.

Gilthas betrat den Saal.

Tanis vergaß die Gefahr, vergaß alles vor Sorge, Erstaunen und (zugegebenermaßen) Stolz.

Den kleinen Jungen, der von zu Hause weggelaufen war, gab es nicht mehr. An seiner Stelle ging ein junger Mann mit ernster, feierlicher Miene, ein junger Mann, der würdevoll und aufrecht die glänzende, gelbe Robe der Stimme trug.

Die Elfen murmelten untereinander. Offenbar waren sie beeindruckt. Tanis war ebenfalls beeindruckt. Aus dieser Entfernung sah sein Sohn mit jedem Zoll wie ein König aus.

Und dann trat Gilthas in einen Strahl gleißenden Sonnenlichts. Das liebende Auge des Vaters erfaßte das Beben im verkrampften Kiefer des jungen Mannes, die Blässe seines Gesichts, den kontrollierten, absichtlich maskenhaften Ausdruck. Rashas und die Elfenzauberin in der weißen Robe traten neben ihn.

»Das ist Gilthas. Los.«

Mit der Hand am Schwert wollte Tanis loslaufen. Dalamar hielt ihn fest und zog ihn zurück.

»Was denn jetzt?« schimpfte Tanis wütend, bis er den Gesichtsausdruck des Dunkelelfen sah. »Warum nicht?«

»Er trägt das Sonnenmedaillon«, sagte Dalamar.

»Was? Wo? Ich sehe es nicht.«

»Es ist unter seiner Robe versteckt.«

»Na und?« Tanis verstand nicht, wo das Problem lag.

»Das Medaillon ist heilig, denn es ist von Paladin gesegnet. Die Kraft des Medaillons beschützt ihn vor solchen Wesen wie mir. Ich wage nicht, ihn zu berühren.«

Der Dunkelelf kam näher und flüsterte Tanis ins Ohr: »Das gefällt mir nicht, mein Freund. Was macht Gilthas mit dem Sonnenmedaillon? Nur die Stimme der Sonne und der Sterne darf es tragen. Porthios würde es niemals freiwillig hergeben, und wegen seiner heiligen Eigenschaften kann man ihm das Medaillon nicht mit Gewalt abnehmen. Hier ist etwas faul.«

»Um so mehr Grund, Gil rauszuholen! Was machen wir jetzt?«

»Dein Sohn muß das Medaillon abnehmen, Tanis. Und er muß es aus eigenem, freiem Willen tun.«

»Dafür werde ich schon sorgen!« sagte Tanis und wollte wieder losstürmen.

»Nein, warte!« warnte Dalamar. »Geduld, mein Freund. Es ist noch nicht der richtige Zeitpunkt – nicht solange die verfluchte Weiße Robe neben ihm steht. Warten wir ab, was passiert. Der richtige Moment wird schon kommen. Halte dich bereit.«

Der Halbelf ließ langsam sein Schwert los. Sein Instinkt forderte ihn auf zu handeln, nicht untätig herumzustehen. Aber Dalamar hatte recht. Es war noch nicht der richtige Zeitpunkt. Rastlos trat Tanis von einem Fuß auf den anderen und zwang sich zur Geduld.

Gilthas stand inzwischen an der Seite des Podiums. Er war kleiner als die Elfen neben ihm und würde nie normale Elfengröße erreichen – eine Folge seines Menschenbluts. Im Augenblick wirkte er klein und nicht besonders königlich.

Rashas drängte ihn weiter. Seine Hand lag auf Gils Schulter.

Gil drehte sich um und starrte Rashas kalt an.

Lächelnd, aber mit zusammengepreßten Lippen zog Rashas seine Hand zurück.

Gilthas wendete Rashas wieder den Rücken zu und stieg langsam auf das Podium. Als er oben war, hob er den Kopf und ließ den Blick kurz suchend und hoffnungsvoll durch den Raum schweifen.

»Er sucht mich«, sagte Tanis. Seine Hand lag an dem Ring. »Er weiß, ich komme ihn holen. Wenn er mich nur sehen könnte ...«

Dalamar schüttelte den Kopf. »Er könnte uns aus Versehen verraten.«

Tanis sah hilflos zu, wie die Hoffnung seines Sohnes erstarb.

Gil senkte den Kopf. Seine Schultern sackten nach unten. Dann hob er nach einem tiefen Atemzug wieder den Kopf und starrte blicklos mit stoischer Ruhe in die Menge.

Rashas war ohne Umschweife zur Zeremonie übergegangen, die er hastig herunterspulte. Eigentlich kosteten die Elfen lieber jeden Punkt ausgiebig aus.

»Die Lage ist ernst. Heute nacht haben die Qualinesti-Wachen einen Eindringling erwischt, einen Spion aus Silvanesti!«

Die älteren Elfen sahen angemessen entsetzt und erzürnt aus. Die jüngeren wechselten Blicke und schüttelten die Köpfe.

»Der Spion wurde gefaßt und sieht seinem Prozeß entgegen. Aber wer weiß, ob er der einzige ist? Wer weiß, ob er nicht der Vorläufer einer ganzen Armee ist, die uns überfallen will? Deshalb«, Rashas redete laut, schrie fast, »hat der Senat aus Gründen der Sicherheit der Nation beschlossen, das einzige zu tun, was uns übrigbleibt.

Der *Thalas-Enthia* hat entschieden, daß die gegenwärtige Stimme der Sonne und der Sterne, Porthios vom Hause Solostaran, aufgrund ihrer Verbrechen gegen das Volk ihres Amtes enthoben werden soll. Porthios soll weiterhin ausgestoßen bleiben, unseres Landes verwiesen sowie aus allen Ländern vertrieben werden, wo ehrenwerte Leute leben.«

»Diesen Beschluß fechten wir an!« rief jemand mit lauter Stimme.

Die älteren Elfen waren schockiert und wollten wissen, wer so etwas wagte. Die Gruppe der jungen Elfen stand mit vor Trotz verhärteten Gesichtern beisammen.

»Die Familienoberhäupter sind nicht gefragt worden«, fuhr der junge Elf fort, der seine Stimme über verärgerte Rufe nach Ruhe erhob. »Und deshalb fechten wir den Beschluß an.«

»Das ist keine Angelegenheit für die Oberhäupter«, sagte Rashas mit eisiger Stimme. »Von Rechts wegen bestimmt die Stimme, ob ein Elf ausgestoßen wird. Wenn es die Stimme selbst ist, die ein schweres Verbrechen begangen hat, hat der *Thalas-Enthia* die Macht, diese Entscheidung zu fällen.«

»Und wer hat entschieden, daß Porthios ein Verbrechen begangen hat?« bohrte der junge Mann nach.

»Der *Thalas-Enthia*«, antwortete Rashas.

»Wie praktisch!« Der junge Mann schnaubte vor Wut.

Seine Freunde stärkten ihm den Rücken. »Laßt die Familienoberhäupter entscheiden«, riefen mehrere.

»Wir wollen Porthios hören«, rief eine junge Frau aus. »Er sollte das Recht haben, sich zu verteidigen.«

»Dieses Recht wurde ihm angeboten«, reagierte Rashas sofort. »Wir haben eine Botschaft nach Silvanesti geschickt. Unser Bote hat der Stimme ausgerichtet, Porthios sei des Hochverrats angeklagt und solle sofort zurückkehren, um sich zu verteidigen. Wie ihr seht, ist Porthios nicht anwesend. Er ist in

Silvanesti geblieben. Er mißachtet nicht nur diese Verhandlung, sondern auch sein eigenes Volk.«

»Wirklich sehr schlau«, murmelte Dalamar. »Porthios hockt in Silvanesti im Kerker, doch das vergißt Rashas natürlich zu erwähnen.«

Tanis verfolgte den Vorgang mit grimmigem Schweigen. Seine Angst um seinen Sohn wuchs. Rashas schreckte offenbar vor nichts zurück. Dalamar hatte recht gehabt. Der Senator war fest in den Klauen der Königin der Finsternis.

Rashas setzte noch eins drauf. »Und hier ist das stärkste Zeichen, wie wenig Porthios zu seinem Volk steht. Zeigt es, Prinz Gilthas.«

Gilthas hob den Kopf. Er schien zu zögern. Rashas sagte etwas zu ihm. Gilthas warf dem Mann einen zutiefst haßerfüllten Blick zu. Dann griff er langsam in die gelben Roben und zog das glitzernde, goldene Medaillon hervor, das wie eine Sonne geformt war.

Wie ein Windstoß ging die Wut durch den Saal.

Das Sonnenmedaillon war ein altes, heiliges Schmuckstück, welches all die Jahrhunderte nur von der Stimme an den jeweiligen Nachfolger weitergereicht worden war. Tanis hatte keine genaue Vorstellung, was für Kräfte in ihm schlummerten. Dies war lange ein gutgehütetes Geheimnis unter den Nachkommen von Silvanos gewesen.

Wieviel wußte Dalamar darüber, fragte Tanis sich verunsichert. Und wie hatte er es herausgefunden? Nicht daß es etwas ausgemacht hätte. Der Dunkelelf hatte recht. Porthios hätte das heilige Medaillon niemals freiwillig hergegeben.

Die Weiße Robe flüsterte Rashas etwas ins Ohr. Dalamar erstarrte, doch anscheinend gab die Magierin dem Senator einen Rat, keine Warnung.

»Alles ist rechtmäßig vonstatten gegangen«, sagte Rashas, »aber wenn einige unserer jüngeren, unerfahreneren Mitglieder eine Abstimmung fordern, dann werden wir sie erlauben.«

Die Abstimmung wurde durchgeführt. Eine beträchtliche Mehrheit stimmte gegen Porthios. Das Sonnenmedaillon hatte die Sache entschieden. In den Augen der Elfen hatte sich Porthios selbst von seinem Volk losgesagt. Die jungen Elfen waren die einzigen, die die abwesende Stimme loyal unterstützten.

Rashas fuhr ungerührt fort: »Da wir ohne Führung sind, wenden wir uns an ein anderes Mitglied der illustren Linie von Silvanos. Es ist mir eine Freude und eine Ehre, euch Gilthas vorzustellen, Sohn von Lauralanthalasa, Tochter von Solostaran, und nächste Stimme der Sonne und der Sterne.«

Nach einem Stoß von Rashas verbeugte sich Gilthas höflich vor der Menge. Er war leichenblaß.

»Der *Thalas-Enthia* hat die Abstammung von Prinz Gilthas sorgfältig geprüft. Wir halten sie für absolut zufriedenstellend.«

»Aber sein Vater ist ein Halbmensch!« Einer der jungen Elfen versuchte einen letzten Vorstoß.

Rashas lächelte wohlwollend. »Gewiß sollte in der heutigen, aufgeklärten Zeit ein solcher Faktor nicht mehr gegen den Prinzen sprechen. Findet Ihr nicht auch?«

Der junge Mann konnte vor Ärger nichts antworten. Er und seine Anhänger waren in ihre eigene Falle gelaufen. Wenn sie weiter gegen Gilthas protestierten, würden sie ebenso bigott und stur wie die älteren Elfen erscheinen. Die jungen Familienoberhäupter wechselten Blicke miteinander. Dann drehten sie sich alle zugleich um und verließen die Versammlung.

Betroffenes Gemurmel floß wie Donnergrollen durch den Saal. Den Elfen gefiel das nicht. Einige schienen wieder zu schwanken. Rashas gab der Weißen Robe Anweisungen und machte eine Handbewegung. Anscheinend befahl er ihr, den rebellischen Mitgliedern nachzulaufen. Sie schien Einwände zu haben, doch Rashas runzelte die Stirn. Er wiederholte seine Geste, diesmal mit mehr Nachdruck.

Kopfschüttelnd verließ die Weiße Robe das Podium und eilte aus dem Saal.

»Danke, Takhisis!« hauchte Dalamar.

Tanis sprach ein ähnliches Dankgebet an Paladin.

Die beiden begannen, vorsichtig durch die Menge zu schleichen. »Stoß bloß niemanden an!« warnte Dalamar. »Wir sind zwar unsichtbar, aber wir sind keine Geister!«

Die Elfen im Saal waren unruhig und redeten gedämpft miteinander.

Rashas merkte, wie sich die Situation weiter zuspitzte. Offenbar mußte er die Sache schnell zu Ende führen. Er rief zur Ruhe. Die Elfen beruhigten sich allmählich und schenkten ihm wieder ihre volle Aufmerksamkeit.

»Wir fahren mit dem Amtseid fort«, sagte er, wobei er sich im Saal umsah.

Jetzt wurden keine Einwände mehr laut. Tanis und Dalamar hatten das Podium fast erreicht. Gilthas klammerte sich mit den Händen so fest an das Podium, als ob er die Unterstützung bräuchte, um sich aufrecht zu halten. Er schien nichts mehr von dem wahrzunehmen, was um ihn herum vorging. Tanis glitt an ihn heran. Er hielt den magischen Ring gut fest.

Rashas hatte sich zu Gilthas umgedreht. »Wollt Ihr, Gilthas vom Hause Solostaran, aus freiem Willen den Eid der Sonne und der Sterne ablegen? Um Eurem Volk für den Rest Eures Lebens als Stimme zu dienen?«

Gils Gesicht war ausdruckslos, seine Augen waren wie tot. Nachdem er seine ausgetrockneten Lippen angefeuchtet hatte, öffnete er den Mund.

»Nein, Sohn! Halt ein!« Tanis riß sich den Ring ab.

Gil starrte erstaunt seinen Vater an, der anscheinend mitten aus dem Nichts aufgetaucht war.

Tanis hielt seinen Sohn am Arm fest. »Nimm das Sonnenmedaillon ab!« befahl er. »Schnell!«

Dalamar erschien links von Gil. Der junge Mann blickte benommen von seinem Vater zu dem Dunkelelfen. Verwirrtes Gemurmel brach aus, Schreie und Rufe wurden laut. Gils Hand schloß sich krampfhaft um das Medaillon.

Rashas, der dem jungen Mann am nächsten war, flüsterte ihm etwas zu.

Tanis beachtete den Senator nicht. Um den würde er sich später kümmern.

»Gil, nimm das Medaillon ab«, wiederholte Tanis ruhig und geduldig. »Keine Angst! Du bist sicher. Ich komme, um dich nach Hause zu holen.«

Tanis' Worte brachten den jungen Mann zum Handeln, doch nicht so, wie Tanis sich das gedacht hatte.

Gil riß sich von seinem Vater los. Der junge Mann war leichenblaß, aber seine Stimme war fest.

»Du irrst dich, Vater.« Gil sah Rashas an. »Ich bin bereits zu Hause.«

Rashas begann, lauthals nach den Wachen zu rufen. Auf all den Lärm hin kam die Weiße Robe in den Saal gelaufen.

»Schnell, mein Freund!« drängte Dalamar mit leiser Stimme. »Wenn du keinen Kampf der Zauberer miterleben willst, der uns diesen Turm um die Ohren schleudert!«

»Gil, hör mir zu«, setzte Tanis wütend an.

»Nein, Vater, hör du mir zu.« Gilthas war ganz ruhig. »Ich weiß, was ich tue.«

»Du bist doch noch ein Kind!« tobte Tanis. »Du hast doch keine Ahnung, was du da tust –«

Knallrote Flecken prangten auf Gils Wangen, als ob Tanis ihn geschlagen hätte. Wortlos sah er seinen Vater an und bat ihn schweigend um Verständnis. Das Medaillon – der heilige Schmuck der Elfen – glänzte auf seiner Brust, und sein heller Glanz wurde von den blauen Augen zurückgeworfen.

Wie oft hatte Tanis als Kind zu diesem Medaillon aufgeblickt, das weit außer Reichweite wie die Sonne selbst über ihm glänzte?

»Nimm das verdammte Ding ab!« Er streckte die Hand aus.

Weißes Licht blitzte auf, als ob die Sonne selbst explodierte. Tanis' Arm brannte vor Schmerz, und der Schmerz war so furchtbar, daß ihm fast der Kopf platzte. Er stürzte. Starke Hände fingen ihn auf, stützten ihn, und eine kräftige Stimme sang fremde Worte.

Wie aus weiter Ferne hörte er Gilthas sagen: »Ich lege den Eid ab. Ich will Stimme der Sonne und der Sterne sein.«

Tanis wollte sich freikämpfen, doch der Raum wurde immer dunkler. Die Dunkelheit begann sich um ihn zu drehen, und er erkannte verzweifelt und hilflos, daß er in Dalamars Zauber gefangen war.

Kapitel 13

Im nächsten Augenblick kniete Tanis auf allen vieren auf einem Rasenstück und blinzelte in die helle Sonne. Ihm war schwindelig und etwas übel, sein Arm tat weh, und seine Hand fühlte sich taub und gelähmt an. Nachdem er sich hingehockt hatte, blickte er sich um. Dalamar stand vor ihm.

»Wo zur Hölle sind wir?« wollte Tanis wissen.

»Pst! Sei still!« befahl Dalamar. »Wir sind vor Rashas' Haus. Steck den Ring an! Schnell. Bevor uns jemand sieht.«

»Rashas' Haus?« Tanis fand den Ring in einer Tasche. Mit der linken Hand mühte er sich ab, den Ring an seinen Finger zu stecken, der völlig gefühllos war. Er konnte den rechten Arm bewegen, doch es schien nicht sein Arm zu sein. »Warum hast du uns hierher gebracht?«

»Das wird dir bald deutlich werden. Sei still und folg mir.«

Dalamar eilte über den Rasen. Tanis lief ihm rasch nach.

»Bring mich in den Saal zurück. Ich gehe allein!«

Dalamar schüttelte den Kopf. »Wie ich schon sagte, mein Freund, hier ist etwas faul.«

Als das Haus in Sicht war, blieb Dalamar stehen.

Ein Wildelf stand Wache und versperrte die Tür.

Nachdem er die Hand an den Mund gelegt hatte, rief Dalamar auf Kagonesti: »Komm schnell! Ich brauch' dich!«

Die Wache zuckte zusammen, drehte sich um und spähte in ein Espenwäldchen, das hinter dem großen Haus wuchs.

Der zaubernde Dalamar stand praktisch genau vor der Veranda, doch seine Stimme war aus dem Hain gekommen.

»Los, du Schnecke!« rief Dalamar wieder, diesmal mit einem Lieblingsschimpfwort der Kagonesti.

Die Wache verließ ihren Posten und rannte auf den Espenhain zu.

»Einer von Raistlins alten Illusionistentricks. Ich habe viel von meinem *Shalafi* gelernt«, sagte Dalamar und huschte leise ins Haus.

Verständnislos folgte ihm Tanis, der keine Ahnung hatte, was der Dunkelelf vorhatte.

In der Eingangshalle war eine Kagonesti-Frau eifrig damit beschäftigt, einen großen Fleck aus einem der eleganten Teppiche auszuwaschen. Dalamar zeigte auf den Fleck und machte Tanis darauf aufmerksam.

Der Fleck war frisch, und das Wasser im Putzeimer und der Lappen in der Hand der Dienerin waren rot.

Blut. Tanis' Lippen formten sich zu dem Wort, doch er sagte es nicht laut.

Dalamar antwortete nicht. Er stand am Fuß der Treppe und spähte hoch. Dann stieg er hinauf und winkte Tanis zu, ihn zu begleiten. Die Dienerin, die sie nicht bemerkt hatte, arbeitete weiter.

Tanis behielt die Hand an seinem Schwert. Er war nicht besonders gut mit der Linken, doch er würde zumindest den Vorteil der Überraschung haben. Kein Feind würde ihn kommen sehen.

Vorsichtig schlichen sie die Stufen hoch und prüften jede Stufe, bevor sie fest auftraten. Das Haus war totenstill; eine einzige knarrende Stufe würde sie verraten. Die Stufen erwiesen sich jedoch als stabil.

»Nur das Beste für Senator Rashas«, murmelte Tanis und begann, schneller hochzusteigen. Allmählich ahnte er inzwischen, warum sie gekommen waren.

Oben an der Treppe hielt Dalamar warnend die Hand hoch. Tanis blieb stehen. Eine Tür stand offen, sie führte in einen breiten Gang. Von diesem Gang gingen drei Türen ab, eine am hinteren Ende und zwei an jeder Seite. Nur eine der Türen – die hintere – war bewacht. Zwei Kagonesti mit Speeren standen davor. Tanis sah Dalamar an.

»Du nimmst den linken«, sagte der Dunkelelf, »ich den rechten. Mach es schnell und leise. Wahrscheinlich sind drinnen noch mehr Wachen.«

Tanis wollte erst sein Schwert ziehen, entschied sich dann jedoch dagegen. Nachdem er sich genau vor dem nichtsahnenden Kagonesti aufgebaut hatte, ballte Tanis die Faust und boxte ihm schnell und hart gegen den Kiefer. Der Wildelf erfuhr niemals, was ihn da eigentlich getroffen hatte. Tanis fing den überraschten Wachmann auf und legte ihn leise auf den Boden. Mit einem Seitenblick sah er, wie der andere Kagonesti ebenfalls schlafend dalag. Sein regloser Körper war mit etwas Sand bestreut.

Tanis legte eine Hand auf die Türklinke. Dalamars dünne Finger schlossen sich um das Handgelenk des Halbelfen.

»Wenn es stimmt, was ich glaube«, flüsterte Dalamar Tanis ins Ohr, »kann jeder Versuch, diese Tür zu öffnen, tödlich ausgehen. Nicht für uns«, fügte er auf Tanis' erstaunten Blick hin an, »sondern für denjenigen da drin. Wir werden zu den Korridoren der Magie Zuflucht nehmen.«

Tanis schüttelte stirnrunzelnd den Kopf. Das Bereisen der »Korridore der Magie« hinterließ bei ihm Orientierungslosigkeit und leichte Übelkeit. Dalamar lächelte verständnisvoll.

»Mach die Augen zu«, riet der Dunkelelf. »Das hilft.«

Nachdem er Tanis am Handgelenk gefaßt hatte, sagte Dalamar schnell ein paar Worte. Fast ehe Tanis seine Augen schließen konnte, merkte er, wie dieselben Finger sich in seinen Arm gruben, damit er sich eilig umsah. Er öffnete die Augen und blinzelte in helles Licht.

Er war in einem großen, sonnenbeschienenen Arboretum. Auf einer Couch am Fenster saß eine Frau. Ihre Hände und Füße waren mit einer seidenen Schnur gefesselt. Sie saß aufrecht, königlich und herrisch da, und ihre Wangen waren rot angelaufen – nicht vor Angst, sondern vor Zorn. Erschüttert erkannte Tanis Alhana Sternenwind.

Genau gegenüber von Alhana stand eine mit Pfeil und Bogen bewaffnete Kagonesti-Wache. Der Bogen war erhoben und ein Pfeil schußbereit aufgelegt. Der Pfeil zielte auf Alhanas Brust.

»Und *mich* haben sie ausgestoßen!« sagte Dalamar tonlos.

Tanis brachte kein Wort heraus. Er konnte kaum noch zusammenhängend denken, geschweige denn sprechen. Jetzt erriet er, mit welcher Drohung man Porthios dazu gebracht hatte, das Sonnenmedaillon herzugeben – dieselbe Drohung, die Gilthas dazu gebracht hatte, es anzunehmen. Entsetzen und Wut, Schreck und heißer Zorn und die scheußliche Erinnerung an die gemeinen Worte, die er zu seinem Sohn gesagt hatte, überwältigten Tanis. Er war ebenso schlaff und nutzlos wie sein Arm. Er konnte einfach nur dastehen und die Szene ungläubig beobachten.

Dalamar zupfte Tanis am Ärmel und zeigte auf die Kagonesti-Wache, die mit dem Rücken zu ihnen stand. Der Dunkelelf machte eine Bewegung mit der Faust.

Tanis nickte zum Zeichen, daß er verstanden hatte, obwohl er sich fragte, was Dalamar vorhatte. Beim ersten Geräusch von ihnen würde der Kagonesti schießen. Selbst wenn sie ihn umbringen konnten, würden seine Finger vielleicht noch den Pfeil loslassen.

Alhana saß reglos auf der Couch und starrte mit einer Verachtung in den Tod, die ihn geradezu einzuladen schien.

Dalamar, den in diesem Raum nur Tanis sehen konnte, ging hinüber und stellte sich genau vor den Kagonesti. Jetzt zeigte der Pfeil auf die Brust des Dunkelelfen. Mit einer plötzlichen

Bewegung ergriff Dalamar den Bogen und riß ihn der Wache weg. Tanis schlug dem Mann mit beiden Fäusten auf den Hinterkopf. Der Kagonesti fiel lautlos zu Boden.

Alhana rührte sich nicht und sagte kein Wort. Verwundert starrte sie die gestürzte Wache an. Da sie weder Tanis noch Dalamar sehen konnte, mußte es für sie so ausgesehen haben, als hätte die Wache mit sich selbst gekämpft und verloren.

Tanis nahm den Ring ab. Dalamar warf seinen Zaubermantel ab.

Alhanas ungläubiger Blick erfaßte die beiden.

»Meine Königin«, sagte Tanis, der an ihre Seite eilte. »Bist du unversehrt?«

»Tanis, der Halbelf?« Alhana starrte ihn benommen an.

»Ja, Majestät.« Er berührte ihre Hand, um sie wissen zu lassen, daß er aus Fleisch und Blut war, und begann dann, ihre Fesseln zu lösen. »Haben sie dir etwas getan?«

»Nein, es geht mir gut«, sagte Alhana. Eilig stand sie auf. »Kommt mit. Wir haben keine Zeit zu verlieren. Wir müssen Rashas aufhalten ...«

Ihre Stimme brach ab. Sie hatte Tanis' Gesichtsausdruck gesehen.

»Zu spät, meine Königin«, sagte er leise. »Als ich ging, legte Gilthas gerade den Eid ab. Davor hat der *Thalas-Enthia* verfügt, daß Porthios und du ins Exil geschickt werdet.«

»Exil«, wiederholte Alhana.

Alles Blut wich aus ihren Wangen, sie war so blaß, als wäre auch ihr Leben gewichen. Ihr Blick ging unwillkürlich zu Dalamar, einem Dunkelelfen – der Verkörperung ihrer Verdammung. Schaudernd wendete sie den Blick ab und legte die Hand über ihre Augen.

Dalamar verzog den Mund. »Ihr habt kein Recht, Euer Gesicht von mir abzuwenden, Herrin. Nicht mehr.«

Alhana zuckte zusammen. Zitternd preßte sie die Hand auf ihren Mund und lehnte sich haltsuchend an ihren Stuhl.

»Dalamar –« setzte Tanis wütend an.

»Nein, Halbelf«, sagte Alhana still. »Er hat recht.«

Sie hob den Kopf, wobei ihr das schwarze Haar ungebändigt um das schöne Gesicht floß, und streckte ihm ihre Hand hin. »Bitte, vergebt mir, Dalamar. Ihr sprecht die Wahrheit. Jetzt bin ich Euresgleichen. Ihr habt mir das Leben gerettet. Bitte, nehmt meine Entschuldigung und meinen Dank an.«

Dalamars Hände blieben in den Ärmeln seiner schwarzen Roben gefaltet. Sein Gesicht war hart wie Eis vor Verachtung, denn bittere Erinnerungen hatten es gefrieren lassen.

Alhana sagte nichts. Langsam senkte sie die Hand.

Dalamar stieß einen Seufzer aus, der wie der Wind in den Blättern der Espen klang. Seine schwarzen Roben raschelten. Er berührte Alhana an den Fingerspitzen, die er nur gerade eben streifte, als hätte er Angst, er könnte ihr sonst schaden.

»Ihr irrt Euch, Alhana Sternenwind«, sagte er ruhig. »Sie können Euch aus Eurer Heimat verjagen und Euch ›Dunkelelfe‹ nennen, aber Ihr werdet das nie sein, was ich bin. Ich habe das Gesetz gebrochen. Ich habe es wissentlich getan. Ich würde es wieder tun. Sie waren völlig im Recht, als sie mich hinauswarfen.«

Er schwieg, hielt ihre Hand fest, sah sie durchdringend an und fuhr schließlich sehr ernst fort: »Ich sehe finstere Zeiten vor Euch liegen, Herrin. Wenn Ihr oder das Kind je Hilfe oder Trost braucht und Ihr keine Angst habt, Euch an mich zu wenden, werde ich tun, was in meiner Macht steht, um Euch beizustehen.«

Alhana starrte ihn wortlos an. Dann lächelte sie blaß und müde. »Danke für das Angebot. Ich danke Euch sehr. Und ich glaube nicht, daß ich Angst hätte.«

»Davat! Wo bist du?« Von unten erklang eine verärgerte Stimme. »Warum bist du nicht auf deinem Posten? He, Männer, hierher!«

»Das ist Rashas«, sagte Tanis, der hingehört hatte. »Wahrscheinlich mit weiteren seiner Kagonesti-Sklaven.«

Dalamar nickte. »Ich habe ihn erwartet. Er muß sich gedacht haben, daß wir hierhin verschwunden sind. Wir könnten uns ihnen entgegenstellen.« Düster und erwartungsvoll schaute der Dunkelelf Tanis an. »Sie bekämpfen ...«

»Nein! Es wird nicht gekämpft!« Alhana ergriff Tanis' Schwertarm und hielt ihn fest, als hätte er seine Klinge gezogen. »Wenn hier Blut vergossen wird, ist jede Aussicht auf Frieden dahin!«

Tanis war unentschlossen; das Schwert steckte noch halb in der Scheide. Unten hörten sie Rashas, der die Wachen im ganzen Haus ausschwärmen ließ.

Alhanas Griff wurde fester. »Ich bin keine Königin mehr. Ich habe kein Recht mehr zu befehlen. Deshalb bitte ich euch ...«

Tanis war verärgert und enttäuscht. Er wollte kämpfen, nichts hätte er lieber getan. »Nach allem, was sie dir angetan haben, Alhana? Du läßt einfach zu, daß sie dich ins Exil schicken?«

»Wenn ich vor der Wahl stehe, Exil oder gegen mein eigenes Volk zu kämpfen, ja!« sagte Alhana gelassen.

»Entscheide dich, Tanis!« warnte Dalamar.

»Es ist zu spät«, sagte Tanis, der das Schwert in die Scheide zurückrammte. »Das weißt du, Alhana. Zu spät.«

Sie wollte etwas sagen, aber ihre Worte kamen nur als Seufzer heraus. Ihre Hand glitt schlaff von Tanis' Arm herunter.

»Wenn es so ist«, meinte Dalamar, »verschwinde ich. Kommst du mit mir, Halblelf?«

Tanis schüttelte den Kopf.

Der Dunkelelf faltete die Hände in seinen Ärmeln. »Adieu, Königin Alhana. Mögen die Götter mit Euch sein. Und vergeßt mein Angebot nicht.«

Er verneigte sich respektvoll vor ihr, sprach ein paar magische Worte und war verschwunden.

Alhana starrte an den Platz, wo er gestanden hatte. »Was ist nur los mit der Welt?« murmelte sie. »Von meinen Freunden werde ich verraten ... meine Feinde bieten mir Freundschaft an ...«

»Böse Zeiten«, erwiderte Tanis voller Bitterkeit. »Die Nacht kehrt zurück.«

Vor seinem inneren Auge schien der silberne Mond durch die Sturmwolken. Sein Licht reichte gerade aus, den Pfad einmal zu beleuchten, dann war es verschwunden, von der Dunkelheit verschlungen.

Die Tür wurde aufgerissen. Kagonesti-Wachen stürmten herein. Zwei ergriffen Tanis an beiden Armen. Eine Wache entriß ihm sein Schwert; eine andere setzte ihm das Messer an die Kehle. Zwei weitere wollten Alhana packen.

»Verräter! Ihr wagt es, mich grob anzurühren?« schimpfte sie. »Bis ich diese Grenze überschreite, bin ich eure Königin.«

Die Kagonesti waren sichtlich eingeschüchtert und sahen sich unsicher an.

»Laßt sie. Sie wird keinen Ärger machen«, ordnete Rashas an. Der Senator stand auf der Schwelle. »Geleitet die Hexe an die Grenze zu Abanasinia. Werft sie hinaus – auf Befehl des *Thalas-Enthia.*«

Alhana ging hochmütig an Rashas vorbei. Sie sah ihn nicht an, als wäre das unter ihrer Würde. Der Kagonesti begleitete sie.

»Du kannst sie nicht allein und schutzlos nach Abanasinia schicken«, protestierte Tanis wütend.

»Das habe ich auch nicht vor«, entgegnete Rashas lächelnd. »Du, Halbmensch, wirst sie begleiten.« Er sah sich im Raum um und runzelte die Stirn. »War dieser Mann hier allein?«

»Ja, Senator«, antwortete der Kagonesti. »Der böse Zauberer muß entwischt sein.«

Rashas sah wieder Tanis an. »Du hast dich mit dem ausgestoßenen Zauberer verbündet, der als Dalamar der Finstere bekannt ist, und versucht, die Krönungszeremonie der rechtmäßigen Stimme der Sonne und der Sterne zu stören. Deshalb wirst du, Tanis, der Halbelf, hiermit auf Lebenszeit aus Qualinesti verbannt. So lautet das Gesetz. Fichtst du das an?«

»Ich könnte es anfechten«, sagte Tanis in der Menschensprache, die die Wachen nicht verstanden. »Ich könnte den Umstand zur Sprache bringen, daß ich nicht der einzige in diesem Zimmer bin, der sich mit Dalamar dem Finsteren verschworen hat. Ich könnte dem *Thalas-Enthia* erzählen, daß Gilthas den Eid nicht aus freiem Willen abgelegt hat. Ich könnte ihm erzählen, daß ihr Porthios gefangen und seine Frau als Geisel haltet. Ich könnte ihnen all das erzählen. Aber das werde ich nicht, oder, Senator?«

»Nein, Halbmensch, das wirst du nicht«, erwiderte Rashas ebenfalls in Menschensprache, doch er spuckte die Worte aus, als würden sie einen schlechten Geschmack im Mund hinterlassen. »Du wirst schweigen, denn ich habe deinen Sohn. Und es wäre schade, wenn die neue Stimme so jung auf tragische Weise den Tod finden würde.«

»Ich will Gilthas sehen«, sagte Tanis auf Elfisch. »Verdammt, er ist mein Sohn!«

»Wenn du mit diesem Namen unsere neue Stimme der Sonne und der Sterne meinst, darf ich dich daran erinnern, Halbmensch, daß nach Elfenrecht die Stimme weder Vater noch Mutter noch sonstige Familienbande hat. Alle Elfen gelten als seine Familie. Alle *wahren* Elfen.«

Tanis machte einen Schritt auf Rashas zu. Ein großer Wildelf trat schützend vor den Senator.

»In diesem Moment empfängt unsere neue Stimme die Glückwünsche ihres Volkes«, fuhr Rashas kühl fort. »Es ist ein großer Tag für Gilthas. Bestimmt willst du ihn nicht ruinieren, indem du ihn durch deine Gegenwart in Verlegenheit bringst.«

Tanis kämpfte mit sich. Der Gedanke zu gehen, ohne Gil vorher zu sehen, ohne ihm sagen zu können, daß er ihn verstand und stolz auf ihn war, war unerträglich und brach ihm das Herz. Aber Tanis wußte genau, wie recht Rashas hatte. Das Auftauchen seines halbmenschlichen Bastardvaters würde Gilthas nur Probleme bereiten und ihm alles noch viel schwerer machen.

Und es war jetzt schon schwer genug für ihn.

Tanis ließ seine Schultern sinken. Er wirkte wie ein geprügelter Hund.

»Bringt ihn zur Grenze«, sagte Rashas.

Tanis tat, als wollte er an dem Senator vorbeigehen. Doch bei Rashas blieb er kurz stehen, wirbelte herum und schlug mit der Faust zu. Zu seiner großen Zufriedenheit traf er auf Knochen.

Der Senator taumelte nach hinten und fiel in einen Zierbaum.

Der Kagonesti zog sein Schwert.

»Laßt ihn«, murmelte Rashas, der sich den Kiefer massierte. Ein blutiger Faden rann ihm aus dem Mundwinkel. »So kämpfen die Diener des Bösen gegen die Rechtschaffenen. Ich möchte ihm nicht die Genugtuung geben, zurückzuschlagen.«

Der Senator spuckte einen Zahn aus.

Tanis, der sich seine schmerzenden Knöchel rieb, ging mit langen Schritten aus der Tür.

Auf diesen Augenblick hatte er zweihundert Jahre gewartet.

Kapitel 14

Die Greife reagierten nicht auf die Rufe der Qualinesti-Elfen – wieder etwas, was Tanis zutiefst befriedigte, auch wenn er dadurch gezwungen war, den Weg bis zur Grenze zu Fuß zurückzulegen. Es war jedoch nicht weit, und Tanis hatte Unmengen bitterer, trauriger Überlegungen als Gesellschaft.

Er war tief in trübe Gedanken versunken. Erst als der Hauptmann der Qualinesti seine Männer halten ließ, merkte Tanis, daß sie die Grenze erreicht hatten.

»Euer Schwert, Sir.« Der Hauptmann reichte ihm ritterlich die Waffe. »Der Pfad geht in der einen Richtung nach Haven, in der anderen nach Solace. Wenn Ihr Euch an der Gabelung links haltet –«

»Ich kenne den verdammten Weg«, schnitt Tanis ihm das Wort ab. Vor langer Zeit, während des Krieges, waren er und seine Gefährten über diesen Weg nach Qualinesti gekommen. Er schob das Schwert in die Scheide.

»Ich wollte Euch raten, Sir, den Düsterwald zu meiden«, fuhr der Hauptmann höflich fort.

Tanis, den das Benehmen des Elfen erstaunte, musterte den Hauptmann eindringlich. War er mit all dem einverstanden? Oder war er einer der Abweichler? Er war jung, aber schließlich waren die meisten Angehörigen der Elfenarmee jung. Wie standen sie dazu? Würden sie den *Thalas-Enthia* stützen? ... Unaufhörlich stellte sich Tanis solche Fragen.

Er hätte gerne gefragt, aber in welche Worte sollte er das kleiden? Außerdem hörten andere Soldaten zu. Er konnte den Hauptmann leicht in Schwierigkeiten bringen. Tanis murmelte ein ungelenkes Danke.

Der Hauptmann salutierte ernst und wartete dann, bis Tanis die unsichtbare Linie überquert hatte, die die Elfen vom Rest der Welt trennte.

Tanis ging sechs Schritte den Pfad hinunter, die sechs längsten und schwersten Schritte seines Lebens. Trotz des hellen Sonnenscheins waren seine Augen blind vor Tränen. Er hörte den Hauptmann einen Befehl geben und die Soldaten abmarschieren.

Tanis wischte sich Augen und Nase, sah sich um und erinnerte sich auf einmal, daß er hier eigentlich auf Alhana Sternenwind treffen sollte.

Sie war nirgends zu sehen.

»He!« schrie Tanis wütend und machte zwei lange, schnelle Schritte zur Grenze zurück. »Wo ist Lady Alhana –«

Ein Pfeil surrte aus den Bäumen und landete vor Tanis' Füßen. Eine Haaresbreite weiter rechts hätte er in der Spitze seines Stiefels gesteckt. Er sah in die Bäume hoch, konnte die Schützen jedoch nicht sehen. Der nächste Elfenpfeil würde seine Brust treffen, das wußte er.

»Hauptmann!« brüllte er. »Halten die Elfen so ihr Wort? Man hat mir versprochen –«

»Mein Freund«, ertönte eine sanfte Stimme an seiner Schulter.

Tanis blieb fast das Herz stehen. Er fuhr herum und sah Dalamar neben sich stehen.

»Ich glaube ... ich sollte mich allmählich an deine dramatischen Auftritte gewöhnt haben«, sagte Tanis.

Der Dunkelelf lächelte. »Dabei habe ich gar nicht gezaubert. Ich warte seit einer Stunde neben dem Pfad auf dich. Du warst so mit deiner Schreierei beschäftigt, daß du mich nicht gehört hast.« Er schaute in die belaubten Äste der Espen. »Laß uns hier verschwinden. Ich biete ein ziemlich verführerisches Ziel. Auch wenn ihre armseligen Waffen mich nicht verletzen können, aber ich hasse es wirklich, meine Energie zu verschwenden. Ich werde deine Fragen beantworten«, fügte er hinzu, als er Tanis' Stirnrunzeln bemerkte. »Wir haben viel zu besprechen.«

Tanis warf den Elfen einen letzten, haßerfüllten Blick zu, um dann Dalamar zwischen die riesigen Eichen am Rande des Düsterwalds zu begleiten, in dem es heutzutage mehr der Legende nach als tatsächlich spukte. Im Schatten war es kühl. Auf einer Lichtung hatte Dalamar ein weißes Tuch ausgebreitet. Es gab Wein, Brot und Käse. Tanis setzte sich und trank etwas Wein, konnte aber kein Essen herunterbringen. Die ganze Zeit beobachtete er den Weg.

»Ich habe Lady Alhana vor ihrer Reise noch eine Erfrischung angeboten«, sagte Dalamar, der immer noch die irritierende Gewohnheit hatte, Tanis' Gedanken zu beantworten. Der Dunkelelf ließ sich bequem auf einem Kissen im Gras nieder.

»Sie ist also schon aufgebrochen?« Tanis war wieder aufgesprungen. »Allein?«

»Nein, mein Freund. Bitte, setz dich. Ich muß mir sonst den Hals verrenken, um dich anzusehen. Die Dame hat einen Kavalier, der sie zu ihrem Ziel begleiten wird. Samar ist zwar etwas angeschlagen, aber immer noch beherzt und stark.«

Tanis starrte ihn verwundert an.

»Das Blut auf dem Boden stammte von einem zauberkundigen Krieger aus Silvanesti«, erklärte Dalamar. »Samar hat versucht, Alhana und deinem Sohn zur Flucht zu verhelfen. Die Qualinesti haben ihn als Spion ins Gefängnis geworfen und wollten ihn hinrichten. Ich habe ihn der Weißen Robe, die zu seiner Bewachung geschickt wurde, genau vor der Nase weggeschnappt.« Dalamar nippte an seinem Wein. »Ein sehr erfreuliches Erlebnis.«

»Wo wollen sie hin?« fragte Tanis, der durch die Bäume auf den Weg starrte, der für Alhana nur in die Dunkelheit führen konnte.

»Silvanesti«, sagte Dalamar.

Tanis fuhr hoch. »Das ist verrückt! Ist ihr denn nicht klar –«

»Es ist ihr klar, mein Freund. Und ich finde, wir sollten sie begleiten. Darum habe ich auf dich gewartet. Denk erst nach, bevor du dich weigerst. Rashas hat vor einer Rebellion gestanden. Er weiß jetzt, ein Teil seines eigenen Volkes könnte sich gegen ihn auflehnen. Er hat Angst. Meine verruchte Königin liebt die Ängstlichen, Tanis. Sie hat ihn fest in den Klauen, und sie wird ihn weiter an sich binden.«

»Was willst du damit sagen?« wollte Tanis wissen.

»Nur eins – es dürfte Rashas bald aufgehen, daß Porthios eine Bedrohung darstellt, weil ihn das Exil nicht aufhalten wird.«

»Porthios darf also nicht weiterleben.«

»Genau. Wir kommen vielleicht schon zu spät«, ergänzte Dalamar schulterzuckend, als wäre es belanglos.

»Du sagst immer ›wir‹. Du kannst nicht nach Silvanesti. Auch mit all deiner Macht wirst du kaum mit so vielen Elfenzauberern fertig werden. Die töten dich, ohne mit der Wimper zu zucken.«

»Mein Volk wird mich nicht mit offenen Armen willkommen heißen«, entgegnete Dalamar mit schlauem Lächeln, »aber man kann mir nicht den Zutritt verwehren. Ich habe nämlich die Erlaubnis, Silvanesti zu besuchen, mein Freund. Für gewisse Dienste.«

»Porthios ist dir doch völlig egal.« Die Gelassenheit des Dunkelelfen brachte Tanis plötzlich in Harnisch. »Was ist für dich denn in der Sache drin?«

Dalamar antwortete mit einem langen Seitenblick. »Etwas Wichtiges, da kannst du sicher sein. Aber erwartest du wirklich, ich würde dir meine Pläne enthüllen? Vorläufig sind wir

Partner in diesem Spiel.« Wieder zuckte er mit den Schultern. »Also, Tanis Halbelf? Ein Fingerschnippen, und du bist zu Hause. Du willst dich schließlich mit deiner Frau beraten. Ihr erzählen, was passiert ist. Laurana muß uns begleiten. Wir brauchen sie dringend, um ihrem sturen Bruder Vernunft beizubringen.«

Nach Hause. Tanis seufzte. Er wollte so gern nach Hause, sich in seinem schönen Haus einschließen und – was tun? Was hatte das jetzt für einen Sinn? Was für einen Zweck?

»Wenn Alhana nach Silvanesti kommt«, sagte Tanis langsam, während er die Sache bis zum bitteren Ende durchspielte, »werden die Silvanesti-Elfen von der Schmach hören, die die Qualinesti ihrer Königin angetan haben. Das bedeutet Blutvergießen. Diesmal wird Alhana es nicht verhindern können. Einmal vor langer Zeit haben wir Elfen gegeneinander gekämpft. Du sprichst über den Beginn eines neuen Sippenmordkrieges.«

Dalamar zuckte ungerührt mit den Schultern. »Du hinkst deiner Zeit hinterher, Tanis. Der Krieg hat bereits begonnen.«

Tanis erkannte die Wahrheit darin, sah es mit derselben lebhaften Klarheit, mit der er die Vision von Gilthas gesehen hatte. Doch während damals Solinari die Zukunft des jungen Mannes beleuchtet hatte, sah Tanis sie jetzt von Blitz und Feuer erhellt und mit Blut befleckt.

Der Krieg würde kommen ... und er würde gegen seinen eigenen Sohn kämpfen müssen.

Tanis schloß die Augen. Er konnte Gils Gesicht sehen, das noch so jung war, das sich so um Tapferkeit und Weisheit bemühte ...

»Vater? Bist du's?«

Einen Augenblick dachte Tanis, er würde die Stimme in sich hören, weil er das Bild seines Sohnes heraufbeschworen hatte. Aber der Ruf wurde lauter wiederholt, und Freude und Sehnsucht schwangen in ihm mit.

»Vater!«

Gilthas stand auf dem Weg, gerade noch innerhalb von Qualinesti. Die Zauberin in der weißen Robe lauerte eifersüchtig neben ihm. Sie schien wenig erfreut über Tanis' Anblick. Offenbar hatte sie nicht erwartet, ihn hier anzutreffen. Sie legte Gilthas fest die Hand auf den Arm und war anscheinend darauf vorbereitet, ihn augenblicklich wegzuzaubern.

Ein Rascheln in den Baumkronen war die Warnung, die einzige, die Tanis wahrscheinlich bekommen würde.

»Tanis!« rief Dalamar. »Paß auf!«

Tanis hörte nicht auf ihn, sah nicht auf die Weiße Robe, nicht auf die Elfen in den Bäumen mit ihren Pfeilen und Bögen. Er eilte auf seinen Sohn zu.

Gilthas riß sich von der Zauberin los, die ihn jedoch noch fester ergriff.

Zornesröte überzog Gilthas' Gesicht, aber er schluckte nur. Tanis konnte sehen, wie sein Sohn die Wut bezwang, konnte sich in Gilthas selbst erkennen. Mit leiser, versöhnlicher Stimme sagte Gilthas etwas.

Die Weiße Robe, die immer noch verärgert wirkte, nahm die Hand fort und wich zurück. Tanis trat über die Grenze. Er breitete die Arme aus und schloß sie um seinen Sohn.

»Vater!« Gilthas brach fast die Stimme. »Ich dachte, du wärst fort. Ich wollte mit dir reden. Sie haben mich nicht gelassen ...«

»Ich weiß, Sohn, ich weiß«, sagte Tanis, der seinen Jungen fest umarmte. »Ich verstehe. Glaub mir, jetzt verstehe ich alles.« Mit den Händen auf Gils Schultern, sah Tanis seinem Sohn fest ins Gesicht. »Ich verstehe wirklich.«

Gils Gesicht verdüsterte sich. »Ist Königin Alhana in Sicherheit? Rashas hat es mir versichert, aber ich habe mich hierherbringen lassen, um mich zu überzeugen ...«

»Sie ist in Sicherheit«, sagte Tanis ruhig. Sein Blick wanderte zu der Zauberin, die an der Seite stand und deren haßerfüllte

Augen abwechselnd zu ihrem Schützling und zu dem Zauberer in schwarzen Roben drüben im Schatten gingen. »Samar ist bei der Königin. Er wird sie gut beschützen, wie du wahrscheinlich weißt.«

»Samar!« Gils Gesicht hellte sich auf. »Ihr habt ihn gerettet? Ein Glück! Ich sollte den Befehl für seine Hinrichtung unterschreiben. Ich hätte es nicht getan, Vater. Ich weiß nicht wie –«, sein junges Gesicht verhärtete sich, »aber ich hätte es nicht getan.«

Tanis sah zu der Weißen Robe. Dalamar konnte sie daran hindern, etwas zu unternehmen. Aber konnte er gleichzeitig die Bogenschützen vom Schießen abhalten? Immerhin würden sie zögern, das Leben ihrer neuen Stimme in Gefahr zu bringen.

»Gil«, sagte Tanis in der Umgangssprache, »du hast den Schwur nicht aus freien Stücken abgelegt. Du wurdest erpreßt. Du könntest jetzt gehen. Dalamar wird uns helfen …«

Gilthas ließ den Kopf hängen. Es bestand kein Zweifel, wie seine Antwort lauten würde. Mit traurigem Lächeln sah er hoch. »Ich habe der Magierin mein Wort gegeben, Vater. Als ich dich hier gefunden hatte, habe ich ihr versprochen, ich würde mit ihr zurückkehren, wenn sie mir erlaubt, mich von dir … von dir zu verabschieden.«

Seine Stimme versagte. Er machte eine kurze Pause, in der er mit sich kämpfte, und fuhr dann leise fort: »Vater, ich habe mal gehört, wie du Lord Gunthar erzählt hast, daß du, wenn es nach dir gegangen wäre, niemals freiwillig im Krieg der Lanze gekämpft hättest. Du wurdest durch die Umstände da hineingezogen. Und deshalb macht es dich so verlegen, wenn die Leute dich einen Helden nennen. Du hast getan, was du tun mußtest – was jeder rechtschaffene Mann getan hätte.«

Tanis seufzte. Erinnerungen – vor allem düstere – kehrten zurück. Er wußte, gleich würde er seinen Sohn gehen lassen müssen.

»Vater«, sagte Gil ernsthaft, »ich mache mir nichts vor. Ich weiß, ich kann bestimmt nicht viel ändern. Ich weiß, Rashas wird mich für seine eigenen dunklen Ziele benutzen wollen, und im Augenblick weiß ich nicht, wie ich ihn aufhalten soll. Aber weißt du noch, was Onkel Tolpan bei der Geschichte gesagt hat, wo er den Gossenzwerg vor dem roten Drachen gerettet hat? ›Es sind die kleinen Dinge, die den Unterschied machen.‹ Wenn es mir gelingt, in kleinen Dingen gegen Rashas zu arbeiten, Vater ...«

Wir ziehen unsere Kinder groß, damit sie uns verlassen.

Ohne es zu wissen, hatte Tanis das getan. Jetzt sah er es, sah es in dem Gesicht des Jungen – nein, des Mannes –, der vor ihm stand. Wahrscheinlich müßte er stolz sein ... und das war er. Aber Stolz war ein sehr kleines Feuer gegen die betäubende Kälte des Verlustes.

Die Weiße Robe wurde sichtlich ungeduldig. Sie zog einen mit Edelsteinen besetzten Silberstab aus dem Gürtel.

Dalamar, der das sah, rief leise: »Tanis, mein Freund. Ich bin da, wenn du meine Dienste brauchst.«

Tanis umarmte seinen Sohn ein letztes Mal. Dabei flüsterte er ihm zu: »Du bist jetzt die Stimme, Gilthas. Vergiß das nicht. Laß es Rashas und seine Leute nicht vergessen. Bekämpfe ihn immer wieder. Du kämpfst nicht allein. Hast du die jungen Elfen gesehen, die heute aus der Versammlung marschiert sind? Zieh sie auf deine Seite. Sie werden dir zunächst mißtrauen. Sie werden denken, du seist Rashas' Marionette. Du mußt sie vom Gegenteil überzeugen. Es wird nicht leicht werden. Aber ich weiß, dir kann es gelingen. Ich bin stolz auf dich, mein Sohn. Stolz auf das, was du heute getan hast.«

[1] Elfisch für »Meister«. Magier mit Roter Robe, die in jeder Hinsicht neutral sind, dürfen bei Meistern jeder Gesinnung in die Lehre gehen, ob gut, neutral oder böse.

[2] Bei Elfen ist es üblich, daß der Sohn den Namen des Hauses seines Vaters trägt. Da Tanis, der Halbelf, jedoch ein illegitimes Kind von zweifelhafter Herkunft ist, erhielt sein Sohn Gilthas den Namen des Vaters seiner Mutter, Solostaran.

[3] Bei den Kendern herrscht der Glaube, daß der Storch die Babys bringt, indem er sie bei den glücklichen Eltern durch den Schornstein schmeißt. Das könnte beinahe wahr sein, denn Kenderfrauen haben herrlich einfache Schwangerschaften und Geburten. Babys scheinen wirklich wie durch Zauberhand aufzutauchen. Deshalb sind Kenderfamilien oft sehr groß, was recht praktisch ist, da die Verlustrate bei Kendern hoch ist. Nur relativ wenig Kender erreichen je ein hohes, reifes Alter.

[4] Die Qualinesti halten das Bemalen der Körper für barbarisch und bemühen sich, diesen Brauch bei den Wildelfen abzuschaffen, besonders bei denen, die in Qualinesti leben und arbeiten. Die älteren Kagonesti sind der alten Lebensweise fest verhaftet, doch die jüngeren Elfen, besonders die, die in Qualinesti bleiben wollen, haben den Brauch aufgegeben. Das hat vielen Kagonesti mißfallen, die ihre Verwandten anklagen, sie würden ihnen die Jugend entziehen und vielleicht sogar die Rasse der Kagonesti auslöschen wollen.

Epilog

Das Nahen der Vögel
am Ende des Winters,
erste Fabeln von Propheten
und Rosen und Schwertern –
Margaret hat an uns alle geglaubt,
glaubte an unsere Geschichten:
geduldige Astronomin,
angezogen von einem Loch am Himmel,
die weiß (aus tausendjähriger Berechnung),
daß der nächste Stern aufgeht,
daß nichts mehr zu tun ist
als Warten und Beten
und der lange, ermüdende Umgang
mit Notizblock und Fernrohr,
bis das Licht
die Dunkelheit verschlingt,
ein Licht, seit Jahrhunderten
empfangen und gehegt;
sie kann sagen: *Das ist es,*
was ich immer erwartet habe,
das ist die Ernte der Jahre.

Und wenn sie dies sagt,
entsinnen sich himmlische Mächte,
daß sie es war,
die mit Geld und Blumen
und Reisen zur Stadt
das Feuerwerk entfachte,
wenn wir uns zu Dutzenden versammelten
in den Sommernächten
am schwindenden See,

und die meisten Worte
hat sie uns gebracht,
geordnet wie Galaxien
in den Formen des Glaubens.

Zu Hause am See
hob sie an zu erzählen,
reihte schwieriges Wort an schwieriges Wort,
bis im Erzählen die Welt entstand,
bis sich im Wasser die Sterne zeigten
und alle Planeten,
die der Himmel umfaßt –
Chislev und Zivilyn,
Raistlin und Caramon,
Palin und Tanin,
Raoul und der Kleine,
die Dreieinigkeit der Monde,
die die Gezeiten ihrer Magie verkünden,
alle im Chor ihrer Erinnerung,
wo die Stimme der Liebe
auf dem Wasser trieb
und begleitend sang,
wenn sich die Geschichte erhob
aus dem See und der Mitternacht,
dem Rosenduft
am jenseitigen Ufer,
und der Winter sich verwandelte
in unglaublichen Frühling,
wie es immer geschieht,
und der Schnee und die Geister
gingen, wohin sie wollen,
in den Ländern des Glaubens,
wenn die Geschichte neu beginnt.